novum pocket

**Riccardo Bonfranchi**

# Von Helen

Die Geschichte einer Altruistin

novum pocket

Bibliografische Information
der Deutschen Nationalbibliothek:

Die Deutsche Nationalbibliothek
verzeichnet diese Publikation in der
Deutschen Nationalbibliografie.
Detaillierte bibliografische Daten
sind im Internet über
http://www.d-nb.de abrufbar.

Alle Rechte der Verbreitung, auch
durch Film, Funk und Fernsehen, fotomechanische Wiedergabe, Tonträger, elektronische
Datenträger und auszugsweisen
Nachdruck, sind vorbehalten.

Gedruckt in der Europäischen Union
auf umweltfreundlichem, chlor- und
säurefrei gebleichtem Papier.

© 2023 novum Verlag

ISBN 978-3-903468-41-2
Umschlagfoto:
Anyaberkut | Dreamstime.com
Umschlaggestaltung, Layout & Satz:
novum Verlag

**www.novumverlag.com**

Alle Personen in diesem Roman, sowie jegliche Begebenheiten sind erfunden. Ähnlichkeiten mir realen Personen oder Situationen sind rein zufällig.

*Vergangenheit heißt nur, sich-erinnern.*
*Gegenwart gibt es nicht, weil sie im gleichen Moment*
*der Wahrnehmung, schon sich-erinnern ist.*
*What's about the future? The future doesn't exist.*

R. B.

## 4 Jahre alt

Wir haben heute im Kindergarten den Tod gehabt. Also wir haben über den Tod und wie das ist, wenn man tot ist, geredet. Das hat mir gefallen. Ich habe solche Sachen, also solche Gespräche gerne. Dafür ist extra ein Mann gekommen. Frau Sack hat gesagt, der Mann heisst Meier und ist ein Philo, also ein Philosoph, so heißt es richtig. Er denkt nach über so Sachen, wie Menschen oder was gut oder falsch ist. Ich habe dann aufgestreckt und gesagt, dass ich schon wüsste, was gut und was falsch wäre. Herr Meier hat etwas gelacht und mich gefragt, ob ich dazu ein Beispiel hätte. Ich habe genickt und gesagt, dass wenn Rolf mir meine Puppe wegnehme, wenn wir Vater-Mutter-Kind spielen würden, dann wäre das falsch, weil man das nicht tun dürfe. Herr Meier hat genickt und gesagt, dass das wirklich falsch wäre. Er wollte dann wissen, was denn gut wäre und ich habe gesagt, dass wenn Max etwas nicht gut könne, also er könne nicht gut verstehen, wenn man etwas sagt, dass man ihm das dann noch einmal erklären solle. Herr Meier hat wieder genickt. Dann hat er gesagt, dass wir ja heute Morgen darüber sprechen wollen, was es heisst, wenn man tot ist. Er hat dann gefragt, ob jemand von uns schon einmal erlebt hätte, dass jemand, den man selber gekannt hätte, gestorben wäre. Sterben hiesse ja, dass man dann, am Ende, tot ist. Das wusste ich schon. Ich habe aber niemanden gekannt, der tot ist. Aber Marcel hat gemeint, dass vor einigen Wochen seine Großmama gestorben sei und dass er da ganz traurig geworden ist. Es haben sich noch andere Kinder gemeldet. Herr Meier wollte dann wissen, wie das da so gewesen sei und einige Kinder haben so verschiedene Sachen erzählt, dass es da ein Begräbnis gegeben hätte und dass einige Menschen richtig geschluchzt hätten und dass man immer dann auch gegessen hätte und noch vieles mehr, was ich jetzt gar nicht mehr so genau weiß. Herr Meier fragte dann, ob auch Tiere sterben würden. Da lachten wir alle, weil das ja sonnenklar ist. Und wie es denn bei den Pflanzen wäre, wollte Herr Meier wissen. Agneta meinte, dass Pflanzen nicht sterben würden, die würden nur verdorren. A ha, sagte Herr Meier und was ist dann der Unterschied von sterben und verdorren. Einige riefen dann, dass es da eben keinen Unterschied gäbe, aber andere, es waren natürlich die Freundinnen von Agneta, meinten, dass das ein großer Unterschied wäre, ob ein Mensch oder eine Pflanze sterben würde, denn ein Mensch sei etwas ganz anderes als nur eine Pflanze. Deshalb sage man ja auch verdorren und nicht, dass eine Pflanze gestorben wäre. Das ist schon richtig, sagte Herr Meier. Aber würden die Wörter sterben und verdorren, nicht das Gleiche meinen. Niemand antwortete. Gut, meinte Herr Meier dann, dann will ich euch helfen. Seit ihr damit einverstanden, wenn ich sage, dass sowohl beim Sterben wie aber auch beim Verdorren etwas, was gelebt hat, was gewachsen ist, zu Ende ist. Wir nickten. Ja, es geht zu Ende, man hat keine Freude mehr an der Pflanze und man kann auch nicht mehr mit einem toten Hund in den Wald gehen, meinte ich. Sehr gut, sagte Herr Meier. So ist es. Ein Leben, auch eine Pflanze hat ja so etwas wie ein Leben, sie wächst, vielleicht blüht sie auch und dann stirbt sie. Wir sagen dann eben verdorren, was wir beim Menschen nicht sagen. Aber ich finde das nicht so wichtig, sagte Herr Meier. Also, so Herr Meier weiter, er war jetzt wohl im Fluss, geht alles, was einmal gelebt hat, auch einmal zu Ende, oder? Er schaute uns an. Wir nickten und Giselle sagte, aber man weiß ja nie wann, vor allem nicht bei den Menschen. Sehr gut, sagte Herr Meier. Ich hätte das allerdings auch gewusst. Aber egal, war Giselle jetzt eben mal schneller, das ist ja sowieso selten. Bei den Pflanzen und bei den Tieren, wenn sie nicht krank werden oder von Menschen getötet werden. Wann ein Mensch stirbt, kann man nie vorhersehen. Dann meldete sich Rosa, die eigentlich nie etwas sagt und meinte, dass ihr Großvater schwer krank gewesen sei, sie wisse nicht mehr, was er gehabt hätte, aber ihre Mutter hätte gesagt, dass er bald sterben werden. Also hätte man es schon, nicht genau, aber doch, gewusst, dass er bald sterben werde. Und so sei es dann auch gewesen. Herr Meier sagte, dass der Großvater eben eine tödliche Krankheit gehabt hätte und dann kann man natürlich vermuten, dass er bald sterben werde. Aber man kann es nicht auf den Tag oder die Stunde festlegen. Aber dann kam Marcel wieder und meinte, dass man es bei einer Pflanze ja auch nicht genau auf die Sekunde sagen könne. Einige lachten. Das sei auch eine gute Bemerkung, sagte Herr Meier. Selbst bei Pflanzen wissen wir es auch nicht genau. Aber wir können doch festhalten, weil unsere Stunde jetzt nämlich gleich zu Ende sein wird, dass alles, was lebt, auch einmal stirbt, egal, wie wir dem dann sagen. Und das macht uns oft traurig, aber wir müssen es hinnehmen, wir sagen dann, dass wir es akzeptieren müssen. Agneta meinte, dass es ja vielleicht auch möglich wäre, dass jemand, der gestorben ist, auch wieder zurückkommen kann. Ihr großer Bruder hätte das erzählt. Herr Meier sagte, auch das sei eine sehr interessante Frage, die wir aber gerne nächste Woche besprechen wollen. Er würde sie sich aufschreiben. Das fand ich sehr gut und überhaupt, hat mir diese Stunde sehr gut gefallen, sie ging ja auch rasend schnell vorbei. Ich freue mich schon auf nächste Woche. Frau Sack sagte dann, dass wir unsere Znüni-Boxen hervorholen sollten und jetzt könnten wir doch wirklich etwas Gutes zu essen vertragen. Genau dachte ich.

Zuhause wollte mein Vater dann wissen, was wir wieder alles für einen Blödsinn im Kindergarten gemacht hätten. Beim Essen schlug er mir mit der breiten Seite seines Messers mehrmals auf den Kopf. Ich habe nicht mitgezählt.

## 5 Jahre alt

Ich kann das einfach nicht. Ich kriege das nicht hin. Warum kann ich das nicht. Diesen blöden Knoten, um die Schuhe zuzubinden. Immer muss ich Mami fragen. Auch blöd. Verstehe ich schon. Aber ich kann es eben nicht. Im Kindergarten haben wir diesen Rahmen, Montessori-Rahmen, sagt Fräulein Zakowski immer, oder wie die da heisst. Ist ja ganz nett, aber gestern wurde sie böse, weil ich es immer noch nicht kann, diese Schleife binden. Ich will ja auch keine Schnürschuhe. Man könnte doch alle Schuhe so machen, wie die Finken.[1] Dann könnte man einfach nur reinschlüpfen. Wäre doch eh praktischer. Aber nein, ich muss diese verd... Schleife lernen und kriege sie nicht hin, auf diesem verd... Montessori-Rahmen. Einmal hat es geklappt, aber das war Zufall. Ich hatte es nicht begriffen. Ich kann mir diese Schleife einfach nicht im Kopf vorstellen. Irgendetwas stimmt da nicht. In meinem Kopf. Kann man nichts machen. Aber es ist mir peinlich, weil, die anderen können sie schon. Außer Manuel, der kann sie auch nicht, aber der ist mongoloid und der darf sie nicht können. Aber ich muss sie können. Also übe ich es, bis ich schwarz werde. Dann bin ich eine Negerin. Ich weiß nicht, ob Neger auch die Schleife haben, in Afrika. Vermutlich nicht oder doch. Auch egal, ich bin ja nicht in Afrika, sondern im Aargau. Das hat auch ein A, ist aber nicht dasselbe. Hier sind alle weiß und können diese Schleife. Nur ich eben nicht, weil ich zu blöd dafür bin. Wäre ich auch ein Mongo, müsste ich sie nicht kennen. Aber ich finde es auch wieder gut, dass ich kein Mongo bin, dann nämlich würden immer alle über mich lachen, wenn sie es auch nicht zeigen, sondern immer nur hintenrum tun, was ich auch Schei... finde. Scheiße macht man, darf man aber nicht sagen. Auch komisch. So komisch, wie eine Schleife. Versuche ich es eben noch einmal. Die anderen sind ja schon alle gegangen, durften in die Pause, nur ich wieder nicht, weil ich noch vor diesem M-Rahmen sitzen muss. Habe nun wirklich keine Lust mehr dazu. Es hat wieder nicht geklappt. Aber den Anfang kann

---

[1] Hausschuhe

ich schon ganz gut, nur das Umlegen, damit es dann eine Schleife wird, geht einfach nicht. Ich nehme immer das falsche Ende. Dann nimm doch einfach das richtige, hat Brigitte gesagt. Diese blöde Kuh. Sie hat es als Erste von der ganzen Gruppe geschafft. Dafür kann sie nicht schnell rennen. Mit ihren krummen Beinen. Auch nicht lustig. Aber die Schleife, die kann sie dann, aber mit einer Schleife binden, kann man eben auch nicht schneller rennen. Jetzt werde ich gemein. Darf man nicht sein, sagt Frau Zakowski und dabei ist sie selber so gemein, lässt mich nicht in die Pause. Nun hocke ich hier allein und die Sonne scheint. Wenn es regnet, dürfte ich dann in die Pause, aber dann lassen sie uns ja nicht raus, weil wir ja nasse Füße bekommen könnten, und dann muss man die Schuhe ausziehen und andere anziehen und die haben dann natürlich auch wieder Schuhbändel und man muss die Schleife können. Ach ja, so ist das eben. Ohne Schleife-binden-zu-können ist das Leben kein Leben. Also übe ich weiter, obwohl ich glaube, dass ich es nie können werde. Schleife ist nicht mein Ding. Ach, jetzt hat es fast geklappt, aber sie ist mir auseinandergefallen. Vielleich schaffe ich es ja doch, vielleicht schaffe es aber auch nie und muss dann mein Leben lang in Finken herumlaufen. Geht natürlich auch nicht. Also, lieber Gott, hilf mir diese Schleife zu binden. Bei Schürzen ist es ja egal, die haben auch Schleifen, aber die muss man hinten, beim Rücken binden und das kann niemand. Gut, Fräulein Zakowski kann es, natürlich. Die kann ja alles, was es gibt auf dieser Welt. Aber von den Kindern kann es niemand, auch Brigitte, diese blöde Kuh, kann es nicht, obwohl sie es immer wieder probiert. Aber auch mit einer von ihr selber gebundenen Schürze, wird sie nicht schneller laufen können. Also, wenn man jemanden fragt, kannst du mir – bitte – hinten die Schürze binden, dann ist das kein Problem, aber wenn man jemanden fragen muss, dass er einem die Schuhe zubindet, dann muss man sich dafür schämen. So ist das, eben. Also muss ich eben doch lernen, diese Schleife zu binden und da soll mir dieser M-Rahmen helfen. Er hat mir allerdings noch nie geholfen, binden muss ich sie ja immer selber, was aber nie gelingen will, weil die Schleifen sind gegen mich. Schleifen hassen mich und ich hasse Schleifen. So sind wir einer Meinung. Das ist doch dann wieder gut, sagt Fräulein Zakowski. Wie die schon heisst, hier heisst niemand so. Ich weiß nie, ob sie Rakowski oder Zakowski heißt. Aber die Schleife blind binden, das kann sie dann. Möchte ich auch können, kann es aber nicht, kann es ja nicht einmal von vorne. Ich tauge eben nicht, ich tauge zu gerade gar nichts. Wenn das meine Eltern wissen, aber sie wissen es ja schon. Mami hilft mir immer, wenn wir rausgehen, meist so, dass es Papa nicht sieht. Das ist lieb von Mami. Mami habe ich gern. Aber im Kindergarten ist sie ja nicht und hier wollen wir ja auch etwas lernen. Ansonsten kann ich ja alles, nur eben diese blöde Schleife, will einfach nicht gelingen. So die Pause ist jetzt vorbei und die anderen Kinder kommen herein und gucken natürlich nur blöde und Brigitte, diese blöde Kuh, fragt dann sicher, ob ich die Schleife nun könne. Ich werde ihr nicht antworten.

Beim Abendessen schlug er mich mit der breiten Seite des Messers drei Mal auf den Kopf. Ganz schnell hintereinander, quasi aus dem Handgelenk. Er hatte schon am Nachmittag angefangen zu trinken.

# 6 Jahre alt

Heute bin ich wieder mit Max in den Heuschober gegangen. Er zeigt mir dann immer sein Ding, seinen Pimmel. Es interessiert mich ein bisschen, nicht sehr. Aber ich bin neugierig und deshalb schaue ich es mir an. Max mag es sehr, wenn ich da draufschaue und weil er mein Freund ist, tue ich ihm den Gefallen. Er knetet dann immer so daran herum. Er meint, dass Mädchen das auch tun können. Sein älterer Bruder hat ihm das gesagt. Ich habe dann verstanden, dass er meint, dass ich bei ihm herumkneten solle, aber das hatte ich falsch verstanden. Er meinte nämlich, dass Mädchen auch bei sich herumkneten könnten. Aber das habe ich nicht verstanden, weil wir ja kein so ein Ding da unten hängen haben. Manchmal, wenn er genug geknetet hat, steht sein Pimmel hoch, er zeigt dann zum Bauchnabel. Finde ich irgendwie lustig. Also wie soll das bei den Mädchen gehen. Verstehe ich nicht. Max meint dann, dass er dann einen Ständer habe. Ich habe dann gesagt: einen Wäscheständer, um die Wäsche zum Trocknen aufzuhängen. Ich sei blöd, meinte dann Max. Max ist nett, manchmal bringt er mir auch ein Eis mit. Max ist der Sohn des Bauern aus unserer Nachbarschaft. Manchmal will er dann auch meine Spalte sehen. Aber in letzter Zeit nicht mehr so, weil sich da ja nichts tut, wie er sagt. Ab und zu pieseln wir uns auch etwas vor. Ich im Sitzen und er im Stehen. Wir sehen uns dabei zu und schätzen ab, wer mehr rausgelassen hat. Ich gewinne meistens. Max meinte, dass das unfair wäre, ich könne mehr drin behalten und deswegen würde ich immer gewinnen, dafür könne ich keinen Ständer machen. Dann ist es eben so, mir egal. Letzthin gab es einen großen Krach, weil die Magd, die bei dem Max seinen Eltern auf dem Hof arbeitet, die Magdalena aus Rumänien, hat uns erwischt und laut geschrien. Dem Max seine Eltern sind dann herbeigelaufen und haben gefragt, was los sei. Magda hat es ihnen erklärt, dabei kann sie gar nicht richtig deutsch. Der Vater von Max hat nur gelacht und ist gleich wieder gegangen, zu seinem Traktor, weil er aufs Feld musste. Dabei hat er gesagt, für so einen Blödsinn, könne er jetzt keine Zeit vergeuden. Die Mutter von Max hat gesagt, dass sie mit Max noch reden wolle und sie werde auch noch mit meinen Eltern reden. So etwas dürfe man nämlich nicht tun. Warum, habe ich sie gefragt. Sie meinte, ich solle jetzt nicht auch noch frech werden. Dann ging sie ins Haus zurück. Jetzt passen wir besser auf, dass uns keiner mehr sieht, und Magda grüsse ich seitdem auch nicht mehr. Diese alte Petze, uns zu verraten. Max hat auch gemeint, wenn es mal passen würde, würde er ihr ein Bein stellen. Aber bis jetzt hat er es noch nicht getan.

Mein Vater packte mich später am Kragen, hob mich hoch und ‚nagelte' mich an die Wand. Ich versuchte mich schwer zu machen. Das schlimmste war sein stinkiger Atem.

## 6 Jahre alt

Ich habe Mami aus ihrem Portemonnaie 50 Rappen gestohlen. Nun habe ich ein schlechtes Gewissen. Ich weiß gar nicht, warum ich das gemacht habe. In der Schule, ich bin ja jetzt in der ersten Klasse, hat Max angegeben, dass er Taschengeld bekomme, und zwar einen Franken in der Woche. Ich habe ihn dann gefragt, was er mit diesem Geld denn machen würde. Er hat großspurig gesagt, dass er das noch nicht wisse. Aber irgendetwas Großes wäre es dann schon. Ich staunte. Etwas Großes. Was kann das denn sein. Ein Haus, oder ein Pferd oder was. Ich habe dann die Münze den anderen Mädchen gezeigt. Schon klar, dass ich damit etwas angeben wollte. Mechthild tut das ja auch immer. Sie bringt nämlich fast jede Woche eine neue Puppe mit in die Schule und zeigt die dann stolz herum. Unsere Lehrerin, Fräulein Zoller, hat auch schon mehrmals zu ihr gesagt, dass Puppen nicht in die Schule gehören würden. Finde ich auch. Aber natürlich hat sie dann gesehen, dass ich diese 50 Rappen bei mir hatte. Sie sieht immer alles. Das ist manchmal gut, aber manchmal eben auch nicht. Sie hat mich gefragt, wo ich die herhabe und ich wurde rot und habe gestottert. Da war Fräulein Zoller natürlich alles klar. Schlussendlich habe ich es ihr dann gesagt. Fräulein Zoller war alt und muss gar nicht mehr Lehrerin sein. Aber da es zu wenig gibt, hat man sie wohl gefragt und so macht sie noch ein Schuljahr mit uns. In der zweiten Klasse sollen wir dann wieder eine neue Lehrerin bekommen. Vielleicht sieht die dann nicht immer alles. Fräulein Zoller kam dann zu uns nach Hause, weil sie den Fall, sie sagte Fall, klären wollte. Ich fragte mich, um welchen Fall es sich denn handeln würde. Ich verstand gar nichts. A ha, es ging um das 50 Rappen Stück. Ich gab sofort zu, dass ich sie Mami stibitzt hatte. Mami sagte, dass sie das gar noch nicht bemerkt hätte. Fräulein Zoller fragte mich, warum ich das getan hätte. Ich meinte, dass ich kein Taschengeld bekäme und alle anderen in der Klasse kriegten welches.

Fräulein Zoller wollte dann noch wissen, was ich mit dem Geld hätte machen wollen. Ich zuckte mit den Achseln. Das wusste ich doch nicht. Sie wollte dann mit meinem Vater sprechen und sagte zu ihm: Vielleicht, sollte... Aber er unterbrach sie sofort und sagte laut: Nichts-vielleicht und nichts-sollte. Besten Dank Fräulein Zoller und Adieu. Sie schaute zu Mami, aber Mami schaute auf den Boden. Das konnte ich deutlich erkennen. Fräulein Zoller ging. Mein Vater kam auf mich zu und sagte: Da haben wir also eine Diebin im Haus. Er ohrfeigte mich rechts und links, je einmal. Meine Wangen glühten.

Dann sah ich durchs Fenster, wie er nach draussen ging, auf den Traktor stieg und mehrmals, vor- und rückwärts, über meinen Tretroller fuhr.

## 6 Jahre alt

In unserer Nachbarschaft lebt ein Mädchen. Sie ist nett und lacht mich immer an. Ich bin dann bei ihr stehen geblieben und wir haben geschwatzt. Sie hat viel erzählt, aber ich habe nicht alles verstanden. Das macht mir aber nichts aus. Vielleicht hat sie ja auch nicht alles verstanden, was ich erzählt habe. Auf jeden Fall haben wir geplaudert und haben uns dann auch auf die Schaukeln gesetzt. Es hat da in der Nähe auch einen Kinderspielplatz. Er ist nicht besonders toll. Ein Sandkasten, wo immer die Katzen reinpiseln, auch Dickes machen sie sogar und zwei Schaukeln. Dann noch eine Bank für die Mamis. Also sind wir auf die Schaukeln gegangen. Sie hat gesagt, dass sie Isabelle heisst. Ich Helen.

Isabelle ist sehr hoch geschaukelt. Fast bis zum Himmel. Wenn man von unten zu ihr hoch geschaut hat, hat es so ausgesehen. Dabei hat sie laut geschrien, aber freudig. Es hat ihr unheimlich Spaß gemacht, so hochzuschaukeln. Sie kam höher als ich, wenn es bei mir so hoch ginge, hätte ich Angst. Isabelle hat irgendwie keine Angst. Das hat mich beeindruckt. Wir sind dann zu mir nach Hause gegangen. Mami hat nichts gesagt, nur geguckt. Ich habe ihr schnell zugerufen, dass wir in mein Zimmer spielen gehen. Wir haben mit meinen Puppen gespielt und Isabelle hat sie immer an sich gedrückt und geherzt. Das fand ich schön. Dann haben wir ihnen den Schoppen gegeben und als sie satt waren, schlafen gelegt. Isabelle hat sich dann zu ihnen gelegt und ist für einen Moment auch eingeschlafen. Auf jeden Fall hat es für mich so ausgesehen. Sie lag ganz still da. Ich wurde schon etwas unruhig, aber dann wachte sie auf und lachte wieder drauf los. Sie ist einfach lustig. Dann kam ihre Mutter und holte Isabelle ab. Ihre Mutter sagte zu mir, dass sie es sehr schön gefunden hätte, dass Isabelle mit mir spielen konnte und ob sie wieder einmal kommen dürfe. Ich nickte und sagte, ja natürlich. Ich freue mich. Sie ist eine Lustige. Beim Essen dann fragte mein Vater, wieso dieses Möngi bei uns gewesen wäre. Mami hatte es ihm wohl erzählt. Er hatte es ja nicht gesehen. Ich verstand die Frage von meinem Vater nicht. Was ist ein Möngi, fragte ich ihn. Er erklärte nichts, macht er sowieso nie und meinte nur, dass diese nie mehr ins Haus kommen dürfe und er auch nicht möchte, dass ich mit dieser Ausgeburt, was ich auch nicht verstand, noch einmal spielen dürfe. Wenn ich mich daranhalten würde, würde er meinen

Tretroller wegschliessen und ich bekäme zwei Wochen Haus- oder Zimmerarrest. Das müsse er sich dann noch überlegen. Ich verstand nichts und weinte leise vor mich hin. Niemand sagte mehr etwas. Dann packte er mich, vor Mami, am Kragen, aber nur leicht.

Am Abend waren wieder seine Kumpels zu Besuch und er war stark betrunken. Er schlug mir sechs Mal ins Gesicht. Ich weinte nicht.

## 7 Jahre alt

Heute Nachmittag habe ich schulfrei. In der ersten Klasse hat man zwei Mal in der Woche am Nachmittag keine Schule. Ab der dritten Klasse, dann nur noch ein Mal. Also fuhr ich mit meinem Tretroller in der Gegend herum. Das tue ich öfter und mache es gerne. Rollen finde ich besser als Gehen oder Laufen. Plötzlich fährt da so ein Mann, ich kenne ihn nicht, auf dem Fahrrad eine ganze Weile neben mir her. Er sieht auch immer zu mir hin. Er kommt mir aber irgendwie bekannt vor. Plötzlich, ich war total überrascht, schneidet er mir, direkt vor einem Hauseingang den Weg ab. Ich schaue ihn fragend an. Er steigt schnell ab, stellt sein Fahrrad an die Hausmauer und dann zerrt er mich in den Hauseingang hinein. Er ist viel stärker als ich. Ich will das nicht, wehre mich. Aber ich habe keine Chance, keine Möglichkeit davon zu kommen. Dann beginnt er mich abzuknutschen, zu küssen, er schleckt mich mit seiner Zunge ab. Es ist widerlich, mir wird übel und ich versuche zu schreien. Erst nur leise, dann beginne ich auch zu zappeln und versuche ihn zu treten, aber er fasst mich nur noch fester an und versucht mich an sich zu drücken. Ich schreie lauter und höre, wie eine Etage höher eine Türe aufgeht. Da lässt er plötzlich von mir ab und verlässt direkt das Haus. Als ich mich etwas beruhigt habe und auch vor das Haus trete, auch um zu schauen, ob mein neuer Tretroller noch da ist, es wäre schlimm, wenn der verschwunden wäre, das Theater von meinem Vater, möchte ich nämlich nicht erleben, ist er weg. Schnell fahre ich nach Hause und erzähle es meiner Mami. Sie will mir nicht so recht glauben und meint, dass sie dies Vater erzählen will, wenn er nach Hause kommt. Ich gehe in mein Zimmer und hocke einfach so da. Einige Tage später, ich bin mit meinem Vater im Dorf, um neue Schuhe zu kaufen. Solche Sachen, wenn es um Geld geht, erledigt er immer selber. Es werden die billigsten Schuhe sein und bei Mami wäre das nicht der Fall und deshalb hat er, nach einem fürchterlichen Streit, entschieden, dass er bei teuren Anschaffungen, dies selber erledigen würde. Ich mache ihn im Dorf darauf aufmerksam, dass ich einen Mann als den Mann wiedererkenne, der mir vor ca. einer Woche das angetan hat. Er fragt mich, ob ich sicher sei und ich bejahe. Er geht auf den Mann zu und beschimpft ihn, was ihm den einfallen würde, dies seinem Mädchen angetan zu haben. Der Mann streitet alles ab und meint, dass er damit nichts zu tun hätte, dass er mich gar nicht kennen würde. Je mehr er redet, desto sicherer bin ich mir, dass es dieser Mann gewesen sein muss. Dann beendet mein Vater sein Geschimpfe und wir gehen nach Hause. Unterwegs macht er mir Vorwürfe, wieso ich diesen Mann beschuldigt hätte, mir etwas angetan zu haben. Er ist böse auf mich und meint, dass man mir geradezu überhaupt nichts glauben könne. Über dieses Geschehnis wurde nie wieder gesprochen.

Als er völlig betrunken war, stellte er sich schwankend vor mich hin, sah mir in die Augen und schlug mir, vier Mal, ins Gesicht. Ich sah ihn auch unverwandt an. Er kann mich nicht brechen. Er schafft es nicht. Er wird es nie schaffen.

## 8 Jahre alt

Gestern waren wir bei Tante Elli, sie heisst eigentlich Elfriede, aber man sagt ihr Elli. Finde ich auch besser. Elfriede tönt so komisch. Also da haben die Erwachsenen dann geredet und geredet und sie wollten nicht mehr aufhören. Es waren noch die anderen beiden Tanten und ihre Männer da. Auch meine Cousinen waren da und wir haben toll gespielt. Draussen auf der Wiese, mit einem Ball, der knallte dann gegen eine Fensterscheibe, aber die ging gar nicht mal kaputt. Trotzdem hat mein Vater wieder einmal geschimpft wie ein Rohrspatz. Ich bin dann ins Haus gegangen an den Tisch und habe noch eine Portion von dem leckeren Kuchen gespachtelt und zugehört, was die Alten da so erzählen. Mir ist dann eine Geschichte im Kopf geblieben. Ich wusste schon davon, weil Mami das zuhause auch schon erwähnt hat, dass sich Onkel Albert, der wurde nur Berti genannt, das Leben genommen habe. Ich habe das erst nicht ganz verstanden. Wie kann man sich das Leben nehmen. Man nimmt sich ein Stück Brot oder einfach irgendetwas. Aber das Leben, das hat man doch einfach so. Nämlich dann, wenn man auf die

Welt kommt. In der Schule hatten wir bei dem Philo...
ich weiß nicht mehr, wie das genau heisst, also bei Herrn
Meier, der kommt ja ab und zu zu uns in die Klasse und
dann besprechen wir so verschiedene Sachen. Weil die
Peppi ihn gefragt hat, ob ein Kind, das noch im Bauch
ist, auch schon ein richtiger Mensch ist. Was Herr Meier darauf geantwortet hat, weiß ich nicht mehr genau.
Also es ging um den Berti, der ist ja jetzt tot und die Beerdigung war auch schon, ist noch nicht lange her. Tante
Elli meinte, dass Berti in einer Krise gewesen wäre und
das seit Langem. Mami nickte und meinte, ja, er wäre
schon lange in einer Krise gewesen. Berti hätte ihr auch
einmal gesagt, wofür es sich denn noch für ihn zu leben
lohne. Aber sie hätte da nur gesagt, an so etwas solle er
gar nicht denken. Mein Vater sagte nur, der hatte doch
schon immer so einen Tunnelblick und hat immer so geschaut, als ob er Nebel vor den Augen hätte. Mir hat der
nie so richtig gefallen. Mami sagte dann, dass er doch ein
sehr netter Mensch gewesen wäre. Mein Vater murmelte
nur, der war wohl einfach zu nett. Man muss eben seinen Ärger auch mal rauslassen. Dann geht's einem wieder besser. Ich dachte da nur, ja, wo lässt du deinen Ärger aus, doch wohl immer an uns. Tante Elli sagte dann
noch, er hätte doch auch diese Telefonnummer anrufen
können. Welche Nummer fragte mein Vater. Tante Elli
sagte, na die von der Telefon-Seelsorge doch. Die hätten ihm vielleicht helfen können. Daraufhin entgegnete
mein Vater und wenn er sich eben umbringen will, dann
bringt er sich eben um. Da hilft dann auch kein Telefon.
Mami sagte dazu, man weiß es nicht. Vielleicht hätte es
geholfen. Und, so mein Vater weiter, wisst ihr, ob er es
nicht vielleicht doch getan hätte, hä? Er schaute meine

Mami böse an. Sie sah weg und fragte mich dann, ob mir der Kuchen schmecken würde. Ich nickte. Aber er ist ja jetzt tot, sagte ich. Ja, leider, bestätigte dies Tante Elli, und er kommt nicht wieder und das ist traurig. Wie man's nimmt, sagte da mein Vater, vielleicht geht es ihm ja jetzt besser. Ich fragte dann, wie ist Onkel Berti denn gestorben. Mami schaute mich an und sagte, du sollst das nicht fragen. Lass sie doch, sagte Tante Elli, wieso soll sie das nicht wissen. Also Helen, Onkel Berti ist freiwillig in den Fluss gegangen und ertrunken. Aber er konnte doch schwimmen, sagte ich, das weiß ich genau. Mein Vater antwortete, dann ist er eben dann nicht geschwommen und abgesoffen. Tante Elli zu meinem Vater, das ist jetzt so nicht nötig, dass du das so sagst. Nicht bei mir im Hause, das kannst du bei dir zu Hause tun, hier nicht. Ich stand auf und ging schnell wieder nach draussen. Aber ich dachte schon noch ein paar Mal darüber nach, wie es ist, wenn man ertrinkt, obwohl man doch eigentlich schwimmen kann und man dann sein Leben verliert, oder man es sich selber genommen hat. Auf jeden Fall war für mich klar, dass Onkel Berti doch sehr verzweifelt und traurig gewesen sein muss. Und dabei hat ihn niemand getröstet. Das macht auch mich traurig.

Am Abend schimpfte mich mein Vater böse aus, wegen dem Ball, der bei Tante Elli ans Fenster geknallt war. Aber die Scheibe blieb ganz. Aber das sagte ich nicht. Ich darf den Tretroller eine Woche lang nicht benützen. Das war die Strafe. Mami hörte zu, sagte aber kein Wort. Ich ging ins Bett und weinte, weil ich doch so gerne mit dem Roller unterwegs bin. Er bleibt jetzt eine Woche im Keller eingesperrt.

## 9 Jahre alt

Ich kapier das einfach nicht. Wir haben jetzt in der Schule die Umrechnungen von fremdem Geld. Wir müssen Deutsche Mark in Franken umrechnen oder Schweizer Franken in französische Franc. Das kann ich. Ist ja auch nicht so schwierig. Denn es geht ja immer um die Hundert. Also 100 Centimes sind wie 100 Rappen oder 100 Pfennige, oder eben auch umgekehrt. Aber bei den Engländern da wird es dann ganz schlimm und eben diese Währung verstehe ich nicht. Da gibt es ein Pfund Sterling. Aber Sterling muss man nicht sagen, es reicht, wenn man ein Pfund sagt. Also ein Pfund hat 20 Shilling. Warum hat ein Pfund nicht 100 Shilling. Das verstehe ich schon mal gar nicht. Dann geht es aber noch weiter, weil ein Shilling hat wiederum 12 Pence. Pence sind dann so etwas wie Rappen oder Pfennige oder Centimes. Das ist klar. Aber was sind dann Shilling. Die gibt es bei uns nicht. Zum Glück, kann ich da nur sagen. Aber unsere Lehrerin meinte, dass es ja sein könnte, dass wir einmal nach Groß-Britannien, so heisst nämlich England richtig, reisen würden und da wäre es doch schon gut, wenn wir uns mit dem Geld auskennen würden. Für mich steht fest, dass ich nie nach England reisen werde. Ich weiß nicht, wie ich das umrechnen soll. Sie hat es zwar schon mehrere Male erklärt, aber es geht einfach nicht. Dass ein ganzes Pfund 240 Pences sind, habe ich verstanden. Aber wie ich da von den 240 Pences auf die Schillinge kommen soll, ist mir nach wie vor ein Rätsel. Nächste Woche haben wir darüber eine Rechenprüfung. Mir ist jetzt schon angst und bange und ich fange an zu zittern. Niemand kann mir ja zu Hause helfen. Ich habe zwar Mami gefragt, aber die meinte nur, das verstünde sie nicht und mit England hätten sie auch nichts zu tun. Ich solle doch die Lehrerin fragen, dafür wäre die ja schließlich da. Ich habe ihr dann nicht gesagt, dass ich sie schon drei Mal gefragt hätte und beim letzten Mal hätte sie nur noch die Stirn gerunzelt. Das ist nämlich kein gutes Zeichen bei ihr, das weiß jeder an unserer Schule. Zum Glück bin ich im Schreiben gut. Ich mache nämlich fast keine Fehler mehr und im Diktat bin ich immer bei den drei Besten unserer Klasse. Aber das hilft mir jetzt gar nichts. Also wie viele Schilling sind 36 Pences. Vielleicht: drei. Könnte sein. Aber wenn es 40 Pences sind, dann gibt es ja Rest, weil es ja dann 4 Pences gibt, die übrig bleiben. Kann man dann ‚4 Rest' schreiben. Ich muss sehen, dass ich bei Köbi abschreiben kann. Er sitzt ja direkt neben mir und ist der Beste im Rechnen. Dafür kann er nicht schreiben. Er macht mehr Fehler im Schreiben als ich im Rechnen, und das will schon etwas heissen. Vielleicht kapier ich es ja doch noch. Bei den Hektaren und Aren habe ich auch etwas länger gebraucht, aber dann hat es ganz gut geklappt. Aber Sorten umrechnen finde ich doof. Die sollen doch auf der ganzen Welt die gleichen Sorten haben, dann müssten die Schüler auf der ganzen Welt das Umrechnen nicht lernen. Aber dann hätten ja die Lehrer nichts mehr zu tun. Fast nichts, auf jeden Fall. Also jetzt muss ich noch die Schilling in Pfund verwandeln. Pfund in Pence, das geht noch gar nicht. Leider.

Zu Hause schlug mein Vater wieder zu. Er schlug mir ins Gesicht, links und rechts. Auf dem einen Ohr pfiff es. Ich war erstaunt, weil er doch gar nicht betrunken war.

## 10 Jahre alt

Ich bin jetzt seit zwei Monaten im Spital. Ich habe mir den Oberschenkelknochen gebrochen, also hoch oben, fast bei der Hüfte. Das kam so. Es war blöd, wirklich blöd, kann man nicht anders sagen. Also vor unserer Schule, also auf der anderen Strassenseite war ich in eine heftige Diskussion mit einigen anderen Mädchen verwickelt. Muss man schon so sagen. Es ging um irgendetwas, was in der neuen Bravo gestanden hatte. Ich weiß nicht mehr, was es war. Ist ja jetzt auch egal. Dann sah ich plötzlich Elisabeth, gut, wir sagen nie Elisabeth, sondern Lisi zu ihr, stehen. Sie rief mich, ich solle rüberkommen und ich rannte los, über die Straße. Aber im gleichen Moment kam auch ein Auto von links, aber ich Depp habe nur Lisi gesehen und bin eben losgerannt und voll in das Auto geknallt. Es hat mich dann wohl überschlagen und ich wurde weggeschleudert, hoch in die Luft und beim Runterkommen bin ich dann noch mit dem Hinterkopf auf den Aussenspiegel des Autos geschlagen und dann bewusstlos liegengeblieben. Aber an das alles kann ich mich nicht mehr erinnern, weil ich ja bewusstlos war. Ich kam erst wieder in der Bäckerei zu mir, wie ich da so auf dem Boden lag und nichts sah, weil mir das Blut in die Augen lief. Ich hatte auch noch an der Stirn eine Wunde. Daneben hörte ich dann immer wieder Mami schreien. Dann kamen der Krankenwagen und ich eben in den Spital. Eigentlich wollte ich das Alles gar nicht erzählen, aber es muss sein, damit man versteht, warum ich überhaupt im Spital bin und das schon so lange. Ich liege auf einem Zimmer und bin hier die jüngste, aber diejenige, die am längsten schon hier ist. Wann ich wieder nach

Hause kann, können sie mir nicht sagen, weil ich mich nicht bewegen darf. Ich habe nämlich keinen Gips, weil dann hätte man mich völlig eingipsen müssen, weil ja der Bruch so weit oben ist, haben sie gesagt. Also liegt mein Bein auf einem Gestell, das etwa 20 cm hoch ist. Durch mein Knie geht ein dünnes Stängelchen, das geht auch durch den Knochen und über diesem Stängelchen ist so eine Art Hufeisen angebracht und davon geht eine Schnur über eine Rolle, die an einem Gestell oben, auf ca. einem Meter Höhe, angebracht ist. Wenn man also hinter diesem Gestell steht, ist man von der Türe her nicht einsehbar. Ich hoffe, man versteht das, in etwa. Dass man da nicht einsehbar ist, ist wichtig für das, was ich hier eigentlich sagen, zum Ausdruck bringen will. Also in unserem Jugendzimmer, wie die Schwestern es nennen, wird viel herumgemacht. Es sind nur Mädchen in diesem Zimmer und sie sind alle älter als ich, aber noch nicht erwachsen. Sie reiben sich immer unten zwischen den Beinen. Irgendeine tut es immer und wenn es ihr dann kommt, lachen alle, rufen ihr etwas zu, was ich meistens nicht verstehe oder klatschen sogar. Echt komisch, das Ganze. Vor einer Woche nun ist Alice neu in unsere Zimmer gekommen und hat sich sogleich an mich rangemacht. Sie kann das Bett verlassen, was sie genau hat, weiß ich nicht. Ist mir auch egal. Auf jeden Fall ist sie immer hinter mein Gestell gekommen und hat angefangen, mich zu befummeln, also anzufassen. Überall. Ich wusste erst nicht, was ich davon halten sollte. Aber nach ein paar Mal war mir klar, dass ich das nicht wollte und habe ihr dann die Hand weggeschoben. Da wurde sie richtig böse und sauer auf mich. Sie meinte dann, ich solle mich nicht so anstellen und ich hätte es doch auch gerne und so Sachen eben. Sie erzählte dann so Sachen, dass doch im Grunde nur ein Frauenkörper ein schöner Körper wäre und Männer die hässlichsten Geschöpfe auf dieser Erde seien und man sich doch dazu bekennen solle und so weiter. Sie wollte mich immer streicheln und versuchte dann auch mir ins Höschen zu greifen und auch einen Finger hineinzustecken, da hatte ich einen Brechreiz und sie zog sich zurück und ging in ihr Bett. Ich weinte. Als dann die Schwester kam und mich sah, fragte sie mich, ob ich Schmerzen hätte. Ich nickte und sie meinte, sie würde mir gleich etwas bringen und dann gingen die Schmerzen auch gleich wieder weg. Ich konnte ihr nicht mehr sagen und wollte Alice eigentlich auch nicht verraten. Am anderen Tag kam sie wieder, sagte, dass sie mich unten nicht anfassen würde, sondern nur oben. Sie sagte dann noch, dass ich sicher mal einen sehr großen und schönen Busen bekommen würde. Ich musste erst überlegen, was sie mit Busen überhaupt meinte. Als ich es kapierte fragte ich sie, woher sie das wisse, sie sagte nur, dass sie so etwas spüren könne, sie hätte eben magische Hände und ich würde es schon noch merken. Sie berührte mich dann oben herum und als sie versuchte, ihre Hände weiter nach unten zu schieben, flüsterte ich ihr zu, wenn sie nicht sofort aufhören würde, würde ich laut schreien und der Schwester alles sagen. Sie blickte mich böse an und ging in ihr Bett. Sie sprach dann die kommenden Tage kaum noch mit mir und dann wurde sie entlassen. Sie gab allen ein Abschiedsküsschen, mir gab sie keines und ich war sehr froh darum.

Wieder zu Hause: Die Schläge ins Gesicht kamen heute unerwartet, obwohl ich es hätte wissen müssen. Er war doch schon betrunken.

## 11 Jahre alt

Vis-à-vis von unserem Schulhaus ist der Kirchenrain. Da hat es hohe Sträucher und man kann von der Strasse oder vom Bürgersteig her nicht hinter diese Büsche sehen. Manchmal gehen wir, das ist der Christian, der Giuseppe, die Myrtha und ich dahin. Giuseppe hat dann meistens Zigaretten dabei, die er von seinem Vater geklaut hat. Wir rauchen dann. Ich kann es nicht richtig und muss immer husten. Myrtha raucht auf Lunge und Christian, der es auch noch nicht so richtig kann, bewundert sie dafür. Ich glaube auch, dass er in sie verliebt ist. Ich habe Myrtha schon gefragt, ob sie auch in Christian verliebt sei und sie hat gesagt, dass sie das nicht so genau wisse. Manchmal ja und dann aber auch wieder nicht. In der BRAVO wäre ja gestanden, wie es sei, wenn man in einen Jungen verliebt sei. Man hätte dann Herzklopfen und es könne einem sogar leicht schwindlig werden und man hätte Schmetterling im Bauch. Das finde ich nun sehr komisch. Die fliegen ja in der Luft und nicht im Bauch. Ich hatte voriges Jahr einmal Durchfall und da könnte ich mir Schmetterlinge im Bauch schon vorstellen. Aber die wollten dann eher hinaus. Aber ist ja auch egal, ob sie den Christian liebt oder nicht. Wir gehen ab und zu eben mal in den Kirchenrain und probieren, ob wir es mit den Zigaretten von Giuseppes Vater schon besser können. So wie es eben die Erwachsenen tun. Mein Vater raucht ja eher Zigarren oder Zigarillos. Dafür stinkt unser Haus immer, zu jeder Tages- und Nachtzeit, weil er, aber auch seine eingeladenen blöden Kumpels, die Hütte vollqualmen, als ob wir eine Dampflok zu Besuch hätten. Ich kann es immer noch nicht richtig und denke, dass ich es bald aufgeben werde. Ich weiß nicht, was mir diese Raucherei bringen soll. Und Geld würde ich dafür schon gar nicht ausgeben wollen. Abgesehen davon hat Giuseppe angefangen mir an die Brüste zu fassen. Man kann sie eben schon sehen und deshalb macht er das auch. Bei Myrtha sieht man noch gar nichts. Aber ich mag das nicht und habe ihm das auch gesagt. Aber er hat nur gelacht, der Depp. Er versucht es immer wieder. Sie scheinen irgendwie magnetisch zu sein und ziehen ihn geradezu an. Echt krank, der Typ. Myrtha wollte auch einmal dran fassen. Damit war ich einverstanden, weil sie wollte, ja mal fühlen, wie das denn so sein werde, wenn sie auch einmal welche bekäme. Und es war auch nur einmal. Giuseppe will jedes Mal da dran. Was er davon hat, weiß ich nicht und verstehe es auch nicht. Hoffentlich wachsen sie nicht noch weiter. Ich denke, dass ich nicht mehr mit zum Kirchenrain kommen werde. Sie können ja ein anderes Mädchen fragen. Gibt sicher genug, die da gerne mitkommen würden.

Die Hose musste runter, mein Vater schlug mich 15-mal mit der flachen Hand auf den Po. Ich zählte die Schläge. Es sind immer gleich viele.

## 12 Jahre alt

Mein Vater meint oft, ich würde mich wie ein vollgeschissener Strumpf bewegen. Meine Mami meinte einmal, ich kriegte das zufällig mit, dass er das doch nicht sagen solle. Er antwortete ihr, dass das doch nichts Schlimmes sei und abgesehen davon, würde es ja auch stimmen. Für mich ist das aber der Horror, immer wieder so etwas sich anhören zu müssen. Ich komme mir da sehr wertlos vor. Ich bin nichts wert. Vielleicht ist es ja auch so. Wenn er das jeweils sagt, mag ich gar nichts mehr tun, für die Schule oder auf dem Feld. Ich frage mich dann, wofür lebe ich, dass ich Scheiße sein darf. Zu meinen beiden Schwestern sagt er so etwas nie. Nur immer zu mir. Ich bin eben nicht gut genug. Man kann mich spülen. Weg damit, in den Kanal, aber ohne Kläranlage, weit hinaus aufs Meer. Da gehöre ich wohl hin. Ich kapiere ja auch nichts, alles muss man mir mehrmals sagen. Warum bin ich dann überhaupt auf dieser Welt. Gut, auch die Welt braucht Scheiße, schon klar. Aber warum muss ich diese sein. Also bin ich anderen nur lästig. Da ich aber nun einmal da bin, falle ich anderen zur Last. Deshalb hat man mich auch nicht lieb. Irgendwie logisch, denke ich. Um Scheiße sorgt man sich nicht. Der einzige Zweck ist, damit die Felder zu düngen. Also tauge ich als Düngemittel, auch logisch. Mehr nicht, aber auch nicht weniger. Ich spüre mich nicht und niemand spricht mit mir. Ich bin ihnen auch nicht wichtig und es wäre gut, wenn ich abgetrieben worden wäre. Meine Mutter hat mir gegenüber mal so eine Andeutung gemacht. Sie wollte keine Kinder. Als sie wohl gesehen und gespürt hat, mit welchem Mann sie da zusammenlebt, leben muss, wollte sie keine Kinder. Er wollte Knaben. Gut, hat er dann auch nicht bekommen, sondern drei Töchter. Wie es den beiden anderen geht, weiß ich nicht. Sie sind ja noch jünger als ich. Sie werden auch anders behandelt, besonders die jüngste, die hat es gut. Ich nicht. Ich bin ihnen nicht wichtig und es ist bedauerlich, dass meine Mutter niemanden gefunden hat, der mich damals vor 12 Jahren weggemacht hat. Warum sie mir das überhaupt erzählt hat, weiß ich nicht. Sie hat es nicht böse gemeint, das glaube ich nicht, sie hat es einfach erzählt. Vielleicht sollte ich froh sein, dass es nicht so weit gekommen ist. Aber froh bin ich nun wirklich nicht. Also fühle ich mich eher schuldig, dass es mich überhaupt gibt. Ich könnte es ja noch korrigieren, könnte mich mit einem Gewehr meines Vaters erschiessen oder nicht weit von hier, auf die Gleise gehen oder in die Reuss. Wären alles Möglichkeiten. Vielleicht kommt es ja eines Tages noch einmal dazu. Dann hätte das mit einer verspäteten Abtreibung doch noch geklappt. Lustiger Gedanke. Aber was soll ich tun. Ich muss auf jeden Fall hier weg, sobald es möglich ist. Ich ersticke hier noch und mein Hass auf ihn nimmt von Tag zu Tag zu. Das ist meine Hoffnung, von hier wegzugehen. Dieser Gedanke hält mich aufrecht. Was will man als vollgeschissener Strumpf sonst tun, als ihn irgendwo anders ausleeren.

Erst schlug mir mein Vater ins Gesicht und dann boxte er mich in der Achselgegend. Ich verzog sowohl beim Ersten wie beim Zweiten keine Miene. Erschöpft hörte er auf.

## 13 Jahre alt

Leider habe ich mein Zimmer neben dem Schlafzimmer meiner Eltern und so kriege ich jeden Monat mit, wenn sie es treiben. Sie treiben es nämlich immer am Monatsende. Dann darf ich an den Geräuschen teilhaben. Das hatte auch, das muss ich zugeben, anfangs einen gewissen Reiz. Es erregte mich in eigenartiger Art und Weise.

Eigentlich wollte ich das nicht. Aber eine gewisse Zeit erwartete ich ihre Aktivitäten jeweils, dann, weil es immer in der gleichen Art und Weise wohl abzulaufen schien, fand ich es nur noch ärgerlich. Genau genommen höre ich auch nur ihn, sie: nie. Er ächzt und stöhnt sich einen ab, dann schreit er auf und es ist Ruhe. Immer der gleiche Ablauf, immer die gleiche Tonfolge. Irgendwie tut mir Mami leid. Sie hält wohl einfach hin und lässt es über sich ergehen. Die Arme. Ich habe sie dann einmal gefragt, nein, zu diesen Aktivitäten habe ich sie nie etwas gefragt, nein, ich fragte sie, warum sie sich nicht einfach von dem Scheusal befreien und sich scheiden lassen würde. Sie entgegnete, dass er dann die ganze Familie erschiessen würde. Er ist ja im Schützenverein und im Eingang unseres Hauses hängen mehrere Flinten. Er geht regelmässig schiessen, so wie er regelmässig seine Verrichtung, so um den Fünfundzwanzigsten jeden Monats, erledigt. Auf den Mann ist eben Verlass. Ich habe immer, jeden Tag, Angst vor ihm. Er ist ein mächtiger Mann, übermächtig. Man hat keine Chance bei ihm. Die Firma, der Möhren-Anbau, ist seine Welt und damit verdient er wohl nicht schlecht. Aber mehr weiß ich darüber nicht. Nur mit der Zeit gingen mir diese Geräusche, eben jeweils um den fünfundzwanzigsten herum, schon sehr auf den Wecker. Aber ich musst es aushalten, so wie meine Mutter eben auch. Sie ist natürlich schon schlimmer dran. Ich werde das auf jeden Fall, wenn ich mal verheiratet sein werde, nicht mitmachen. Es ist grausam und nicht richtig. Das weiß ich. Ob wohl alle Männer so sind, oder so ähnlich. Dann werde ich nie heiraten. Aber Bethli hat ja auch gemeint, letztens in der Pause, dass die Männer immer nur eines im Sinn hätten, nämlich ihr

Ding da unten reinstecken zu wollen. Brigitte hat das bestritten und meinte, sie wollten einem das Ding immer in den Mund stopfen. Gut, wir wussten es alle nicht so genau, sind uns aber einig, dass sie es irgendwo hineinstoßen wollen. Dafür sind dann wir da. Ich musste dabei meinen Brechreiz unterdrücken, was mir, zum Glück, gelang. Damit war dann die Pause beendet und wir hatten Französisch. Man sagt ja zu dem auch so. Das ging mir dann einige Tage lang nicht mehr aus dem Kopf. Warum man dem dann Französisch sagt, wusste aber weder Bethli noch Brigitte. Französische Küsse, was soll das denn sein? Auch egal. Ich habe mir auch überlegt, ob ich meine Eltern, ich könnte ja zuerst mal meine Mutter fragen, darauf ansprechen soll, dass ich mein Zimmer zum Beispiel mit Annegret tauschen könnte. Aber ich habe mich nicht getraut. Was soll ich sagen, wenn sie fragen, warum ich das Zimmer wechseln möchte. Was soll ich dann als Grund angeben. Es ist ja das größte der Kinderzimmer und geht nach hinten raus. Man kann bis zum Waldrand sehen. Also lasse ich das. Man kann es sich eben im Leben nicht immer aussuchen, sagt Mami, sie sagt es oft. Sie weiß wohl wovon sie spricht.

Wieder einmal drei Hiebe mit der flachen Seite des Messers beim Essen auf den Kopf. Der dritte Hieb misslang ihm. Er rutschte seitlich beim Ohr ab. Es blutete stark. Mami machte dann ein Pflaster drauf.

## 14 Jahre alt

Ich weiß nicht, ob ich mich trauen soll. Einfach fragen, ist doch kein Problem, warum eigentlich nicht? Aber ich weiß ja gar nicht, was er dann denkt und was er dann von mir hält. Ui, da habe ich jetzt wirklich Angst vor. Vielleicht will ich es ja gar nicht, ihn fragen. Ach, was soll's. Ansprechen könnte ich ihn ja, aber als Mädchen macht man das doch nicht. Was werden die anderen dann von mir denken, nicht auszudenken. Nein, das will ich nun wirklich nicht. Das nervt wirklich, dass man nicht weiß, was man tun soll. Immer dieses Hin- und Hergerissen sein, echt stressig, wirklich. Man muss sich doch einfach nur einen Ruck geben und sich nicht darum kümmern, was die anderen denken. Sollen die mir doch den Buckel runterrutschen. Ja, wenn das denn so einfach wäre. Ist es eben nicht. Das steht fest. Das Einzige, was feststeht, dass es eben nicht so einfach ist. Ach was, ich frage einfach. Okay, aber wann und wo und wie und überhaupt: weshalb. Und dann denkt er am Ende noch schlecht über mich und das gerade will ich gar nicht, überhaupt nicht. Was will ich denn eigentlich von ihm, ist doch einfach auch nur ein Kerl. Aber so dunkelhaarig, das gefällt mir schon recht gut. Aber ich kann ja noch ein bisschen warten. Warten, auf was denn, bitte schön. Ach, ich weiß es doch auch nicht. Von diesem Hin und Her, wird man ja noch ganz verrückt. Ich mache mich selber verrückt. Bringt auch nichts, bringt mich höchstens noch ins Irrenhaus und sie müssen mich abholen kommen. Manchmal, so denke ich, wäre es vielleicht das Beste, für mich. Dann müsste ich mich nicht mehr entscheiden, für nichts mehr sagen, was ich will oder nicht will. Da nehmen sie einem doch jede Entscheidung ab. Ein interessanter, tröstlicher, guter, verlockender Gedanke. Muss ich schon sagen. Aber dass man dann so gar nichts mehr selber sagen kann, finde ich auch wieder nicht gut. Ah, es beginnt schon wieder zu drehen und zu kreiseln. Soll man mich nun abholen, oder soll man nicht. Vielleicht doch besser, wenn nicht. Die Vorstellung, dass sie mich holen, ist vielleicht doch nicht so gut. War ja auch gar nicht so ernst gemeint. Nur eine Spielerei, eine Gedankenspielerei. Wird ja wohl noch erlaubt sein. Aber, ob ich ihn nun ansprechen soll, weiß ich damit immer noch nicht. Immer das gleiche mit mir. Ich hasse mich dafür. Wenn ich das doch bloß nicht hätte. Andere haben das nicht. Die gehen einfach drauf los, wenn sie etwas wollen. Sagen sie auf jeden Fall und ich meine, dass nur Claudia dies dann auch wirklich tut. Aber so wie die, möchte ich dann doch auch wieder nicht sein. Kann man die denn noch ernst nehmen. Geht immer frontal auf die Menschen zu. Ist auch schon oft abgelehnt worden, das habe ich genau gesehen. Ich beobachte sie nämlich schon eine ganze Weile. Aber irgendwie scheint ihr dies nichts auszumachen. Das ist doch krank. Immer wieder anecken, eins auf den Deckel bekommen. Nein, das möchte ich wirklich nicht. Würde ich auch gar nicht aushalten. Da bleibe ich lieber in meinem Schneckenhaus und schaue ab und zu mal hervor. Fühler ausstrecken. Aber eben, wie lang sind diese? Bei mir sind es wohl eher nur Stummelchen. Reichen gerade bis zur Tür und fertig. So kann man natürlich nichts ertasten oder erfühlen, geschweige, dass das irgendjemand mitbekommt. Mein Pech, eben. Bin eben die Pech-Marie. Verdammte Schei... Bitte, so spricht man nicht. Hab es ja gar nicht gesagt, nur gedacht. Egal, ich verbiete es dir. Du hast mir gar nichts zu verbieten. Hallo Gedanken. Ihr seid noch 3 Minuten von der Anstalt weg. Kriegt euch bitte wieder ein. Ja, ja, ist ja schon gut. Beruhigung ist angesagt. Etwas Schokolade wäre jetzt angesagt. Keine schlechte Idee. Mal sehen, wo ich davon etwas herbekomme. Ein Entschluss, Halleluja! Ich will etwas Schokolade essen. Ohne Wenn und Aber. Oder doch. Schokolade ist nicht gut für die Figur. Auch egal, bei mir schlägt es sowieso nur an einer Stelle an. Aber da gefällt es mir dann schon gerade überhaupt nicht. Soll ich ihn nun fragen oder nicht. Ich weiß schon gar nicht mehr, was ich ihn eigentlich fragen wollte. Lügnerin. Du weißt es schon noch ganz genau. Auch wieder wahr. Vielleicht frage ich ihn morgen. Morgen ist ja auch noch ein Tag. Aufgeschoben ist nicht aufge… Blödsinn. Du bist feige. Nicht mehr, aber auch nicht weniger. Mir doch egal. Noch einmal Lügnerin. Ja, was soll ich denn nun tun. Das kannst nur du selber wissen. Das weiß ich ja. Aber das ist ja das Problem. Ich muss in die Stunde. Gut, dass ich das nicht entscheiden muss. Gut, wenn man einfach nur muss. Dann funktioniert es bei mir bestens.

Als er betrunken war, schlug er mir 15-mal mit der Hand auf den Po. Ich spürte wenig.

## 15 Jahre alt

Heute war mal wieder der ganz große Tag: Zeugnisvergabe in der Sekundarschule. Meine Noten sind so-là-là. In einigen Fächern bin ich ganz gut, so in Deutsch. In den naturwissenschaftlichen Fächern bin ich eine Niete.

Mathe, Geometrie: Ächz, Stöhn. Kann ich da nur sagen. Macht einfach keinen Spaß. Handarbeit und Kochen dann schon eher. Zeichnen und Turnen geht so. Aber ich habe schon so eine Ahnung, was ich ja nach der Schule machen will. Aber ich muss erst noch ein Jahr eine kaufmännische Ausbildung machen, hat Mami gesagt. Mir ist das egal, weil ich sowieso noch zu jung bin, um ein Praktikum in einer Stiftung für Behinderte machen zu können. Aber das habe ich noch niemandem gesagt. Ist noch ein Geheimnis. Verständnis werde ich dafür sowieso nicht ernten. Wobei ja alles, was von mir kommt, von meinem Vater in den Dreck gezogen wird. Da spielt es überhaupt keine Rolle, um was es sich dabei handelt. Das Zeugnis wird er, wie immer, nur kurz überfliegen und dann mit seiner beknackten Unterschrift unterschreiben. Muss er ja. Leider interessieren mich die meisten Fächer nicht, oder alle, die da in der Schule angeboten werden, überhaupt nicht. Warum wird nicht mehr über den Menschen, wie er ist oder auch, wie er sein sollte, gesprochen. Im Religionsunterricht wird es ein bisschen gemacht. Aber das überzeugt mich nicht. So etwas würde mich schon mehr interessieren. Vielleicht finde ich ja noch so etwas. Das wäre doch viel interessanter als zum Beispiel Geometrie. Gut, das hat natürlich auch damit zu tun, dass ich sie nicht so richtig kapiere. Menschen kapiere ich, glaube ich, besser. So ist das eben bei einigen Menschen.

Nachdem mein Vater mein Zeugnis unterschrieben hatte, ging er weg und als er zurückkam packte er mich wieder einmal am Kragen und drückte mich gegen die Wand, beschimpfte mich und blies mir seinen Alk-Atem ins Gesicht. Mir wurde übel. Er schnürte mir die Luft ab.

## 15 Jahre alt

Wie sehr hätte ich es mir gewünscht, wenn Mami mich mal in den Arm genommen hätte. Sie guckte mich immer nur an, was sie sich dabei dachte, habe ich nie herausgefunden, keine Ahnung. Sie tröstet mich schon, irgendwie. Das spüre ich. Mami hat mir gezeigt, wie man einen Zustand aushalten kann, lernt, diesen auszuhalten. Aber will ich das. Nein, ich will das nicht. Wozu soll das gut sein. Ihm immer zu Diensten sein, seine anzüglichen Bemerkungen wegzustecken und nach aussen immer gute Miene zum bösen Spiel machen. Nein, das kann es doch nicht sein. Warum ist sie so? Ich verstehe es nicht. Aber ich bin mit ihr aufgewachsen. Aber habe ich von ihr profitiert. Darf man als Kind überhaupt so etwas fragen? Ich habe das neulich in einer Zeitschrift gelesen, dass man sich als Jugendlicher ruhig fragen darf, was man von seinen Eltern profitiert hat, was man von ihnen mitnimmt. Viel wird es ja bei mir wohl nicht sein. Und wenn ich 18 bin, bin ich sowieso weg. Das steht schon mal fest. Ich habe Mami lieb und irgendwo bewundere ich sie auch. Aber so werden wie sie, möchte ich nie. Aber ich glaube, da besteht auch keine Gefahr, weil ich es gar nicht könnte. Aber es wäre schon schön, wenn Mami auch meine Freundin sein könnte. Aber wir finden nicht zueinander. So bin ich eben einsam und kann mit niemandem darüber reden, wie es mir hier geht. Schlimm, wirklich schlimm. So verspüre ich manchmal eine Sehnsucht, weiß aber nicht wohin. Ich sehne mich nach irgendetwas und hoffe, dass ich es noch finden werde. Vielleicht eine Rose im Abendrot. Na, jetzt werde ich aber kitschig, sehr sogar. Auch blöd. Tönt so, wie bei deutschen Schlagern.

Da mag ich die Musik, die man manchmal bei Konzerten in der Kirche hören kann, schon eher. Chormusik finde ich schön. Da geht einem das Herz auf. Na, hoffentlich blutet es dann nicht zu stark. Habe wieder meine witzigen zwei Minuten. Bei solcher Musik spüre ich mich, was ja sonst kaum der Fall ist. Dann frage ich mich oft, was mir die Zukunft bringen wird. Werde ich etwas finden, was mich wirklich ausfüllt? Damit ich all das hier hinter mir lassen und vergessen kann. Kann man so etwas vergessen, die jeden Tag immer wiederkehrenden Beleidigungen. Was bringt ihm das überhaupt? Warum ist er so unzufrieden mit sich und der Welt. Warum trinkt er so viel und krakeelt dann rum? Warum behandelt er Mami so schlecht. Das macht doch alles keinen Sinn. Neulich habe ich noch etwas gelesen. Es ging da um einen Film, der ein Mädchen zeigt, das sich in einer Seelenfinsternis befindet. Dieser Begriff hat mir gefallen. Meine Seele tappt im Dunkeln, es ist finster und ich frage mich, wo ist das Licht. Jetzt muss ich die Schule fertig machen und hoffe, dass ich dann etwas finde, was mir gefällt. Das wäre dann das erste Mal in meinem Leben, wo mir etwas gefällt. Darauf hoffe ich. Damit ich aus meinem Leben hier als toter Roboter herauskomme. Manchmal denke ich, dass es besser wäre, wenn ich Schmerzen fühlen könnte, wäre immer noch besser als nichts. Aber daran will ich gar nicht denken. So etwas ist doch abartig, pervers. Wie kann man Schmerzen gut finden. Ich glaube, ich fange langsam an zu spinnen. Susi hat letzthin so etwas erzählt, dass sie gehört hätte, dass sich Mädchen selber Schmerzen zufügen würden. Völlig gestört, so etwas. Aber irgendwie verstehen kann ich es schon, aber damit will ich eigentlich nichts zu tun haben. Bin doch nicht krank im Kopf. Vielleicht sollte ich etwas weniger rumgrübeln, mich weniger mit meinen Gedanken beschäftigen. Die ziehen mich nur runter. Wenn ich nur schon mit der Schule fertig wäre, dann könnte etwas Neues in meinem Leben beginnen. Aber ich weiß ja auch noch nicht was, grübel, grübel... A ha, die zwei witzigen Minütchen, sind wieder da. Ich habe Grübelzwänge.

Er packte mich heute am Kragen und zog mich hoch, dass mir (etwas) die Luft wegblieb.

## 16 Jahre alt

Mein Gott, diese Dinger werden immer größer. Hören die denn nie auf zu wachsen. Wie Kürbisse, die ich da vor mir hertrage. Einfach widerlich, nur ekelhaft. Kann sie kaum noch verstecken. Wünschte, dass ich eines Morgens aufwachen würde und die Dinger wären weg. Einfach weg, verschwunden, hätten sich in Nichts aufgelöst, geplatzt ohne Spuren zu hinterlassen. Aber, keine Chance: sie sind da, wachsen und gedeihen, wie Vaters Gemüse auf dem Feld. Seine Stielaugen halte ich auch kaum noch aus. Dieses Geglotze von allen Leuten, nein den Männern, bringt mich noch um. Manchmal sind es auch Frauen, aber die glotzen nicht. Wenn ich doch nur dieses Gelumpe nicht hätte. Ich komme mir vor eine Kuh, mit einem Riesenuter. Aber die hat zum Glück nur eines, ich habe zwei. Gut, bei ihr hängt es zwischen den Beinen, bei mir am Oberkörper vorn, was nun die bessere Lösung ist, weiß ich nicht. Okay, man muss meinen aufrechten Gang berücksichtigen. Wenn ich auf allen vieren gehen würde, würden sie vermutlich über den Boden schleifen. Eklige Vorstellung. Was sich der Liebe-Gott dabei gedacht hat, mir solche Apparate an den Körper zu montieren, verstehe ich nicht, werde es auch nie verstehen. Die Mädchen in der Klasse tratschen darüber und Bethli meinte sogar, dass sie mich regelrecht deswegen beneiden würde. Die anderen nennen sie ja auch Bügelbrett. Auch nicht schön. Hallo Gott-Schicksal, wie wäre es mit etwas Mittelmaß. Bethli kann gerne etwas von mir abhaben. Mindestens jeweils je die Hälfte oder auch mehr. Wo ist der Zauberer, der dies zu bewerkstelligen in der Lage ist. Ich hasse meine Erker. Ich verabscheue meinen Körper. Alle starren mich an. Nicht nur die Männer, wie man meinen könnte. Die Frauen sind keinen Deut besser, obwohl ich es vorhin anders gesagt habe. Eine erdreistete sich sogar letzthin im Tram, dass sie darüber streicheln wollte. Ich hätte ihr fast eine geklebt. Wo sind wir denn hier? Im Anfass-Museum. Und dann mein Vater noch einmal, diesmal mit seinen Saufkumpanen, das ist so demütigend. Ich könnte ihn manchmal wirklich... Ich mag gar nicht daran denken. In die Badeanstalt will ich auch nicht mehr gehen. Und dann schneiden mir die Träger in den Schultern in die Muskeln ein. Auch nicht angenehm. Was kann ich anderes tun, als damit zu leben, leben zu müssen. Abschneiden, vielleicht? Irrsinn: lieber Gott hilf!

Heute boxte er mich in die seitlichen Rippen, an die vorderen Schultern und auch auf die Achseln. Die Flecken werde ich verstecken müssen.

## 16 Jahre alt

Ju hu! Schule fertig. Ich weiß schon, was ich will. Mit Behinderten arbeiten. Das ist mein Berufswunsch. Aber meine Eltern zeigen dafür kein Verständnis. Mein Vater hat dafür überhaupt kein Musikgehör. Meine Mutter meinte, dass ich mir das noch etwas überlegen müsse, es käme ja etwas gar überraschend für sie. Warum muss ich mir das überlegen, will sie das oder ich? Ich habe es mir schon so oft überlegt und vor meinem geistigen Auge abgespielt, wie das wäre, wenn ich mit diesen Menschen arbeiten dürfte. Mit Idioten arbeiten, meinte mein Vater. Grauenhaft, so etwas. Was heisst das, mit denen arbeiten, meinte er. Die können doch gar nicht arbeiten. Was arbeitet man denn mit denen, die sitzen doch nur den lieben langen Tag blöd herum. Das ist doch keine Arbeit für jemanden, der mehr oder weniger normal ist. Nein, das kommt überhaupt nicht in Frage, setzte er noch hinzu. Und noch weiter: Das ist doch Idiotie, idiotisch ist das, von vorne bis hinten. Wer hat denn diesem Trampel diesen Floh ins Ohr gesetzt, das würde er gerne mal wissen wollen, so etwas Beklopptes hätte er in seinem ganzen Leben noch nie gehört etc. Aber es ging noch weiter: Kann die nicht wenigstens, wenn sie schon nicht viel taugt, wenigstens etwas Vernünftiges lernen? Ist das denn zu viel verlangt? Ich glaub das einfach nicht, tobte er ununterbrochen. So ging das wochenlang, täglich musste ich mir diesen Sermon anhören. Wirklich, ich hätte ihn… Mit Behinderten arbeiten, ist gar keine Arbeit, auf jeden Fall keine richtige Arbeit und so weiter. Meine Mutter sagte zu alledem nicht viel oder besser gesagt: gar nichts. Gut, sie sagte auch nichts dagegen. Was konnte sie schon gegen ihren Mann ausrichten. Dafür hatte ich etwas Verständnis, nicht allzu viel, aber ein bisschen. Aber nun bin ich ja noch nicht 18 Jahre alt und kann deswegen noch kein Vorpraktikum machen, weil ich dafür volljährig sein muss. So ein Schei... Dieses Vorpraktikum muss ich aber haben, damit sie mich an der Heimerzieherschule zur Aufnahmeprüfung zulassen. So hatte denn Mami die Idee, dass doch noch eine Ausbildung zur Büro-Fachkraft machen könne. Dagegen hatte ich nichts. War mir doch egal, was ich mache, bis ich 18 bin. Hauptsache die Zeit geht schnell vorbei. Meinen Berufswunsch gebe ich keinen Fall auf. Da bin ich mir sicher. Meinen Willen lasse ich mir nicht brechen und von ihm schon mal gar nicht. Eher sterbe ich. Also dann eben ins Büro, was solls? Und noch etwas Schule. Auch egal. Vielleicht hofften die Eltern ja, dass ich dann meinen Wunsch aufgebe, aber da haben sie sich geschnitten. Meine Lehrerin hatte mich neulich gefragt, warum ich eigentlich mit Behinderten arbeiten wolle. Erst wusste ich gar nicht so recht etwas zu sagen, dann sagte ich ihr, dass mich dies eben sehr interessieren würde. Warum könne ich eigentlich auch nicht so genau sagen. Es sei eben so. Mir gefallen diese Menschen, ich finde sie gut. Die Lehrerin fragte mich dann, was ich unter ‚gut' verstehen würde. Das könne sie so nicht ganz verstehen. Ich zuckte mit den Schultern. Sie fragte weiter, ob ich denn schon Erfahrung mit diesen Menschen gemacht hätte. Ich verneinte, denn so war es eben. Ich wusste, dass ich eine Cousine habe, die mongoloid ist, aber ich hatte sie noch nie gesehen. Sie war in einem Heim, gar nicht weit weg von unserem Dorf. Sie lebt in einem Kloster und das heisst Gottesgnad. Mehr weiß ich nicht, nur dass sie den gleichen Jahrgang hat, wie ich. Ihren Namen wusste ich auch: Béatrice. Mehr nicht. Aber das erzählte ich meiner Lehrerin nicht. Das ging sie im Grunde nichts an. Ich meinte dann nur noch, dass es mich eben interessieren würde. Sie antwortete, dass ich das schon einmal gesagt hätte und dass sie meine Erklärung etwas seltsam fände. Dies wäre doch für so eine wichtige Entscheidung, also für einen Berufswunsch etwas komisch. Ich erwiderte: Das macht gar nichts und dann ging ich weg. Ich mag es nicht, wenn man mich so ausfragt. Ich frage sie ja auch nicht nach irgendwelchen persönlichen Dingen, oder?

Heute Abend schlug er mich wieder 15-mal auf den Po, mit der flachen Hand. Ich spürte kaum etwas. Eigentlich spürte ich nichts.

## 17 Jahre alt

Im Zug hatte ein junger Mann seinen walk-man auf ziemlich laut gestellt und ich hörte da einen Song mit. Da sang ein Mann ‚I hated the day I was born'. Ich nahm dann allen Mut zusammen und fragte den Typ von wem dieser Song sei. John Lee Hooker, sagte er, das wäre doch klar. Das sei der Blues, der richtige blues, you know. Ich guckte wohl ziemlich verdattert drein und er schmunzelte und fragte, ob ich mithören wolle. Ich nickte und er gab mir einen Ohr-Stecker. Und ich hörte mit. Er rutschte aber immer näher zu mir und streifte, wohl versehentlich oder auch nicht, meine Hand. Dabei schaute er natürlich, was denn sonst, auf meinen Busen. Das wurde mir dann doch zu viel und ich wechselte den Wagen, nachdem ich mich freundlich bei ihm bedankt hatte. Das Lied liess mich nicht mehr los. Es gab da auch noch die Zeile: A dark cloud hanging over my head, all the time I never see the sunshine. Das war doch ich. Da sang mir doch jemand aus der Seele. Es lief mir kalt den Rücken runter. I was born under a bad sun. Wie oft habe ich das schon gedacht. Troubles all the time. Nie genüge ich, immer gibt es Schwierigkeiten, Schwierigkeiten mit mir. I wonder, where my troubles gone away. Vermutlich werde ich mein Leben lang in irgendwelchen Schwierigkeiten stecken. I was born on a bad time. Aber ich muss ja weiterleben. Der eine Ausweg ist wohl auch keiner. One day I believe, the dark cloud passed away. Träume, Träume, wird man ja noch haben dürfen. The sunshine is shining in my heart. Ja, ja, die Hoffnung stirbt zuletzt. It's alright, alright. Wenn ich doch nur mein Leben ändern könnte. I want be a bad girl. Aber I need to be a bad girl on my knees. Ich habe ja keine Chance. Wo ist EXIT, ausser im Kino? Let me be myself. Ich will doch einfach nur leben, in Frieden mit allen anderen Menschen. Warum geht das nicht. Vater, Mutter, haben mich verlassen. Warum nur. Was habe ich getan. I refused tob e a bad girl. Das will ich doch gar nicht sein. I wont beb ad nomore. No, no, nomore. Warum kann ich nicht auch einmal glücklich sein. Looking back over my days. Und was sehe ich da, nur Angst, Geschimpfe und meine Tränen im Kopfkissen. Das soll mein Leben sein, das soll Leben sein? I'm sorry. I hate nobody else. Lord forgive me form y death. Eigentlich bin ich diesem Typen ja unendlich dankbar. So konnte ich auf dem cover sehen, dass ein John Lee Hooker, diesen Song singt. Er singt ihn 18 Minuten 33 Sekunden lang. Er schreit nicht, aber man spürt seine

Wut, seinen Hass, oh, wie gut konnte ich ihm das nachfühlen. Blues wird meine Musik sein. Das war das Grösste, was ich je gehört habe. Phänomenal. Irre.

Am Abend, er war stark betrunken, packte er mich am Blusenkragen von vorn. Aber er konnte mich nicht mehr hochheben und wie früher an die Wand ‚nageln'. Ich war ihm zu schwer und er war zu alt geworden. Aber sein Hass, sein Brutalitätsgefühl war ungebrochen. Es berührte mich kaum.

## 19 Jahre alt

Dann war es so weit, ich konnte in die Ausbildung der Heimerzieherschule eintreten. Ich war auf dem Weg Betreuerin im Behindertenbereich zu werden. Jupi! Ich freute mich riesig und ich wurde nicht enttäuscht. Die Ausbildung dauerte drei Jahre und war berufsbegleitend. Gierig sog ich den Stoff ein, der uns da vermittelt wurde und genauso motiviert war ich bei der Arbeit. Es tat sich mir eine neue Welt auf. Alle waren so höflich zueinander, man hörte einander zu. Man begrüsste sich und wenn man ging, verabschiedete man sich. Tönt alles etwas merkwürdig, das merke ich schon, wenn ich es hier aufschreibe. Aber ich war mir das von zu Hause aus nicht gewohnt. Aber das will ich jetzt nicht schon wieder vertiefen. Ich war auf einer Gruppe mit vier schwerbehinderten Kindern eingeteilt. Sie konnten nicht sprechen und mussten mehrmals täglich gefüttert werden. Zwei trugen ein Korsett, weil sie jeder eine starke Skoliose hatten. Der eine Junge musste auch mehrmals am Tag inhalieren, weil er Schwierigkeiten beim Atmen hatte. Der andere Junge hat eine starke spastische Lähmung und das machte mir erst große Schwierigkeiten, ich konnte da erst gar nicht hinsehen, wenn er sich krümmte und windete. Ich hatte so großes Mitleid mit diesem Kind. Warum nur gibt es überhaupt so etwas. Ich traute mich erst gar nicht ihn zu berühren. Musste es aber doch tun und meine Praxis-Anleiterin meinte dann, dass Klaus, so heisst er, nicht aus Pappe ist. Sie ist Deutsche, aber ich mag sie sehr. Ich finde, sie hat so einen direkten Zugang zu den Kindern. Sie hat sie gern und man spürt auch, dass diese Vier großes Vertrauen zu ihr haben und trotzdem sagt sie auch mal Nein, das geht nicht, oder: das möchte ich nicht usw. Ich glaube nicht, dass ich das jemals kann. Aber sie müssen ja auch lernen, wenn sie es verstehen, was man darf und was nicht. Das gehört ja dazu. Aber wie sie das macht, finde ich einfach großartig. Man spürt, dass die Kinder sie gerne haben, obwohl sie viel von ihnen fordert und auch sagt, dass Marco jetzt das Brot essen soll und nicht nur die Wurst. In der Schule höre ich auch viele interessante Dinge in den Fächern Heilpädagogik, Psychopathologie, Heimpraxis, Gesundheitslehre, Pflege Schwerstbehinderter, Rechts- und Staatskunde, Weltanschaulich-ethische Fragen, Berichterstattung, Singen und Musizieren, Werken und Gestalten, Turnen, Rhythmik, Lagerleitung. So viel Neues, soviel Interessantes. Phänomenal und ich sauge es auf wie ein Schwamm. Es macht wirklich Spaß und ich denke, dass ich all das in meinem Beruf auch wirklich brauchen kann. Ich werde dann auch noch bei Jugend & Sport einen Kurs für Wandern und Geländesport absolvieren müssen. Darauf freue ich mich besonders. Irgendwie hat mein Leben einen Sinn bekommen, zum ersten Mal und niemand starrt mir beständig auf die Brüste oder nennt mich einen Trampel oder einen vollgeschissenen Strumpf. Wie kann das Leben doch schön sein. Unglaublich. Ich bin selig, im 7. Himmel. Wenn er nur nie einstürzen möge.

## 20 Jahre alt

Ich lese ja gerne und viel und deshalb habe ich auch ein Abo bei der Bibliothek im Städtchen. Ich habe da vor einigen Monaten ein Buch ausgeliehen, indem ausschliesslich Kurzgeschichten enthalten waren. Diese waren immer in der Zukunft geschrieben, also im Futur 1 oder auch 2. Alle Geschichten begannen immer mit dem Wort ‚vielleicht'. Also die Geschichte, die mir natürlich auffiel, begann so: ‚Vielleicht werde ich eines Tages ein kleines Heim führen' usw. Der Autor malte sich dann aus, dass er eben, so eine kleine Institution leitet, wie viele Menschen darin wohnen sollten, sagte er nicht. Nur, dass er so eine Einrichtung machen und führen wollte. Darin herrscht dann Frieden und Eintracht. Der Autor träumte von einer heilen Welt und alle Bewohner sind glücklich und selig, da sein zu dürfen. Ich bin ja jetzt in der berufsbegleitenden Ausbildung zur Heimerzieherin und arbeite mit solchen Menschen, wie es in dieser Kurzgeschichte in Umrissen skizziert wird. Ja natürlich, von so etwas träume ich natürlich auch. Die Betonung liegt auf ‚träume' und diese sind ja bekanntlich Schäume. Aber träumen darf man ja. Ich habe ja auch einmal davon geträumt, dass ich es bis hierhin schaffen werde und jetzt bin ich da und es gefällt mir noch besser, als wie ich es in den wildesten Träumen mir erhofft habe. Ich komme jeden Tag so gerne hier zur Arbeit, aber auch zum Unterricht. Und ein Dozent gefällt mir ausserordentlich. Aber mehr will ich dazu gar nicht sagen. Sonst müsste ich mich noch schämen. Einfach so, dass sein Unterricht mir sehr gut gefällt und ich immer erwartungsvoll in seine Stunden gehe. Aber zurück zu der Kurzgeschichte. Der Autor schreibt da, dass er den Jugendlichen helfen will, in dieser Welt zurechtzukommen. Er wird ihnen die Tricks der Erwachsenenwelt aufzeigen, damit sie da nicht aufs Kreuz gelegt werden. Er schreibt auch, wie ihn selber diese Arbeit glücklich machen werde und dass er keinen Ehrgeiz auf höhere Aufgaben verspüren werde. Nun ja, wer's glaubt wird selig. Er schreibt auch, dass er alt werden wird bei dieser Arbeit. Sein letzter Satz heisst, ich habe ihn für mich abgeschrieben: ‚Vielleicht werde ich mit glücklichen Menschen zusammen sein.' Das tönt doch schön, oder? Aber vielleicht lebt er auch nur in einem Wolken-Kuckucks-Heim und die Realität wird ihn böse einholen. Auch schreibt er nichts von der Finanzierung dieser kleinen Institution und wie sie dasteht, bei den Behörden, bei den Nachbarn, bei den Eltern dieser Jugendlichen. All dies blendet er aus. Ja, natürlich, es ist nur eine Kurzgeschichte und eine Illusion der Zukunft. Warum also auch nicht, so einen Traum darstellen. Aber reizvoll fand ich die Geschichte doch und ich soll sie einfach so nehmen, wie sie in dem kleinen Buch dasteht. Nicht mehr, aber beileibe auch nicht weniger. Ich wünsche mir einfach, dass ich in meiner Arbeit, die sicherlich nicht immer reibungslos über die Bühne gehen wird, dass ich – trotz allem – auch glücklich dabei sein werde. Vielleicht... Eine andere ‚Vielleicht-Geschichte', die bei mir noch hängen blieb, ist die Geschichte: ‚Vielleicht werde ich eines Tages tot sein'. Aber die fand ich etwas komisch und ich möchte gar nicht darüber nachdenken. Eigentlich fand ich es auch etwas blöd, dass man sich darüber Gedanken macht. Natürlich sind wir alle eines Tages tot, aber muss man das auch noch beschreiben, wie das ist, wenn man tot sein wird. Also, ich weiß nicht... Aber trotzdem irgendwie auch interessant. Aber die andere mit dem Heim hat mir dann schon viel besser gefallen.

## 23 Jahre alt

Wir haben Prüfungen. Ich bin sehr, sehr nervös. Aber es wird gut kommen. Ich hatte immer gute Zwischennoten. Psychologie und Pflege ist schriftlich; Pädagogik und Freizeitgestaltung mündlich. Meine Abschlussarbeit habe ich zum Thema: ‚Sprachanbahnung bei einer schwer geistig-behinderten gewöhnungsfähigen Jugendlichen' geschrieben und dafür eine ‚6' erhalten. Das hat mich sehr gefreut. Der Dozent hat gemeint, dass ich darauf stolz sein könne. Aber mit Stolz kann ich nichts anfangen. Wieso soll ich darauf stolz sein, ich weiß gar nicht, was das eigentlich ist. Gefreut hat es mich schon. Reicht das denn nicht? Muss man auch noch stolz sein. Ich musste es ja machen und habe es so gut es mir gelang, auch gemacht. Wieso stolz? Also, ich fühle mich doch nicht besser als andere. Dann habe ich mein Diplom bekommen. Meinen Eltern habe ich es gezeigt. Mein Vater hat kaum drauf geguckt, Mami hat den Text gelesen und gesagt: hast du es doch geschafft. Dabei hat sie mir in die Augen geschaut. Was das genau bedeutet hat, habe ich nicht so begriffen. Was wollte sie mir damit sagen, eventuell, dass sie auch irgend so etwas gerne geschafft hätte, aber zu sehr im Griff ihres Mannes ist. Aber ich habe mich nicht weiter damit beschäftigt und bin dann auch bald wieder gegangen. In meine Wohnung im Städtchen. Ich bin jetzt Heimerzieherin für Geistigbehinderte. Jetzt kriege ich im Stift einen anderen Lohn und arbeite. Und arbeite das, was ich schon immer wollte. Jetzt habe ich keine Sorgen mehr. Ich fühle mich stark und denke nicht daran, mich unsicher zu fühlen. Warum auch? Unsicher fühlt man sich ja dann, wenn man sich einer Situation nicht gewachsen fühlt, wenn Unbekanntes auf einen zukommt. Es könnte ja schon sein, dass jetzt, wo ich ja auch mehr Verantwortung zu tragen habe, es Situationen geben könnte, geben wird, die mir neu sein werden. Ich bin ja dann auch für Praktikanten verantwortlich und muss die Elterngespräche leiten. Das habe ich ja noch nie gemacht. Aber ich werde es schon schaffen, ich bin zuversichtlich. Ich bin glücklich und was noch wichtiger ist, ich bin zufrieden. Ich bin ...

## 23 Jahre alt

Ich erinnere mich: Als ich so in etwa 9 oder 10 Jahre alt war, gingen meine Eltern manchmal mit mir in ein Kaufhaus, ein Warenhaus. Das waren damals neue Errungenschaften, also Läden, in denen man alles kaufen konnte, also sowohl Lebensmittel, meistens unten, aber auch Kleider und Lederwaren und noch vieles mehr. Also trauten wir uns da hinein und mein Vater ging als erstes in die Lederabteilung und nahm sich eine Ledertasche. Das Etikett mit dem Preisschild, das aussen herunterhing, legte er in die Tasche hinein, sodass man es nicht mehr sah. Dann gingen wir in eine andere Abteilung, in welche, weiß ich nicht mehr, und er füllte die Tasche damit. Meine Mutter hatte einen Einkaufskorb genommen und füllte diesen ebenfalls. Danach gingen wir zur Kasse und meine Mutter bezahlte ihre Einkäufe. Mein Vater bezahlte nichts; es sah ja so aus, als ob er bereits mit der Ledertasche das Warenhaus betreten hatte. Zu Hause meinte dann meine Mutter, dass sie mit so etwas gar nicht einverstanden wäre. Aber aus heutiger Sicht erstaunt es mich doch, dass sie kein grösseres Lamento deswegen veranstaltete. Es gibt hierzu nichts in meiner Erinnerung. Es gibt für mich auch nicht die Erinnerung, dass mein Vater ein Dieb gewesen wäre. Er war eher, und das war eine Umschreibung meiner Mutter, die für die Herstellung, wenn man dem denn so sagen kann, meines Vater-Bildes verantwortlich zeichnete, ein Filou, der es mit den Regeln und Werten, die allgemein galten, nicht so ernst nahm. Von einem Vergehen, das juristisch geahndet werden konnte, war, so mein erinnertes Gefühl, nie die Rede. Der Diebstahl war eher so eine Art Kavaliersdelikt. Eine mehr oder weniger lustige Episode. Möglich auch, dass sich meine Mutter daran störte, dass ich auch dabei und damit Zeuge dieses nicht ganz so astreinen Geschehens war. Aber das vermag ich heute nicht mehr zu sagen. Ich war dann auch noch Zeuge von anderen Diebstählen meines Vaters, bei denen meine Mutter nicht zugegen war. So klaute er auf einem Schrottplatz irgendwelche Eisenteile, die er für seine Bastelein gebrauchen konnte, indem er sie über den Zaun warf. In der Dunkelheit kam er dann wieder mit seinem Fahrrad außerhalb des Schrottplatzes vorbei und sammelte diese Gegenstände dann ein. Da war ich dann nicht mehr dabei, sondern nur vorgängig bei den Über-den-Zaun-Wurf-Aktionen. Wie ich mich damals gefühlt habe, vermag ich nicht zu sagen. Auch wenn ich das hier in den Computer tippe, gewinne ich keine gefühlsmässigen Erinnerungen an diese Taten oder an meinen Vater. Erst viel später kam mir die Einsicht, dass mich mein Vater (miss-)brauchte, weil man wohl davon ausging, oder er zumindest dachte, dass man davon ausging, dass ein Mann mit seiner Tochter wohl nicht auf Diebestour geht. Tatsache ist aber, dass unser Verhältnis bereits einige Jahre später, so zu Beginn meiner Jugendzeit, immer schlechter wurde und schlussendlich auch mit einem völligen Abbruch unserer Beziehung endete. Aber ich frage mich heute, ob der Kontakt überhaupt jemals bestanden hatte? So genau vermag ich es nicht zu sagen und es ist mir im Grunde auch egal. Aber auch möglich, dass ich mir das hier nur einrede und sich dahinter eine Trauer verbirgt, weil es sich doch letztendlich um ein arg gestörtes, zerstörtes Vater-Bild handelt. So gibt es noch eine Reihe anderer Bilder, die mir jetzt in den Sinn kommen und die aber alle negativ gefärbt sind. Es belastet mich und deshalb lasse ich es hier liegen. Vorerst einmal. Aber wenn sie dort liegen bleiben, ist es mir auch Recht. Tatsache ist aber, dass ich ihn nicht als Filou wahrgenommen habe, sondern als jemand, der für mich unerreichbar war, von dem ich Angst hatte und den ich wohl zeitlebens das

Bedürfnis hatte, zu bekämpfen. Er war für mich eher ein Phantom, eine Schreckgestalt, ein Ungeheuer. Das fing schon im Kindergarten an. Und setzte sich dann bis zur dritten Sekundarklasse fort. Aber irgendwie merke ich auch heute noch, dass es mir – immer noch – zuwider ist, darüber nachzudenken. Warum kann ich das alles nicht vergessen. Es gibt so viele schlechte Dinge, an die ich mich erinnere, als ob es gestern gewesen wäre. Es gab auch gute Dinge, aber da kann ich mich nur noch an wenige erinnern. Warum ist das so. Wäre umgekehrt für mein Seelenheil nicht wesentlich vorteilhafter. Warum plagen mich die Bilder der negativen Erinnerungen tagtäglich und die positiven verblassen so schnell. Alles etwas zu einseitig, finde ich. Ich mag das nicht. Ich mag diese Art zu denken von mir überhaupt nicht. Es gab doch auch gute Erlebnisse in meiner Kindheit. Wo sind die? Warum fallen sie mir nicht ständig ein, warum muss ich an die Klauereien von meinem Vater herumstudieren. Und dies immer mal wieder. Warum? Ich finde keine Erklärung dafür und das nervt dann noch zusätzlich. Echt schlimm ...

## 24 Jahre alt

Die Heilpädagogik hat es mir angetan. Ich arbeite mit schwer- und mehrfachbehinderten Kindern. Es gefällt mir und oft werde ich gefragt, warum es mir gefällt. Ich finde diese Frage ausgesprochen blöde. Weil es mir klar ist. Kürzlich hat dann jemand aus meiner Verwandtschaft, es war eine Tante, gefragt, ja warum denn, gefällt es dir. Sie insistierte wirklich und wollte eine Antwort. Ich gab ihr keine. Irgendwie fand ich diese Frage zu intim. Das geht doch niemanden etwas an. Aber die Frage blieb bei mir schon hängen. Oft höre ich ja auch den doofen Satz, dass man das selber nicht tun könne. Was denn, frage ich dann jeweils zurück. Ja eben, mit solchen Menschen arbeiten. Da kommt ja nix zurück, die fragen nichts und sind einfach da. Ob es mir dann nicht auch langweilig dabei werden würde, oder ob die Bezahlung so gut wäre, fragte mich ein junger Typ letzthin. Dummes Zeug, sagte ich ihm als Antwort. Die Bezahlung ist okay, es reicht für mich und aus Geld mache ich mir nicht allzu viel. Er guckte skeptisch, aber für mich war damit die Unterhaltung beendet. Vermutlich hatte er ja sowieso mehr im Sinn, mit mir. Kennt man ja. Aber die Frage meiner Tante gab mir zu denken. Ja, warum eigentlich fühle ich mich von diesen Menschen angezogen. Ich will ihnen helfen, das steht schon mal fest und ist doch nichts Schlimmes, oder etwas, wofür man sich schämen müsste. Ich denke nicht. Was ich schon früh gemerkt habe, und war mir auch in den Praktika immer wieder bescheinigt wurde, dass ich ein gutes Gespür für diese Menschen habe. Man muss sehr, sehr geduldig mit ihnen sein. Das wiederum bedeutet, dass man sehr geduldig mit sich selber sein muss. Hektik oder eben Ungeduld bringt da gar nichts. Man muss versuchen, in ihre Welt einzutauchen. Oder wie mein Lieblings-Dozent aus der Heimerzieherschule jeweils meinte, man müsse ihren Rhythmus spüren. Das hatte ich damals nie so richtig verstanden, denn Rhythmus war etwas, was ich aus der Musik kannte, aus meinem Klavierunterricht. Wer den Rhythmus nicht versteht, kann keine gute Musik machen, egal um welche es sich handelt. Meinte Frau Nakashima jeweils. Jetzt komme ich weniger dazu, zu üben. Schade eigentlich. Jeder Mensch hat ja seinen eigenen Rhythmus, egal ob jung oder alt, behindert oder nicht-behindert. Wenn ich also bei so einem Menschen sitze, dann muss ich in ihn hineinhören, um seinen Rhythmus zu spüren. Das ist nicht immer einfach und schon oft habe ich mich getäuscht. Das merkt man schnell, wenn man konzentriert bei der Sache ist. Mit Sache meine ich natürlich nicht den Menschen, sondern seinen Rhythmus. So versuche ich das für mich zu erklären. Ob meine Tante das verstanden hätte, wenn ich es ihr erklärt hätte, steht dann wieder auf einem anderen Blatt. Also ist Geduld etwas vom Wichtigsten. Ohne Geduld geht gar nichts. Aber dabei darf man nicht träumen oder an irgendetwas anderes denken. Auf keinen Fall, denn sonst entgeht einem Wichtiges. Wichtig könnte nämlich sein, dass dieser Mensch mit einem selber Kontakt aufgenommen hat. Das kann ein Blinzeln mit den Augen sein oder auch nur eine immer wiederkehrende Bewegung des großen Zehs beim linken Fuss. Wenn man da nicht höllisch aufpasst, verpasst man es. Wenn man dann festgestellt hat, dass es mit dem Blinzeln kein Zufall sein kann, ist man schon einen großen Schritt weiter. Dann kann man nämlich etwas fragen. Oft hat das dann mit irgendetwas zum Essen zu tun. Ist ja klar, es geht um elementare Bedürfnisse. Haben wir alles gelernt, in der Ausbildung. Darauf kann man dann aufbauen. Gut, jetzt bin ich etwas ins Erzählen gekommen. Aber die Frage, warum es mir hier so gut gefällt, ist noch nicht sauber beantwortet worden. Aber was heisst schon sauber. Ich finde es einfach faszinierend, herauszufinden, in welcher Sprache, dieser Mensch kommuniziert. Dabei dürfte klar sein, dass Sprache hier in einem sehr weit gefassten Begriff zu verstehen ist. Kommunikation heißt ja das Zauberwort, das hier angebracht ist. Aber ich mag Fremdworte nicht so und so verwende ich lieber das Wort ‚Sprache'. Man kann ja auf Französisch miteinander sprechen, was mir in der Schule nie so richtig gelungen ist, die Noten sprechen hier eine klare Sprache (hi hi). Aber wenn jemand Zeichen mit dem großen Zeh seines linken Fusses gibt, ist das eben auch eine Sprache, auch wenn sie keinen Namen hat. Das wäre so eine Antwort für meine Tante gewesen und dass ich dies alles eben sehr, sehr faszinierend finde. Wenn sich dann dieser Mensch entspannt oder sogar lächelt, dann bin ich glücklich, fast selig. Darf man auch nicht sagen, ich weiß, weil man selig ja nur in der Kirche mit Gott sein darf. Aber für mich ist die Arbeit hier mit diesen Menschen so etwas wie in der Kirche zu sein. Aber das würde ich meiner Tante nun wirklich nie sagen, denn sie geht ja jeden Sonntag zur Messe und würde das geradezu überhaupt nicht verstehen, auch nicht akzeptieren. Sie würde es wohl als Gotteslästerung verstehen. Tatsache ist einfach, dass ich mich hier wohlfühle unter diesen Menschen. Ich habe auch schon gehört, dass es Menschen gibt, die sich davor ekeln würden, hier zu arbeiten. So ein Unsinn. Ich habe dann gefragt, warum? Eine hat gesagt, weil man die ja täglich windeln müsse und jemand anders hat gesagt, sie hätte mal gesehen, wie die essen würden. Da käme ja immer wieder die Hälfte heraus, sie hätte wegschauen müssen, sonst hätte sie gekotzt. Das alles konnte ich überhaupt nicht verstehen, wir standen so am Abend vor der Disco. Ich weiß gar nicht mehr, wie wir auf dieses

Thema gekommen sind, aber seit ich da arbeite, lässt es ihnen keine Ruhe. Ich meinte dann, dass das Windeln einfach dazugehören würde und an das andere würde man sich gewöhnen. Es gehöre eben auch dazu. Das eine Mädchen meinte dann, dass sie sich an so etwas nie gewöhnen würde können. Das wäre doch einfach abartig. Pervers meinte ihr Freund dann. Ich wurde schon langsam etwas ungehalten und merkte, wie ich meine Geduld verlor und entgegnete, dass das doch Unsinn wäre und sie müssten ja da nicht arbeiten. Es könne ja jeder das wählen, was ihm gefalle. Ein anderer sagte dann, dass ich ja da auch nicht arbeiten müsse. Nein, sagte ich, ich mache es freiwillig und ich will es machen und es gefällt mir sehr gut. Tja, das wäre eben das, was wir eben bei dir nicht verstehen, sagte dann ein anderes Mädchen aus der Clique. Und was nun, fragte ich. Es ist eben komisch bei dir, antwortete sie. Gar nichts ist komisch, meinte ich wiederum. Die Stimmung war im Keller. Könnte man da nicht etwas mehr Toleranz erwarten, fragte ich in die Runde. Einige nickten, andere taten so, als ob sie nichts gehört hätten. Dann kam die Eine wieder und meinte, dass diese Menschen doch eigentlich gar keine wären, sondern eher als Gemüse zu verstehen seien. Sie wären da und doch nicht da, unterstützte sie ihr Freund. Mir reichte es und ich sagte, nun wirklich wütend, so etwas möchte ich nie mehr hören oder ihr seht mich nie wieder hier, verstanden. Ein anderer Junge, der sich ab und zu mal auch um mich bemüht, warum auch immer, meinte, ich solle mich beruhigen, es wäre ja nicht so gemeint gewesen. Doch, es ist so gemeint und es ist hundsgemein, so etwas in die Welt hinauszuposaunen. Das Mädchen meinte dann zu ihrem Freund, lass uns gehen. Das bringt hier nix, die ist hinüber. Lassen wir sie doch. Er nickte zustimmend und ich verliess, wütend und traurig zugleich, die Gruppe. Der eine Junge versuchte noch hinter mir herzulaufen, warum auch immer, aber ich gab ihm zu verstehen, dass er dies sein lassen solle und ging heim in meine Dachwohnung, wo ich noch lange nicht einschlafen konnte.

## 24 Jahre alt

Gestärkt durch meine Heimerzieherinnenausbildung hatte ich die Idee, dass ich meine Cousine Béatrice, die ich noch nie gesehen hatte, besuchen wollte. Also fuhr ich zu meiner Tante und trug ihr das Ansinnen vor. Sie lehnte erstmal ab. Das käme nicht in Frage und sie wolle das auch nicht. Aber ich blieb hartnäckig und spielte dann meine Trumpfkarte aus, dass ich nun ja vom Fach wäre und von geistiger Behinderung sehr viel verstehen würde etc. Das schien sie zu beeindrucken. Sie meinte dann noch, es wäre einfach so schlimm für sie, weil Béatrice würde sie mittlerweile auch gar nicht mehr erkennen und das können sie nicht verstehen, sie wäre doch schließlich ihre Mutter. Dazu sagte ich nichts. Wusste ich doch, dass sie Béatrice mit sieben Jahren in ein Heim gegeben hatten, weil es zu Hause nicht mehr ging. Sie hatten früher in dem Dorf, wo die Familie lebte, einen Milchladen und verkauften auch allerlei Haushaltwaren. Sie stellten quasi den Supermarkt im Dorf dar. Als dann die Großverteiler kamen, was das ihr Ende. Ich habe ja den gleichen Jahrgang wie Béatrice und sie hat noch zwei ältere

Brüder, meine beiden Cousins. Schon klar, dass sich meine Tante sowohl um den Laden wie auch um ihre beiden Söhne hatte kümmern müssen. Eine heilpädagogische Schule, also eine Tagesbetreuung, gab es natürlich in der näheren Umgebung auf dem Lande nicht. So hatten sie es denn eine Zeit lang mit Dienstmädchen versucht, die neben ihren üblichen Aufgaben sich auch noch um die behinderte Tochter zu kümmern hatten, womit sie natürlich heillos überfordert waren. So kam es dann auch, dass Béatrice ins Kloster Gottesgnad kam, das mittlerweile und das muss als fortschrittlich bewertet werden, auch als Alters- und Pflegeeinrichtung, sicher in aufopferungsvoller Art und Weise, von den Nonnen aus- und durchgeführt wurde. Da lebte nun Béatrice seit vielen Jahren. Viel später erfuhr ich dann, auch nach meinem intensiven Nachfragen, beim jüngeren Cousin, dass Béatrice als kleines Mädchen mit Down-Syndrom, was ja bei Nachzüglern in einer Familie nicht so selten vorkommt, gehen konnte und auch einige Ansätze in der Lautsprache gezeigt hatte. Was ich dann im Gottesgnad sah, erstaunte und bekümmerte mich zugleich. Eine Nonne führte uns durch für mich endlosdunkle Gänge. Teilweise lief das Kondenswasser an den Wänden herunter und man musste gebückt gehen. Dann kamen wir in einen Nebentrakt des Klosters und in einem kleinen Zimmer lag Béatrice. Die für sie zuständige Nonne wurde uns vorgestellt. In dem Zimmer stand nur ein Bett und darin lag sie. Ihr Blick ging richtungslos hin und her. Meine Tante weinte leise und die Nonne sprach leise und sanft irgendetwas, was ich nicht verstehen konnte, zu Béatrice. Diese schien auf die Stimme zu reagieren. Ich meinte auch erkannt zu haben, dass Béatrice sehr wohl registriert zu haben schien, dass sich in ihrem Zimmer, bedingt durch unsere Anwesenheit, etwas verändert hatte. Aber es war klar, dass Béatrice ihre Ansätze gehen und sprechen zu können, schon vor langer Zeit verloren hatte. Meine Tante riet dann dazu auf, dass wir nun doch auch wieder gehen sollten. Ich wäre gerne noch geblieben, widersetzte mich ihr aber nicht. So verabschiedeten wir uns von der Nonne, deren Namen ich leider nicht mehr weiß, und verließen das Kloster bzw. das Altersheim mit Pflegeabteilung. Béatrice war wie ich, 24 Jahre alt. (Béatrice starb mit 50 Jahren am gleichen Ort, im gleichen Zimmer, in dem ich sie vor 26 Jahren besucht hatte).

## 24 Jahre alt

Auf der Etage, wo ich arbeite, ist auch eine Kollegin, sie heisst Conny. Sie hat einen übermächtigen Busen und ich habe mich schon oft gefragt, wie sie das macht, wie sie damit lebt. Irgendwann einmal, in einer Pause draussen, wir hatten zusammen Aufsicht, sprach sie mich an, wie ich denn so damit lebe. Erst habe ich gar nicht kapiert, was sie meinte. Na, ich meine natürlich deine Brüste. Hast du damit keine Probleme. Ich war verdutzt, verdattert, wusste nicht, was sagen, wie reagieren. So frontal hatte mich noch nie eine Frau darauf angesprochen. Ich meinte dann, doch, eigentlich schon. Sie erzählte mir dann, dass sie mit ihrem Hausarzt darüber gesprochen habe, dass sie eine Brustverkleinerung haben möchte. Sie erzählte dann und ich hörte sehr interessiert, schweigend zu. Er hat erst nur etwas verstört mich angesehen und dann gefragt, dass das kein Witz ist. Ich wollte direkt wieder gehen, aufstehen und ... ich weiß nicht was. Dann hat er aber sehr wohl gemerkt, dass es mir ernst, sehr ernst ist und er hat gefragt, warum denn um alles in der Welt ich einen solchen Wunsch hätte. Eigentlich verspürte ich nicht allzu viel Lust mit ihm darüber zu debattieren, dass ich diese Brüste nicht mag und dass ich die Blicke darauf schon gerade gar nicht mag, dass ich sie hasse. Er ist im Grunde ein netter, schon etwas älterer Mann und natürlich konnte er mein Problem nicht verstehen. War wohl auch etwas zu viel verlangt. Also brauchen sie eine Überweisung für eine Brust-OP. Meistens ist ja der Wunsch andersherum, die Damen möchten eine Vergrösserung ihres Busens. Aber bei ihnen ist es eben jetzt so. Leiden sie darunter. Vielleicht etwas zu laut, antwortete ich mit JA! Ich leide darunter, seit sie am Wachsen sind. Ich mag sie nicht und jedermann stiert darauf. Er meinte: Hm. Und sagte dann, Gut, dann soll es wohl so sein. Sie müssen zu einem plastischen Chirurgen. Das geht nicht ohne einen Eingriff, das ist ihnen schon klar. Klar, sagte ich, deshalb bin ich ja hier. Gut, dann melde ich sie an, wenn es ihnen recht ist und sie hören dann von dem Chirurgen und erfahren alles Nähere dann von dem. Ich wünsche ihnen alles Gute. Das war dann die erste Hürde, schloss sie ihren Bericht.

Einige Tage später, wir waren gemeinsam auf dem Nachhauseweg, den wir jeweils, je nach Dienstplan, ein Stück weit gemeinsam zurücklegen konnten, sprach ich sie an, ob sie den Termin bei dem Chirurgen schon gehabt hätte. Ja, sagte sie, jetzt ging es zum Chirurgen. Ich hatte dann relativ schnell einen Besprechungstermin. Der Chirurg erklärte mir, dass überflüssiges Brust- und

Drüsengewebe entfernt würde. Gleichzeitig würde auch die Haut gestrafft, damit es nicht wie ein leerer Beutel danach aussehen würde. Ich schluckte trocken. War aber natürlich damit einverstanden. Er meinte dann auch, dass ich nach der OP eine deutliche Entspannung in der Nacken- und Rückmuskulatur verspüren würde, was ja wohl auch der Grund meiner Entscheidung wäre. Er hätte ja auch mit meinem Hausarzt telefoniert. Ich nickte ein bisschen, sagte aber nichts. Er meinte dann noch, dass er bei mir etwas mehr als 500 Gramm Gewebe pro Brust abnehmen würde. Ich nickte wieder. Dann fragte ich noch, ob es beim Stillen, wenn ich mal Kinder hätte, Probleme geben könne. Er verneinte. Es gäbe solche Fälle, sie wären aber weltweit äusserst selten. Er hätte das in seiner Praxis noch nie gehabt. Ich war beruhigt. Die OP wäre in ca. 2 Wochen und erhielte dann noch ein Telefon für den genauen Termin.

Einige Wochen später erfuhr ich, dass Conny fehlte, weil sie im Spital sei. Es wäre nichts lebensbedrohliches. Sie hätte lediglich gesagt, dass sie einen kleinen Eingriff bezüglich einer Frauensache vornehmen lassen müsse. Damit gab man sich im Personalbüro und bei den Kollegen zufrieden und so geschah es dann auch. Ich besuchte sie dann im Spital, weil ich doch wissen wollte, wie es ihr ging. Die Wunden verheilen relativ gut und auch die Narben sind kaum zu sehen, meinte sie.

Viele würden diese sowieso bei mir nicht zu sehen bekommen, dachte ich für mich. Da machte ich mir keine Sorgen. Und in eine Sauna hatte ich ohnehin nie vor zu gehen. Conny meinte, also, alles gut und die Dinger sind nun kleiner, wenn auch aus meiner Sicht noch groß genug, sie hätten ruhig noch etwas kleiner ausfallen können. Aber in der Nachkontrolle sage ich nichts, sondern meinte, dass alles i. O. wäre. Und damit ist dann auch der Chirurg zufrieden. Conny fragte mich dann, ob ich nicht auch einen solchen Schritt mir überlegen wollte. Ich erschrak, wirklich, eine OP, das hatte ich mir noch nie überlegt, auf jeden Fall nicht so konkret, obwohl ich neugierig war, wie sie es anstellte und wie es jetzt so aussah. Ich fragte Conny noch, wer dies denn bezahlt und wieviel es gekostet hätte. Sie meinte, das bezahlt dir die Krankenkasse nicht und es hat ca. 9500.–gekostet. Ich war erstaunt, so viel Geld hatte ich nicht und deshalb werde ich mich wohl damit abfinden müssen, dass so eine OP für mich wohl kaum je mal in Frage kommen würde. Ausserdem ist mir der Gedanke, etwas von mir, von meinem Körper, auch wenn ich diese Teile nicht liebe, abzuschneiden, doch ziemlich fremd. Nein, ich denke, das wäre wohl nichts für mich. Natürlich hasse ich sie und ich kann Conny so gut verstehen. In einem Buch habe ich gelesen, dass man nicht hassen soll, weil es einem nur noch mehr unglücklich macht. Das stimmt wohl. Später dann dachte ich, ob das Thema für mich endgültig erledigt sei, oder vielleicht doch noch nicht so ganz.

## 25 Jahre alt

Ich überlege mir als Heilpädagogin ins Ausland zu gehen. Einfach mal weg von hier. Wohin weiß ich nicht. Einmal die gewohnte Umgebung verlassen, auf zu neuen Ufern, wie man so schön sagt. Aber an welchen Fluss, an welchen See, an welches Meer? Hier kenne ich alles. Nicht, dass es mir hier in dem kleinen Städtchen nicht gut gefallen würde. Das will ich damit nicht gesagt haben. Aber ich bin ja auch noch jung und möchte die Welt sehen, natürlich die Ganze, versteht sich. Nein, Spaß beiseite. Aber was hält mich hier? Die Familie wohl kaum. Bin Gotten froh, dass ich da weg bin. Wenn ich da noch länger geblieben wäre, wäre ich gestorben, wie auch immer. Die Arbeit hier in der Stiftung ist gut und es gefällt mir sehr, mit den behinderten Menschen zu arbeiten. Geistig behinderte Menschen gibt es auf der ganzen Welt und wird es auch immer geben. Da können die Mediziner noch so viel forschen. Das meinte im Übrigen auch mein Lieblingsdozent an der Heimerzieherschule. Vielleicht wäre New Zealand etwas, oder Chile, oder Japan oder das Fürstentum Lichtenstein. Aber das ist ja kein richtiges Ausland. Gut, meine Sprachkenntnisse sind natürlich schon etwas dünn. Aber das kann man ja lernen. Was ich überhaupt nicht weiß, in welchem Land man überhaupt Heilpädagoginnen braucht und ob es die Heilpädagogik, nach unserem Verständnis überhaupt gibt? Da müsste ich mich dann schon mal schlau machen. Aber vielleicht geht es auch gar nicht, weil die Sprache ja schon etwas sehr Zentrales ist und geistig behinderte Menschen können ja kein Englisch oder Französisch und wenn sie Sprache verstehen, dann ist es nur die Sprache des Landes, in dem sie auch leben. Ihre Eltern und die Profis werden ja wohl in der jeweiligen Landessprache mit ihnen sprechen. Das macht das dann schon schwierig. Hm! Ich könnte ja zum Beispiel nach Schweden gehen, oder Finnland und da würde kein geistig behinderter Mensch Englisch verstehen. Und abgesehen davon ist mein Englisch sowieso nicht besonders. Das wird jetzt echt schwierig, sprich:

aussichtslos. Deutschland wäre vielleicht eine Option. Aber ist es da so viel anders als hier? Ich habe gehört, Joseph hat es letzthin in der Stiftung erzählt, dass er kürzlich in Köln war, und die Stadt hat ihm sehr gefallen. Er hat da richtig geschwärmt von den Strassen, Plätzen und den vielen Kneipen und deren Bier, das man sich literweise reinschütten könne. Gut, das wollte ich dann schon eher gar nicht hören, weil es mich zu stark an früher, an meinen Vater und seine unseligen Kumpane von ihm, erinnerte. Aber Joseph hat da auch Ferien gemacht und hatte mit Heilpädagogik nix am Hut. Aber Deutschland würde mich, ehrlich gesagt, auch nicht sonderlich reizen. Vielleicht mache ich einfach mal eine Weltreise und lass die Heilpädagogik Heilpädagogik sein. Warum eigentlich nicht? Aber alleine würde ich mich nicht trauen. Vielleicht finde ich ja noch jemanden, der das mit mir zusammen unternimmt. Wäre lässig. Ich könnte ja dann jeweils fragen, ob es an dem betreffenden Ort, wo wir gerade sind, eine heilpädagogische Institution gibt und dann dort anfragen, ob ich einmal für eine Besichtigung vorbeikommen dürfte. Diese Idee hat mein Lieblingsdozent erzählt. Er hat das nämlich schon in seinen Ferien jeweils gemacht, sich informiert, angefragt und er konnte jedes Mal auf einen Besuch kommen. Er fand das sehr empfehlenswert. Eigentlich eine gute Idee, finde ich, weil es jeweils sehr interessant gewesen sei und es erweitere einem den eigenen Horizont. Mal sehen, wie sich diese Idee in meinem Kopf noch weiterentwickelt. Jetzt muss ich aber los, zur Arbeit in die Stiftung, auf die Gruppe.

## 26 Jahre alt

Manchmal gehe ich alleine in dem kleinen Städtchen, in dem ich seit Beginn der Heimerzieherschule wohne, spazieren. Ich schlendere nicht, sondern schreite tüchtig voran. Ich muss da etwas auf Touren kommen. Aber ich schaue mir doch sehr gerne die Natur an. Auch das Panorama in der Ferne hat es mir angetan. Ich gehe zumeist den gleichen Weg, der aber nicht immer derselbe ist, weil die Jahreszeiten immer wieder alles verändern können, und so wandelt sich auch der Weg. Vom Bahnhof aus, es hält hier immer nur ein Zug, also ist es immer der gleiche, wenn auch hier nicht derselbe. Er fährt dann über den kleinen Berg in die nächste Kreisstadt und wieder zurück. Teilweise ist die Strecke auch im 20. Jahrhundert noch eingleisig und die Züge müssen im Gegenverkehr an bestimmten Stellen aufeinander warten, um sich bei den wenigen Doppelgleisen kreuzen zu können. Vom Bahnhof weg gehe ich dann in die Altstadt. Das Städtchen wurde im Krieg nicht zerstört und ist noch heute im Original erhalten. Dieses Städtchen ist landesweit für seine Märkte bekannt. Sie sprengen im Grunde die Grösse des Städtchens bzw. stehen in einem umgekehrten Verhältnis zu seiner Grösse. Von überall her strömen an Markttagen die Menschen hierher, das war bereits im frühen Mittelalter so. Das Städtchen beherbergt eine grosse Behinderteneinrichtung. Hier leben besonders viele Menschen, Kinder und Erwachsene mit schweren, meist mehrfachen Behinderungen. Es gibt eine Ausbildungsstätte für Heimerzieherinnen, die auch ich besucht habe. Das war eine gute, interessante, lehrreiche, freudvolle Zeit. Und heute arbeite ich in dieser

Institution und bin sehr froh darüber. Fast ein bisschen stolz, aber stolz erinnert an Hochmut und das wäre nicht gut. Also bin ich einfach zufrieden und froh damit, dass ich hier arbeiten darf. Ich habe in einem Buch gelesen, dass man nicht stolz sein soll, weil es immer auch etwas Elitäres ausdrückt und das sei moralisch nicht in Ordnung. Nun gut, bin ich eben zufrieden und streiche den Stolz. Hauptsache man hat ein gutes Gefühl dabei und das habe ich ja auch. Am Ende der Altstadt ist auch der alte Kern des Städtchens zu Ende und ich gehe dann über die Holzbrücke. Sie ist überdacht und in der Mitte befindet sich eine kleine Kapelle oder eine Andachtsstätte oder ich weiß nicht genau, wie ich dem sagen soll. Dann gehe ich dem großen Fluss entlang. Der Fluss macht hier bei dem Städtchen drei große Kehren oder Bögen. Die Altstadt wurde im Mittelalter direkt innerhalb eines solchen Flussbogens hineingebaut. Ausserdem erhebt sich auf der einen Seite des Städtchens, oberhalb des Flusses natürlich, ein steil abfallender Hang. Auf der gegenüberliegenden Seite des Städtchens befindet sich der Hügel oder der kleine Berg, den ich bereits erwähnt habe, da wo die Bahn drüberfährt. Ganz schön schlau, die alten Ritter, die das Städtchen vor mehreren Hundert Jahren konzipiert und gebaut haben. Gut, gebaut haben sie es natürlich nicht, sondern hatten wohl viele Arbeiter, Bauern und einfache Leute, die das alles gebaut haben. Da gibt es ja auch ein Gedicht von einem Herrn Brecht, dass wir einmal in der Schule gelesen haben. «Hatten sie nicht auch noch...», aber mehr weiß ich nicht mehr. Aber eben man sagt immer, dass die Ritter es gebaut hätten, aber das stimmt ja so nicht, denn man vergisst dann einfach die Menschen, die es im Grunde gebaut haben. Ohne diese gäbe es das Städtchen nicht oder es gäbe ohne die einfachen Menschen sowieso überhaupt nichts auf dieser Welt. Ich gehe dann, wie gesagt, eine längere Strecke dem Fluss entlang, immer noch strammen Schrittes, bis ich zu einer modernen Betonbrücke gelange. Diese überquere ich und gehe auf der anderen Seite des Flusses wieder zurück ins Städtchen. Ich komme da an einem großen Vogel-Schutzgebiet, wo immer einige alte Leute, mit extrem großen Fotoapparaten, auf Vogelsafari gehen. Aber direkt in das Gebiet hinein, darf man nicht, alles abgesperrt zum Schutz der Tiere. Finde ich sehr gut. Auch Menschen brauchen im Grunde Gebiete, in denen sie sich ungestört bewegen können. Solche Freiräume gibt es ja heute immer weniger, was ich schade finde. Es so eine Gleichmacherei, die keinen Sinn ergibt. Aber jetzt mag ich nicht weiter darüber sinnieren. Wenn ich dann wieder zurück im Städtchen bin, begegne ich den alten Bocciaspielern. Spielerinnen gibt es nicht und die Männer sprechen untereinander nur italienisch. Dann ist es soweit und ich gehe ins ‚Eck', um einen Kaffee zu trinken. Das mache ich immer, so trinke ich täglich etwa fünf Tassen. Ohne Kaffee geht bei mir gar nichts. Zum Frühstück sind es jeweils zwei Tässchen. Jetzt: ein Tässchen im Städtchen. Jetzt habe ich es nicht mehr weit bis zu meiner Wohnung unter dem Dach. Vom Fenster aus kann ich die Kehren, Bögen sagt man hier, des großen Flusses gut sehen. Das Städtchen irgendwie meine Heimat geworden. Das hängt auch damit zusammen, dass hier jedermann weiß, wo ich arbeite, wenn man mich fragt, weil jeder die Behinderteninstitution kennt, egal ob er einen Bezug zu einem behinderten Menschen hat, oder nicht. Das macht es einfacher, wenn man gefragt wird, was und wo man arbeitet. Gestern, so fällt mir jetzt ein, ist der kleine Junge aus einer anderen Gruppe, plötzlich, niemand wusste warum, gestorben. Am Ende dieses Spazierganges fiel mir das ein und es macht mich traurig.

## 26 Jahre alt

Was mich immer wieder beeindruckte bei meiner Arbeit, waren die Eltern unserer Kinder. Da gab es die, die man nie sah, oder wenn, dann nur die Mutter. Die Väter fehlten häufig oder immer. Die Mütter gaben dann an, dass der Vater so viel auf der Arbeit zu tun hatte. An und ab blitzte dann schon durch, dass der Vater eben Mühe mit der Behinderung seines Kindes hatte. Gut in Erinnerung ist mir die Mutter von Gina Santambroggia geblieben. Sie war alleinerziehend, musste arbeiten und ihre Tochter Gina lebte die Woche über bei uns im Stift. Die Tochter war schwerbehindert. Sie konnte zwar gehen, sprach aber nicht und musste bei allen Verrichtungen des täglichen Lebens unterstützt werden. Aber sie war ein liebes, anhängliches Mädchen. Sie kam oft auf einen zu und schmiegte sich an. Aber ganz plötzlich, man wusste nicht wann und schon gar nicht warum, riss sie einen an den Haaren und schrie schrill auf. Beides geschah wohl auch für sie jeweils überraschend. Man hatte nie den Eindruck, dass da irgendeine Form der Berechnung, der Absicht, hinter diesen, doch so ganz gegensätzlichen Verhaltensweisen dahinterstand. Man konnte und durfte ihr nicht böse sein. Abklärungen von Seiten des Heimarztes ergaben keine klaren Aussagen.

Auch neurologische Untersuchungen im Kinderspital in Z. konnten uns nicht weiterhelfen. Es war eben so. Wir haben oft an den Team-Sitzungen darüber gesprochen; Ginas Verhalten blieb für uns rätselhaft. Der Mutter, die sich jahrelang aufopferungsvoll um ihre Tochter gekümmert und bemüht hatte, bis es nicht mehr ging, liebte ihre Tochter sehr. Das sah und spürte man deutlich. Ihre Tochter war ihr Ein und Alles. Sie berichtete immer wieder, welche Fortschritte ihre Tochter daheim gemacht hätte und dass wir dies doch auch hätten beobachten müssen, oder etwa nicht? Die Frau tat mir so leid. Sie hoffte so sehr, dass eines Tages ein Wunder geschehen und ihre Tochter normal sein würde. Wir wollten ihr ihren Glauben nicht nehmen. Immer wieder sagte sie, dass Gott doch auch diese Menschen lieben würde. Dem stimmten wir immer wieder zu. Warum auch nicht? Wenn es denn einen Gott geben würde, würde er Gina sicherlich auch lieben. Natürlich versuchten wir immer wieder mit einem barschen ‚NEIN' auf ihre unvorhersehbaren Attacken des Haarreissens zu reagieren. Aber inwieweit dies Gina realisierte und mit ihrem Verhalten in einen Zusammenhang zu bringen in der Lage war, entzog sich unserer Kenntnis. Auch der Vorschlag eines Praktikanten, sie in dem Moment, indem sie einen an den Haaren riss, auch, wenn auch nur leicht, selber an den Haaren zu zupfen, wurde diskutiert, aber verworfen. Dies schien uns, schon aus ethischen Gründen, nicht akzeptabel zu sein. Er meinte, nur so könne sie einen Zusammenhang zwischen ihrem und unserem Verhalten herstellen. Er wollte Psychologie studieren, verliess uns aber schon während seiner geplanten Praktikumszeit, vorzeitig. Gleiches mit gleichem zu vergelten, kam für uns nicht in Frage, zumal diese Haltung auch unterstellte, dass Gina ihr Verhalten hätte steuern können. Dies war aber für uns offensichtlich nicht der Fall. Die Mutter meinte ohnehin, dass sie dieses Verhalten zu Hause nie zeigen würde. Mit der Zeit stellten wir allerdings schon fest, dass dies so nicht stimmte, und die Mutter erzählte unter heftigem Schluchzen und Weinen, dass es eben, wenn auch selten, doch auch schon vorgekommen sei. Wir trösteten sie und damit war diese Sache erledigt. Mir kam dann die Aussage meines (Lieblings-)Dozenten aus der Ausbildung in den Sinn, der beim Thema ‚Elternarbeit' immer wieder meinte, dass die Geburt eines behinderten Kindes eben nicht die Geburt eines Kindes, sondern die Geburt eines speziellen Schicksals sei und dass die Eltern, je nach dem, völlig unterschiedlich damit umzugehen verstünden. Damit müsse man als professionell von Behinderung Betroffene eben auch umzugehen wissen. Die Eltern wären lebenslang von Behinderung Betroffene. Das leuchtete mir alles ein und es war mir wichtig, dies Frau Santambroggia wissen zu lassen. Sie lud mich dann auch ab und zu mal zu einem Kaffee zu sich nach Hause ein. Wir redeten dann über dies und das und sie zeigte mir das Zimmer von Gina und wie sie es hergerichtet hatte und welche Bilder von Heiligen sie aufgestellt hatte. Ich sagte nichts dazu. Was gibt es gegen ein Schicksal schon zu sagen. Ich meinte, dass es schön wäre und für Gina sicher auch gut so sei. Sie umarmte mich dann und schaute mir tief in die Augen. Was das so genau zu bedeuten hatte, wusste ich nicht. Ich habe an den Sitzungen von diesen Kaffee-Treffen, sie waren nicht oft, auch nie etwas erzählt. Ich hatte Angst, dass man mir vielleicht ein unprofessionelles Verhalten vorwerfen würde. Wem schadete ich schon damit. Gina verließ uns dann, weil ihre Mutter in ihr Heimatland zurückzog. Wie es ihr weiter ergangen ist, weiß ich nicht.

## 27 Jahre alt

An die Zeit der beiden Praktika in Heilpädagogischen Institutionen kann ich mich teilweise noch gut und an andere Teile überhaupt nicht mehr erinnern. Aber alles in allem: es war gut. Gut auch deshalb, weil es mich in meinem Berufswunsch, Heilpädagogin zu werden, bestärkt hat. Diese Entscheidung war die richtige. Gezweifelt hatte ich ohnehin nie, aber jetzt, wo ich doch über ein Jahr in zwei Institutionen als Praktikantin tätig gewesen war, zeigte mir auf, Ja, da gehöre ich hin, das gefällt mir und das hat mich doch einiges von meinen Sorgen vergessen machen. Zum einen war ich in einer Institution in der französischen und dann in einer anderen in der italienischen Schweiz. In der einen Einrichtung waren Menschen mit einer geistigen Behinderung und in der anderen waren es eher Menschen mit Körperbehinderungen. So z. B. Menschen, deren Mütter in der Schwangerschaft das Medikament Contergan eingenommen hatten und deren Babys dann mit Dysmelien, d. h. starken Beeinträchtigungen an Armen und/oder Beinen geboren worden waren. Es gab Jugendliche mit einer Glasknochenkrankheit, oder einer Cerebral Parese. Es war ein Internat und ich musste allerlei Arbeiten verrichten. Ich denke gerne an diese Zeit zurück. Die Idee, dass ich da auch meine Fremdsprachenkenntnisse erweitern konnte, war allerdings ein Irrtum. In Sierre, in der französischen Schweiz, arbeitete ich mit geistig behinderten Menschen und die sprachen oft wenig oder kaum. Und in der italienischen Schweiz war ich auch in anderen Bereichen wie in der Küche oder im Putzdienst eingesetzt und da wurde auch nicht gerade viel gesprochen. Aber das Alles störte mich nicht. Ich war da, wo ich hinwollte. Zu Hause, wenn ich denn schon mal da war, fragte man mich nicht viel. Details wollte man schon gar nicht wissen. Das war für mich enttäuschend, aber nicht überraschend. Ich war weg und das war wohl für beide Teile gut. Manchmal litt ich darunter, dass der Kontakt zu Mami nicht besser, intensiver, herzlicher war. Ich habe eigentlich nie so ganz verstanden, warum das so war. Es war eben so und sie war vielleicht zu eng an ihren Mann gebunden und für den war ich ja nur der ‚Trampel', mit dem Vorbau. Aber das hatten wir schon. Auf jeden Fall hatte ich das gefunden, wovon ich, mehr oder weniger bewusst, immer geträumt hatte, ich konnte mit Menschen mit einer Behinderung arbeiten. Erst später habe ich mich dann gefragt, warum das überhaupt so ist. Aber dann spielte es keine Rolle mehr. Es war mein Leben. Ach ja, im Tessin liess ich mich dann auch noch entjungfern. Dieses Ereignis ist aber kaum der Rede wert. Es hat mir kein Spaß bereitet und ich könnte heute nicht mehr sagen, was sich da eigentlich abgespielt hat. Es war zum Vergessen und so hielt ich es dann auch. Vergeben und vergessen.

## 27 Jahre alt

- Hier gebe ich dir ein Dreieck, welche Farbe hat es?
- Ein Dreieck, ... ein Dreieieck
- Welche Farbe hat das Dreieck?
- Farbe hat das Dreieck?
- Ja, genau, welche Farbe hat es?
- Farbe?
- Ja, ist es rot oder grün?
- Grün
- Schau noch einmal hin, ist es rot oder grün?
- Rot!!
- Ja, genau. Sehr gut, Ellen
- Hier zeige ich dir zwei andere Klötze, welche Farben haben sie?
- Grün und ... gelb
- Sehr gut, Ellen, das hast du gut gemacht.
- Was ist das gelbe Klötzchen?
- Klööötzchen
- Was ist das? Ist es ein Dreieck oder ein Viereck.
- Ein Viereck
- Ellen, zähle bitte alle Ecken.
- Ein, zwei, drei
- Gut. Und was ist es jetzt? Ist es ein Viereck oder ein Dreieck?
- Ein Dreieck, hat drei Ecken. Habe gezählt.
- Sehr gut, Ellen. Und was ist das?
- Ein, zwei, drei, vier, ein Viereck
- Sehr gut!
- Und was ist das? Hat es Ecken?
- Nein
- Was ist es dann? Wie sagen wir dem?

- Ein ... ein Kreis
- Jawohl, Ellen, das ist ein Kreis. Du hast das richtig gesagt. Welche Farbe hat nun dieser Kreis?
- Rot
- Richtig, Ellen, der Kreis ist rot. Schau mal Ellen. Hier habe ich viele Klötze.
- Klööötze
- Genau Ellen. Ich frage dich nun, Ellen, gib mir bitte ein blaues Viereck.
- Viereck
- Danke Ellen. Das ist richtig. Das hast du gut gemacht. Aber wir machen weiter. Ellen, gib mir bitte den grünen Kreis.
- Kreis, ... grün
- Genau, super, das stimmt auch, Ellen. Jetzt, Ellen, wird es etwas schwieriger. Pass gut auf. Ellen, gib mir bitte das gelbe Sechseck.
- Gelb ...
- Nein, Ellen, das ist kein gelbes Sechseck. Schau mal auf die Sanduhr. Wir haben ja abgemacht, dass wir so lange arbeiten, bis oben kein Sand mehr drin ist. Das weißt du doch Ellen.
- Ja
- Siehst du. Also gib mir bitte das gelbe Sechseck. Du kannst die Ecken zählen, wenn es Ecken hat. Hat es Ecken?
- Ja
- Also zähle sie doch einmal.
- Eins, zwei, drei, vier, fünf, sechs
- Also stimmt das. Es hat sechs Ecken. Aber stimmt auch die Farbe.
- Hm. Nein.

- Du bist auf dem richtigen Weg, Ellen. Welche Farbe hat es denn?
- Blau
- Und welche Farbe wollte ich von Dir haben?
- Gelb
- Genau. Ich helfe dir. Es hat ja nur noch ein Sechseck, das gelb ist.
- Will nicht mehr.
- Ellen, schau bitte auf die Sanduhr.
- Ja, hat noch etwas drin, oben.
- Genau. Also, wo waren wir stehen geblieben.
- Gelbes Sechseck
- Genau. Aber du hast es mir noch nicht gegeben.
- Hier.
- Das ist richtig, Ellen. Das ist das ein gelbes Sechseck. Es hat sechs Ecken. Willst du sie noch einmal nachzählen.
- Dann fertig.
- Okay, wenn du diese Ecken gezählt hast, machen wir Schluss.
- Eins, zwei, drei, vier, fünf, sechs.
- So war es richtig Ellen. Und siehst du. Es hat keinen Sand mehr ob in der Sanduhr. Du hast heute also sehr gut gearbeitet.
- Ja, gut gearbeitet. Pause, Nutellabrot.
- Guten Appetit, Ellen.

## 28 Jahre alt

Ich war ein paar Mal mit Erwin ausgegangen. Er hat mich mehrmals gefragt, ob ich nicht mal mit ihm ausgehen wolle. Er kommt aus dem Nachbardorf, wo ich ja jetzt wohne und arbeite. Er ist mir nicht unsympathisch und so habe ich ‚Ja' gesagt. Immer zu Hause hocken, will ich ja auch nicht. Aber so richtig Feuer gefangen habe ich nicht. Ich habe nichts gegen ihn, aber eben auch nicht so viel für ihn. Und erzählt immer vom gleichen, nämlich von seiner Familie und dem Geschäft. Sie haben eine grosse Schweinemästerei. Die grösste in der ganzen Umgebung, wie er nicht müde wird, jedes Mal zu betonen, wenn er davon spricht und er spricht jedes Mal davon. Für meine Arbeit scheint er sich nicht sonderlich zu interessieren. Für mein Äusseres, sprich meine Oberweite allerdings schon. Das ist mir bei Erwin gleich aufgefallen, weil er mir bei unserem ersten Kennen-Lernen, unentwegt in den Ausschnitt, ja, man muss schon sagen, gestarrt hat. Auf so etwas bin ich ja wirklich allergisch. Wieso ich mich dann mit ihm verabredet habe, ist mir selber nicht so klar. Ich bin dann auch einmal mit ihm nach Hause mitgegangen. Das heisst, ich war zum Essen eingeladen. Es gab riesige Schweineschnitzel. Ist ja klar, hätte ich mir ja denken können. Die Mutter hat mich ca. fünf Mal gefragt, ob sie mir denn auch schmecken würden, sie wären von einer besonders guten Sau gewesen und sie hätten sie speziell für heute Abend geschlachtet. Mir blieb der Bissen im Hals stecken und ich ass auch nur Hälfte davon. Gemüse gab es auch, aber nur eine Sparration. Schade drum. Aber da war eben nichts zu machen. Nach dem Essen zog mich Erwin dann in sein Zimmer.

Er bewohnt ein grosses Zimmer, dieses hat ein separates Badezimmer. Wirklich praktisch. Ich war beeindruckt. Dann versuchte er mich zu küssen und ich machte ein bisschen mit. Das war wohl ein Fehler, weil er dies wohl als mein Einverständnis betrachtete. Aber ich wollte eigentlich nur höflich sein. So entstehen Missverständnisse. Als er dann meinen Busen anfasste, sagte ich, dass ich das nicht möchte. Er sah mich verständnislos an. Er fragte mich: Ja, warum denn nicht, wenn du doch schon so schöne Brüste hast. Irgendwie überzeugte mich das nicht und ich stand auf. Du willst doch wohl jetzt nicht gehen. Ich wollte dir auch einen Antrag machen. Ich verstand nichts und fragte ihn, was denn für einen Antrag. Unsere Verlobung natürlich, entgegnete er. Da wusste ich, ich muss hier weg, und zwar subito. Aber verletzen wollte ich ihn auch nicht. Er hatte mir ja nichts zu Leide getan. Ich sagte dann, dass ich nach Hause müsse, weil ich noch für Morgen, für meine Arbeit, etwas vorzubereiten hätte. Da entgegnete er und seine Freundlichkeit war weg, was es dann da bei denen vorzubereiten gäbe. Hierüber verstand ich natürlich keinen Spaß. Das ging nun gegen meine Ehre und ich sagte ihm, dass ich es eben schon bedauere, dass er mich nie nach meiner Arbeit gefragt hätte und dass ihn diese wohl auch nicht interessieren würde. Er zuckte nur mit den Schultern und sagte dann, dass wenn wir verheiratet wären, ich da sowieso nicht mehr hinzugehen brauche. Und überhaupt wäre das auch keine richtige Arbeit da in dem Behindertenstift. Er verstehe schon, dass diese Menschen da, auch irgendwo bleiben müssen, aber eine Arbeit könne er daran nicht erkennen. Bei ihm auf dem Schweinebetrieb, der ja dann nach der Hochzeit auch mir gehören würde,

würde man Erstens, so führte er mit Engagement aus, «gutes» Geld, er sagte wirklich: gutes, verdienen und es wäre noch eine wirkliche, bodenständige Arbeit und Fleisch würden die Menschen immer essen wollen. Das wäre schon genetisch, seit Urzeiten, bei den Menschen so. Das hätte er gelesen und er glaube das auch. Für mich war es Zeit zu gehen. Ich bedankte mich bei ihm und auch bei seiner Mutter für das Essen und die Gastfreundschaft und ging schnurstracks nach Hause. Seine nächste Einladung, die eine Woche später bei mir im Briefkasten lag, erwiderte ich nicht. Ich habe dann einige Zeit lang kein Fleisch gegessen. Erwin habe ich nur noch von Weitem gesehen, ihn gegrüsst, aber mehr nicht. Wieder mal eine Erfahrung mit Männern, auf die ich gut und gerne hätte verzichten können. Und diese Behindertenfeindlichkeit geht gar nicht. Vielleicht habe ich ja einmal einen Mann und Kinder. Darüber mache ich mir keine Gedanken.

## 29 JAHRE ALT

Da hat mich eine Arbeitskollegin dazu überreden wollen, dass ich mit ihr in ein Fitnessstudio gehen soll. Da hat es mich gleich geschüttelt vor Ekel. Ich hasse nichts so sehr wie solche Studios. Gefällt mir gar nicht. All diese Menschen mit ihren Ausdünstungen, die riechen dann so stark. Ich will ja gar nicht sagen, dass sie stinken, aber sie schwitzen doch und das hängt dann in der Luft oder an all den Maschinen und wer weiß, wie oft diese gereinigt werden. Für mich einfach unvorstellbar. Geht gar nicht. Auch wenn sie nicht riechen oder schwitzen würden, käme es für mich nicht in Frage. All diese Menschen in diesen Räumen und dann auch noch leicht bekleidet, man kann alles sehen und es wird geguckt. Natürlich wird gestiert, man schaut sich an und beobachtet einen. Das kann ich schon gar nicht ab. Irgendwie musste ich mich dann bei ihr herausreden. Ich meinte, dass Krafttraining nicht so mein Ding wäre. Sie meinte dann, man könne ja auch mit niedrigen Gewichten trainieren und man erhielte auch eine Anleitung usw. usf. Aber ich sagte immer wieder, dass mir dies gar nicht zusagen würde und dass es mir wirklich leidtäte. Ich schlug ihr dann vor, dass wir ja zu zweit joggen gehen könnten. Aber dies lehnte sie nun wieder ab, weil eben laufen nicht ihr Ding wäre. Das freute mich aufrichtig, weil so entstand ja eine Patt-Situation. Ich setzte aber auch nach und meinte, man könne ja langsam joggen, das wäre eh viel gesünder, aber – glücklicherweise – mochte sie das auch nicht. Ob wir denn zusammen mal in eine Sauna gehen würden? Oh Gott, das verabscheue ich noch mehr als Fitnessräume. All diese nackten Figuren. Horror, das würde ich, unabhängig von der Hitze, die ich sowieso nicht ertrage, nicht ertragen. Unerträglich, eben. Sowohl als auch. Sauna: der blanke Horror. Da ist das Schwitzen ja vorprogrammiert. Ich würde wohl ohnmächtig zusammenbrechen. Dann gaben wir es beide auf. Ich schlug dann vor, um die Stimmung zu retten, dass wir ja ab und zu mal gemeinsam einen Kaffee trinken könnten. Dem stimmte sie zu, aber ich merkte schon, die Begeisterung war dahin und ob es wirklich mal zu einem Kaffee kommen wird, bezweifle ich doch stark. Aber Fitness und Sauna sind für mich absolute No-Go. Tut mir leid. Aber meinen Körper mag ich selber nicht und mag ihn auch nicht anschauen und die Vorstellung, dass ihn andere registrieren, macht mich heulen. Ich ertrag meinen Körper nicht, finde ihn hässlich. Die Beine sind zu dick und überhaupt, wenn ich könnte, würde ich am liebsten ohne Körper existieren. Tönt etwas blöd, ist aber wahr, d. h. entspricht meinem Gefühl. Von daher betrachtet, habe ich wohl ein gestörtes Körpergefühl. Aber das bedeutet nicht, dass ich in einem anderen Körper leben wollte, so wie das jetzt ja modern geworden ist. Ich will überhaupt nicht in einem Körper, in einem Leib sein. Die biologisch-evolutionäre Lösung, dass es immer einen Körper geben muss, lehne ich ab. Und damit fange ich eben bei meinem eigenen Körper an. Diesen ständig spüren zu müssen, finde ich ekelerregend. Ich weiß auch nicht, was man an Körpern schön finden kann. Wer einen Körper schön findet, unabhängig davon, dass es eine objektive Schönheit sowieso nicht gibt, bildet sich dies nur ein. Wenn man nämlich genauer hinschaut, dann müsste man feststellen, dass Körper, vor allem die menschlichen, hässlich sind und kommen dann noch die Stoffwechselprozesse hinzu, hört im Grunde alles auf. Das ging mir so durch den Kopf, als wir uns voneinander verabschiedeten. Es ist so wie mit dem Sex. Ich sehe es eben etwas anders und kann nicht anders. Bin ich deshalb ein schlechterer Mensch? Das kann ja wohl nicht sein, nur weil ich diesen Fitnesswahn nicht mitzumachen bereit bin. Bin ich einfach nicht, sorry.

## 30 Jahre alt

In der Heimerzieherschule war besonders ein Dozent, der mir in Erinnerung geblieben ist. Auf seinen Unterricht habe ich mich immer sehr gefreut. Er war sehr belesen, aber hatte trotzdem nie die Bodenhaftung verloren. Das imponierte mir sehr. Er sage dann so Sachen wie, dass Menschen mit einer geistigen Behinderung zum einen eben schon etwas anders wären als die anderen, dass sie aber letztendlich nur eine Variation in den unendlichen Daseinsformen menschlicher Existenzen darstellen würden. Ich habe diesen Satz auswendig gelernt. Er sagt, dass geistig behinderte Menschen eben eine andere Pädagogik bräuchten als die anderen, aber diese gleich viel wert ist, wie alle anderen pädagogischen Theorien auch. Es braucht die Vielfalt. Das leuchtete mir wirklich ein. Er setzte sich dann auch mit den Thesen des australischen Philosophen Peter Singer auseinander. Dieser behauptete ja in seinem Buch der Praktischen Ethik, dass es einen Unterschied zwischen Menschen und Personen gibt. Personen sind Lebewesen, die sich selber in der Zeit verstehen und wissen, dass sie gestern existiert haben und auch in der Zukunft existieren werden. Sie wissen aber auch um ihre Vergänglichkeit, um ihren Tod. Da dies schwer geistig behinderte Menschen nicht können, dazu kognitiv nicht in der Lage sind, kann man sie auch nicht als Personen bezeichnen, währenddem z. B. Primaten, Delfine oder Elefanten, sehr wohl als Personen bezeichnet werden können, bezeichnet werden müssen, weil sie eben ein Verständnis von ihrem eigenen Ich, wenn auch nicht im gleichen Maße wie die Mehrheit der Menschen, haben. Schwer geistig behinderten Menschen spricht

Singer diese Kompetenz ab. Natürlich haben sich viele Heilpädagogen gegen diese Thesen ausgesprochen. In Deutschland gab es sogar große Proteste dagegen. Aber unser Dozent meinte, dass es im Grunde, von der Logik der Singer'schen Aussagen her betrachtet, gar nicht so einfach wäre, diese zu widerlegen. Seiner Meinung nach wäre es auf dieser Ebene überhaupt nicht möglich. Singer's Thesen sind logisch und viele Menschen denken genauso, wie er es formuliert hat. So bezeichnen ja auch gewisse Menschen schwer geistig behinderte Menschen als Gemüse. Damit bringen sie zum Ausdruck, dass es sich bei diesen Menschen zwar um Lebewesen im Sinne von Pflanzen handelt, aber nicht um Menschen. Die Unterscheidung von Menschen und Personen soll diesen Unterschied einfach nur klarer machen, ihn besser verdeutlichen. Ja, darüber haben wir im Unterricht viel diskutiert. Das war interessant. Dieser Dozent meinte dann eines Tages zu mir, ob ich nicht eine weitere Ausbildung am Heilpädagogischen Seminar Zürich zur Schulischen Heilpädagogin machen wolle. Ich erschrak. Darauf wäre ich selber nie gekommen. Ich meinte, dass ich das wohl nicht schaffen würde und dass das viel zu schwierig für mich wäre. Er lächelte und schaute mich an und sagte, dass er das nun überhaupt nicht so sehe, und ich solle es mir überlegen. Ich ging nach Hause in meine Dachwohnung im Städtchen. Der Stachel sass und er sass tief. Warum nicht diesen Aufstieg wagen. Er würde mich vom Heim weg in die Schule katapultieren. Ich würde Lehrerin werden. Mir wurde schwindlig.

## 31 JAHRE ALT

Ich wurde am Heilpädagogischen Seminar Zürich aufgenommen und konnte mein Studium zur Schulischen Heilpädagogin beginnen. Die Ausbildung wird drei Jahre dauern. Das erste Jahr ist eine Vollzeitausbildung, das Grundstudium. Es beinhaltet viel Psychologie und ich muss drei Prüfungen bestehen, dass ich ins Hauptstudium gelange. Aber ich bin guten Mutes, dass ich es schaffen werde. Warum auch nicht. Niemand wird auf mir herumtrampeln. Und wenn mein alter Lieblings-Dozent von der Heimerzieherschule der Meinung ist, dass ich es schaffen kann, dann glaube ich daran. Der muss es ja wissen. Und er wird es sicher nicht zu jemandem sagen, von dem er der Meinung ist, dass diese Person keine Chance hat. Das würde ja seinem eigenen guten Ruf schaden. Also frisch ans Werk. Nicht verzagen. Mit dem Geld, das ich mir zur Seite gelegt habe, kann ich das Jahr gut überbrücken und danach werde ich wieder Teilzeit arbeiten und die berufsbegleitende zweijährige Ausbildung weitermachen, um Schulische Heilpädagogin zu werden. Ich freue mich darauf. Der Betrieb soll ja ganz anders sein, als wie ich ihn von der Heimerzieherschule her kenne. Mehr so akademisch, hat mir Vroni, die diese Ausbildung auch gemacht hat, erzählt hat. Es hat ihr nicht so gut gefallen. Es wäre alles viel anonymer, theoretischer und einige Dozenten hätten von der Praxis von geistig behinderten Kindern also, überhaupt keine Ahnung. Wie die da überhaupt an die Stelle gekommen wären, wäre ihr ein Rätsel. Reine Theoretiker, das hätte ihr schon zu schaffen gemacht. Als ich das alles gehört habe, fand ich das schon nicht so berauschend.

Aber vielleicht erlebe ich es ja anders. Sie hat ihre Meinung und ich muss mir meine erst noch bilden. Sie arbeitet jetzt auch nicht an einer Heilpädagogischen Schule, sondern ist wieder ins Wohnheim zurückgegangen. Mal sehen, wie das bei mir sein wird. Ich würde schon gerne in einer Schule arbeiten, es reizt mich irgendwie, warum weiß ich auch nicht. Aber erst muss ich ja mal die drei Jahre schaffen, nur nicht die Bodenhaftung verlieren, liebe Helen. Immer schön fleissig und anständig sein, gell. Das sage ich mir mindestens drei Mal pro Tag. Ich bin eben doch etwas nervös. Aber das gehört wohl dazu. Na, dann eben. Ich bin optimistisch, sonst wäre ich nicht so weit gekommen, wie ich schon gekommen bin.

## 32 Jahre alt

Ab und zu treffe ich mich mit Elisabeth. Wir trinken dann einen Kaffee und machen in Klatsch und Tratsch. Äh, ich meine natürlich: Psychohygiene. Sie ist auch Heilpädagogin, aber an einem anderen Ort. Nachdem wir jetzt bereits mehrere Male unsere Institutionen und vor allem auch die Leitung miteinander verglichen haben, sind wir jetzt mehr auf private Themen übergeschwenkt. Sie wollte dann wissen, wie es bei mir so ist. Ich habe natürlich erst mal nur ‚Bahnhof' verstanden. Aber sie half mir dann schon auf die Sprünge. Sie wollte dann wissen, ob ich einen Freund hätte und ob ich es regelmässig auch im Bett hätte. Ich fragte, was: «hätte?». Sie runzelte die Stirn und meinte, ich solle nicht so scheinheilig tun. Ich wüsste doch genau, was sie meinte, oder wüsste ich es eventuell wirklich nicht. Das könne sie sich nämlich bei mir noch vorstellen. Ich sass da erst einmal wie versteinert, weil ich ja im Grunde schon verstanden hatte, was sie meinte. Da mir ja an unserer Beziehung viel liegt, fühlte ich mich dann verpflichtet, ordentlich auf ihre Frage zu antworten und meinte, dass ich einen Freund gehabt hätte, aber vor Kurzem die Beziehung beendet habe, weil ich nur darunter gelitten habe. Ich bekam feuchte Augen.

Ach Schätzchen, meinte Elisabeth, das tut mir leid. Warum denn, hast du die Sache beendet.

Ich antwortete, er wollte immer nur mit mir ins Bett.

Und was ist daran so schlimm, fragte sie.

Er kam, dann ging es hopp-hopp und er war wieder weg. Er ist verheiratet.

Ach so, sagte Elisabeth, ja das ist nie gut, wenn man es nicht genau gleichsieht.

Ich habe es sicher nicht so gesehen, ich liebe ihn doch.

Elisabeth: Ja, so sind die Kerle eben, wollen ihr Vergnügen und scheren sich einen Dreck, wie es einem dabei geht. Kenne ich auch.

Wirklich, sagte ich.

Ja, natürlich, was meinst du denn. Das ist kein Einzel-, sondern der Regelfall.

Ich schluchzte leise.

Nun krieg dich mal wieder ein, Schätzchen. Das wird dir noch manches Mal passieren.

Das glaube ich nicht, sagte ich mit Bestimmtheit. Das lasse ich nie mehr wieder zu.

Sie weiter: Dann verpasst du aber auch einiges. Macht es dir dann keinen Spaß im Bett?

Nein, eigentlich nicht. Es bedeutet mir nichts. Ich weiß nicht, wofür das überhaupt gut sein soll, ausser wenn man ein Kind machen will.

Oh, entfuhr es Elisabeth. Das ist aber harter Tobak. Du findest es also nicht geil und erregend, wenn du da so zugange bist.

Zugange bin ich sowieso nicht und ich spüre nichts Erregendes dabei. Ich mache es einfach mit, weil er es so wollte.

Da bist du aber ein ganz spezieller Fall, sagte sie.

Warum, fragte ich. Ich habe auch schon gelesen, dass es eben solche Menschen gibt, die für Sex nicht viel übrighaben. Ich gehöre wohl dazu.

Scheint so, murmelte Elisabeth.

Ich fragte sie dann, ob sie es denn immer gut finden würde, das mit dem Sex.

Also Schätzchen, nicht immer, aber meistens finde ich es schon erregend. Ich kann dann meinen Alltag vergessen und das ist doch auch viel wert, finde ich. Und wenn ich mal Lust habe und das kommt doch an und ab mal vor, dann nehme ich mir eben einen.

Einen was, fragte ich.

Oh Gott, jetzt ist aber dann genug, Helen'chen. Einen Mann natürlich. Oder auch mal zwei. Kommt auch mal vor.

Das kann ich mir nicht vorstellen. Weil, wo bleibt denn da die Liebe. Nein, wirklich.

Ach ja, die Liebe, meinte dann Elisabeth, kann mir mal einer erklären, was das ist? Das habe ich noch nie verstanden. Aber vielleicht kannst du sie mir ja erklären.

Nein, meinte ich, das kann man nicht erklären, das kann man nur fühlen, entweder man fühlt es oder eben nicht. Sagte ich nicht ohne eine gewisse Vehemenz in meiner Stimme.

Gut, fuhr sie fort, machst du es denn wenigstens dir ab und an mal selber.

Nein, ganz selten und während der Zeit mit ihm, überhaupt nicht. Das wäre mir dann wie Verrat vorgekommen.

Jetzt geht's aber los, Helen. Das eine hat doch mit dem anderen nichts zu tun.

Sehe ich nicht so, meinte ich.

Okay, erwiderte sie, dann fühle ich eben dann, wenn's mir kommt und das finde ich dann jeweils auch super.

Hm, meinte ich.

Dann redeten wir über Autismus und wie man mit solchen Verhaltensweisen am besten umgehen könnte. Wir waren uns dabei weitgehend einig.

In der Nacht träumte ich wieder den gleichen Traum.


## 33 Jahre alt

Samantha, eine pädagogische Mitarbeiterin, hat gemeint, dass sie bei mir festgestellt hätte, dass bei mir die Genussfreude fehlt. Dies würde ich dann immer mit Grübelzwängen auszugleichen versuchen. Ich war erst mal wie vor den Kopf geboxt. Was erlaubte sie sich und wie kam sie zu solchen Schlüssen, Fehlschlüssen, wie ich ja wohl auch meinte. Ich fragte sie dies und sie meinte dann, in leicht entschuldigendem Ton, dass ich ihr eben sehr sympa wäre und sie gerne mit mir näher in einen Kontakt treten würde.

Ich fragte sie, was sympa wäre.

Sympathisch, meinte sie.

A ha, dachte ich und fragte: Und das gibt dir das Recht mich mal so hoppla-hopp zu analysieren.

Oh, fuhr sie fort, ich meinte das nicht negativ, ich bewundere dich als Heilpädagogin. Du bist so gut und kannst das so gut, ich hoffe, ich werde nur annähernd so gut wie du.

Ich guckte verdutzt, was hat das eine mit dem anderen zu tun.

Samantha: ich beobachte dich schon, seit ich hier in der Stiftung bin. Keine ist so gut wie du. Du hast es echt drauf, wie du bei den behinderten Menschen immer die Balance von Geben und Nehmen findest. Deine Offenheit ihnen gegenüber, dein Respekt und deine Ruhe sind phänomenal und dann sehe ich dich wieder ohne diese Menschen und dann kommt das andere bei dir durch und das hat mich schon sehr beschäftigt.

Danke für die Komplimente, aber ich empfinde das so nicht, auf jeden Fall nicht in der Art und Weise, wie du das hier ausdrückst, gab ich zur Antwort.

Ja, wenn du mit diesen Menschen zusammen bist, und das bist du ja jeden Tag mehrere Stunden, fuhr Samantha fort, bist du fröhlich gelassen, gut gelaunt, inspiriert, ja geradezu vergnügt und scheinst zufrieden zu sein. Aber daneben kommt dann immer wieder auch eine andere Seite von Helen zum Tragen.

A ha, sagte ich wieder. Wie sieht die denn aus, fragte ich.

Samantha: du bist dann bekümmert, angespannt, auch genervt, gestresst, irritiert, blockiert und sehr nervös. Manchmal wirkst du auch niedergeschlagen und traurig und das tut mir dann so leid. Ich hoffe, ich habe dich mit all dem nicht verletzt.

Dann wieder ich: schon gut, bin nur etwas erstaunt über deine analytischen Fähigkeiten. Aber es kommt mir schon etwas nahe und ich möchte mich dazu auch gar nicht äussern.

Verstehe ich gut, erwiderte sie. Dann fuhr sie fort: Wir könnten uns ja auch einmal nach Dienstschluss treffen zu einem Kaffee oder einem Glas Wein.

Ich sagte dann sofort, dass ich Alkohol nicht mag.

Ja, dann eben Kaffee, meinte sie, kein Problem.

Ich zögerte.

Sie sagte dann, dass sie für mich Gefühle empfinden würde und sich freuen würde, wenn wir unsere Kontakte etwas erweitern würden.

Ich merkte, dass ich nun doch etwas zu schwitzen begann und meinte, dass ich dazu nichts sagen könne und dass ich so ein Treffen auch überhaupt nicht wolle und dass ich Dienst hätte und die Pause vorbei wäre. Meinte ich, stand auf und verliess den Aufenthaltsraum.

Eine Beziehung zu einer Frau konnte ich mir nun wirklich nicht vorstellen. Nicht, dass ich dagegen etwas hätte, es soll jeder nach seiner Façon selig werden, keine Frage, aber es zog mich nicht dahin. Da war mir ein Kerl eben doch lieber, wenn es denn schon sein musste. Es musste aber nicht unbedingt. Nun ja, wenn es denn so war, nahm ich Samantha ihre Äusserungen nicht übel, wenn sie so empfand, war das legitim. Gut, es war etwas arg analytisch und ob ich genussfeindlich bin oder nicht, ist mir eigentlich egal. Vielleicht habe ich es einfach nur nie gelernt, Genüsse zu empfinden. Milch-Schokolade mit Nüssen, finde ich auf jeden Fall sehr genussvoll. Ich musste über mich selber schmunzeln. Aber dass ich eine gute Heilpädagogin bin, das erfüllt mich doch auch mit

Genuss, mit Befriedigung und gibt mir ein gutes Gefühl, wenn auch nicht stolz, denn dieser ist, wie ich gelesen habe, immer auch elitär und das möchte ich nicht sein. Eine gute Heilpädagogin allerdings schon. Aber ich muss schon sagen, das war nun wirklich eine etwas merkwürdige Begegnung, die ich da hatte. Diese Samantha, wirklich, hat die mich doch wirklich angemacht. So etwas... Hm! Ich habe geheiratet. Aber ich möchte nicht darüber sprechen.

## 34 Jahre alt

Geschafft, bin Schulische Heilpädagogin! Vroni hatte nicht unrecht vor drei Jahren, als sie meinte, dass am HPS, also am Heilpädagogischen Seminar Zürich, alles viel theoretischer und auch anonymer abläuft, als wie wir es von der Heimerzieherschule her kennen. Aber ich fand es ab und zu doch auch sehr interessant. Insbesondere meine Diplomarbeit hat mir viel Freude gemacht. Ich habe über die Einführung eines technischen Kommunikationsmittels bei einem schwerst körperbehinderten Mädchen geschrieben. Aber manchmal beschleichen mich doch leise Zweifel, ob man die Heilpädagogik dermaßen verwissenschaftlichen kann. Jeder Mensch mit einer Behinderung ist doch einzigartig, ein Individuum. Und man muss doch ganz auf ihn zugeschnitten, die für ihn richtigen Lösungen finden. Manchmal musste ich denken, dass die Dozierenden am Heimpädagogischen Seminar auch gerne so eine Reputation hätten, wie z. B. Weltraumforscher oder Einstein. Aber das ist ja alles Naturwissenschaft und nicht Menschenwissenschaft und da funktioniert doch eben alles anders. Aber ich weiß schon, in bin ein kleines Licht und verstehe da zu wenig. Meine Noten bei der Diplomprüfung waren auch durchwegs gut. Und so habe ich nun mein Diplom in Heilpädagogik und bin Lehrerin geworden. Wer hätte das gedacht. Ich glaube es manchmal selber noch nicht so ganz. Also werde ich jetzt an der Sonderschule, wo ich ja bereits arbeite, weiterhin beschäftigt sein. Das ist doch schön so. Ich fühle mich da sehr wohl und habe mit der Schulleiterin ein gutes Verhältnis, auch mit den Kolleginnen. Wir haben ja fast nur schwerst- und mehrfachbehinderte Kinder. Dafür sind die Räumlichkeiten nicht unbedingt sehr geeignet. Aber wir helfen uns gegenseitig und manchmal ist es richtig lustig.

## 34 Jahre alt

Ich bin im Schockzustand. Die Nachricht kam aus heiterem Himmel. Alle tot, alle einfach weg, nicht mehr da. Ich bin gelähmt, erstarrt. Kann nicht mal weinen. Vielleicht später. Meine ganze Familie, bis auf die mittlere Schwester sind alle gestorben und das auf eine grausame Art und Weise. Dass mein Vater tot ist, trifft mich noch am wenigsten. Wenn ich ehrlich bin, hatte ich direkt, spontan, den Gedanken: jetzt ist er endlich weg. Erleichterung machte sich breit. Wenn ich ehrlich bin. Aber dass Mami auch sterben musste, dazu noch meine jüngste Schwester, ihr Mann und deren Sohn, mein Neffe. Das verkrafte ich nicht, das ist zu viel, dieser Preis ist zu hoch. So habe ich das nie gemeint und auch gar nicht gewollt. Was hat sich da das Schicksal wieder für einen Mist ausgedacht und über die Bühne gezogen. Ich weiß nicht mehr weiter. Ich brauche Unterstützung. Was muss ich jetzt tun. Meine mittlere Schwester wird mir keine Hilfe sein. Die steckt eh voll ihrer eigenen Probleme und droht darin zu versinken. Warum mussten die auch alle auf diese Inseln fliegen, vom Festland aus nur mit einem Hubschrauber, einem grösseren Heli mit zwei Piloten, zu erreichen. Dieser stürzte dann ab und sie ertranken, weil die Absturzhöhe gar nicht so hoch war. Sie kamen nicht mehr aus den Sitzen heraus. Geht es noch schlimmer. Grausam, unglaublich, ich kann es nicht fassen. Warum nur und dann so? Die beiden Piloten konnten sich noch abschnallen und sind davon geschwommen. So ein Saupack, verdammtes. Unser Anwalt meinte, dass eine weitere Verfolgung dieser Piloten sinnlos wäre, man würde sie nicht finden, weil sie untergetaucht wären und die Unterstützung für uns von Seiten der einheimischen Kräfte der Justiz bzw. Polizei wäre mehr als fragwürdig. Abgesehen davon würde es nur noch mehr kosten. Also geben wir auf und nehmen es so hin. Natürlich würde sie das auch nicht mehr lebendig machen, wenn man die Piloten zur Rechenschaft ziehen könnte. Die Abdankung wird grauenhaft sein. So ein Schicksal hat nun wirklich niemand verdient. Aber auch meine Schwester und ich haben das nicht verdient. Natürlich weiß ich, dass immer irgendjemand auf dieser Welt vom Schicksal hart getroffen wird. Aber der Unterschied, wenn man so etwas in den Nachrichten liest oder selber davon betroffen, niedergeschlagen worden ist, ist unbeschreiblich. Ich weiß nicht mehr, was ich dazu sagen soll. Fliegen werde ich meiner Lebtage nie mehr. Ich fühle mich erschlagen, bin völlig k.o. Fahren in die Ferien und kommen nicht mehr zurück. Wie geht es nun mit der Gärtnerei, dem Haus und allem drum und dran weiter? Bleibt sowieso alles an mir hängen. Glaube nicht, dass ich das schaffe. Bin auf Unterstützung angewiesen, aber ich glaube, das sagte ich schon. Was soll ich überhaupt noch denken, noch sagen. Dazu kann man nichts sagen. Wären sie doch hier geblieben, sie würden alle noch leben. Auch sinnlos, was mir da durch den Kopf geht. Am besten, es würde gar nichts mehr in meinem Kopf gehen und ich würde mich in nichts auflösen. Aber das geht so mehr in die Richtung meiner Schwester, der mittleren. Und das ist auch nicht so mein Ding. Ich weiß einfach nicht mehr weiter. Bin müde und muss jetzt noch mit dem Anwalt telefonieren. Er hilft mir. Aber es ist anstrengend, es kostet mich extrem viel Energie. Ich funktioniere nur noch. Wenigstens das. Es ist einfach nur endlos traurig. Mit einem Mal hat man keine Familie mehr, egal ob man diese im Guten, wie im Schlechten erlebt hat. Im schlechten ist noch besser als gar nichts. Ich drehe mich im Kreis und möchte eigentlich schlafen. Kann ich aber nicht, weil ich nicht einschlafen kann. Kein Mensch kann bei so etwas einschlafen. Wie soll man sich, wenn plötzlich die Familie nicht mehr da ist, entspannen können, damit man einschlafen kann. Das soll mir erst jemand mal erklären. Aber ach... Ja an Schlaf ist nicht zu denken. Dann erinnere ich mich an Herrn Meier, der Philosoph, der kam doch ein paar Mal zu uns in den Kindergarten und erzählte da so Sachen, dass niemand wisse, wenn man sterben würde. Es ging da aber, soweit ich mich noch erinnere, an Krankheiten und jemand sage auch, dass Pflanzen verdorren würden und Menschen nicht und, ich glaube es war Agneta, erzählte irgendetwas von einem Zurückkommen aus dem Jenseits. Aber da hatte Herr Meier so seine Zweifel. Ich studiere dann noch etwas an diesen Lektionen vor langer Zeit herum und stelle dann fest, nachdem ich aufgewacht bin, dass ich sehr wohl etwas geschlafen habe.

## 35 Jahre alt

Ich habe vor einiger Zeit den Kurs zur Katechetin absolviert. Mein Gedanke war, dass ich neben der Familie noch eine Teilzeitstelle abdecken könnte und da kam mir eben der Gedanke, als Katechetin zu wirken. Warum gerade dies, war mir im Grunde gar nicht so klar. Es hat wohl damit zu tun, dass ich die Werte von Toleranz, Wertschätzung anderer Mit-Menschen richtig und auch wichtig finde, dass man diese Werte an Kinder weitergibt. In der Ausschreibung zur Ausbildung stand dann, dass Katechetinnen und Katecheten verantwortlich für den Religionsunterricht sind. Sie begleiten Kinder und Jugendliche auf ihrem Glaubensweg, reden mit ihnen über Gott und die Welt und vermitteln ihnen christliche Werte und Glaubensüberzeugungen. Mit biblischen und nicht biblischen Geschichten gehen sie auf Entdeckungsreise und können auf spielerische Art und Weise den Zugang zu religiösen Fragen ermöglichen. Dabei geht es nicht nur um die christliche Kultur und Gesellschaft, sondern auch um andere Religionen – Toleranz und Respekt sind von klein auf zu lernen. Der Text gefiel mir. Katecheten sind oft in Teilzeit angestellt und vorwiegend auf der

Primarstufe tätig. Sie leiten vor-eucharistische Gottesdienste und oft auch Freizeitaktivitäten der Kinder. In der Gemeinde wollte man dann auch, dass ich mich auch in der Freizeitarbeit engagieren sollte, aber das wollte ich nicht, weil mir das zu viel wurde. Nun gut, ich habe die Ausbildung gemacht und dann auch angefangen, mit Kindern zu arbeiten. Aber schon bald brachten mich Fragen wie: warum dürfen katholische Pfarrer nicht heiraten und Kinder haben oder warum gibt es keine Frauen als Pfarrerin, oder ist der Papst nicht ungeheuer reich usw. in Erklärungsnöte. Ich musste mich selber hinterfragen und stellte fest, dass ich ja nicht sagen konnte, dass es schon richtig ist, dass Pfarrer nur Männer sein konnten und dass diese keine Kinder haben durften, weil sie nicht heiraten können. Ein Kind meinte dann, dass seine Eltern ja auch nicht verheiratet wären und trotzdem zwei Kinder zusammen hätten. Das könnte man doch dann in der katholischen Kirche auch so machen. Ich musste dann erklären, dass sie überhaupt keine Kinder haben dürften. Dies stiess auf große Ablehnung. Ein anderes Kind meinte dann, dann hätte die katholische Kirche also Kinder nicht gern. Das wieder verneinte ich, aber mir fehlten die Gegenargumente und ich dachte auch, später zu Hause dann, dass das mich irgendwie an meine Kindheit erinnerte, weil ich auch ab und zu dachte, dass insbesondere mein Vater ja auch keine Kinder mochte, auf jeden Fall keine Mädchen. Natürlich fand ich die Verbindung von katholischer Kirche und meinem Vater irgendwie absurd. Aber war nicht auch der Papst der Vater aller, wenigstens, katholischen Christen. Schwierig wurde es für mich im Unterricht auch, weil einige Kinder meinten, dass bei den Reformierten, auch bei den Juden, die Pfarrer sehr wohl heiraten dürften und Kinder hätten. Also befand ich mich plötzlich in einer Auseinandersetzung welche Kirche denn nun die bessere wäre. Ich meinte, dass man das nicht zum Beispiel mit Fussballmannschaften vergleichen könne. Ein Junge fragte dann: Warum nicht? Ja, musste ich mir eingestehen (zu Hause), warum eigentlich nicht. Ein anderes Kind fragte dann in einer Folgestunde, dass ihr Vater gesagt hätte, dass heutzutage sehr viele Menschen aus der Kirche austreten würden und gar keine Religion mehr hätten. Ein anderes Kind fragte mich, ob ich auch schon daran gedacht hätte, aus der Kirche auszutreten. Dies wolle es nämlich tun, wenn es 14 Jahre alt geworden sei. Jetzt wollten die Eltern, dass es am Unterricht teilnehme. Es ging dann eigentlich jede Stunde so weiter bis hin zur Frage, ob ich selber auch daran glauben würde, dass Jesus wieder auferstanden wäre oder ob nicht vielleicht ein römischer Soldat die Leiche von Jesus einfach geklaut hätte, so wie der Junge das letzthin in einem Fernsehbericht gehört hätte und uns nun davon berichtete. Das würde nämlich für ihn wesentlich mehr Sinn machen, denn an die Auferstehung glaube er nicht, obwohl er die Schoko-Hasen zu Ostern sehr gerne essen würde. Dies fand ich dann doch eine für sein Alter von 11 Jahren eine sehr reife Aussage. Ich musste schmunzeln und die ganze Klasse lachte. Nun gut, die Sache war für mich im höchsten Maße unbefriedigend und ich beendete relativ bald meine Karriere als Katechetin. Da konnte ich nicht hinter stehen und es führte mich eher zu der Frage, auch aus der Kirche auszutreten, als Kinder von dem überzeugen zu wollen, wovon ich selber nicht überzeugt war. Kirsten, eine deutsche Kollegin, überredete mich, doch einmal zu einem Gospel-Konzert der ‚friends of jesus' mitzukommen. Da ich ja Chormusik liebe, bin ich dann mitgegangen. Ich fand's schrecklich, wie ich hier gleich zu Beginn, sagen muss. In jedem Lied ging es um die Lobpreisung von Jesus. Wenn man nicht auf eine alt hergebrachte Art und Weise gläubig ist, kann man hier nicht mitsingen. Ihre Leistung in der englischen Darstellung der 13 Lieder, die sie gesungen haben, fand ich beeindruckend. Sie konnten alle Texte auswendig und viele hatten während des Singens einen durchgehend glücklichen, seligen und ent- oder verzückten Gesichtsausdruck. Ihre Hingabe an die Texte war beeindruckend, aber irgendwie nichts für mich. Kann man in einer so unkritischen Art und Weise einfach solche Lieder aus tiefster Inbrunst singen. Ja, man kann, scheinbar. Aber ich kann das nicht. Einige Texte besangen in einem reinen Kreationismus die Entstehung der Welt und die Genese des Menschen. Das hat mich dann doch stark gestört. Aber jedem das Seine, das ist nicht die Frage. Schwieriger war dann schon für mich diese ständige Aufforderung der Chorleiterin an das Publikum doch mit zuklatschen und mitzusingen. Sie erreichte nicht alle in der vollbesetzten Kirche. Vielleicht ging es einigen anderen Zuhörerinnen gleich wie mir. Vielleicht, vielleicht auch nicht. Mit glänzenden Augen fragte mich dann Kirsten nach Abschluss der dritten Zugabe am Ende des Konzerts, wie es mir gefallen hätte und ob ich mir auch vorstellen könnte, hier mitzusingen? Ich meinte, dass ich mir das noch überlegen müsse. Sie hatte sich schon entschieden und hatte auch bereits einen Termin für kommende Woche zum Vorsingen. Ich wünschte ihr dazu viel Glück. Auf der Arbeit bin ich dann die folgenden Wochen Kirsten eher ausgewichen. Ich Feigling. Aber irgendwie fühlte ich mich da nicht aufgehoben und hatte auch ein Problem damit, ob dieser Enthusiasmus für schwarze Gospelmusik nicht doch etwas arg Künstliches war, wenn man es so zu imitieren versuchte. Man eignet sich da etwas an, was im Grunde nicht so ganz in unseren Kulturkreis hineinpasst. Vielleicht bin aber jetzt einfach auch nur miesepetrig. Den Sängerinnen hat diese religiös orientierte Musik zweifellos gefallen und einem großen Teil des Publikums wohl auch. Ich bin wohl eher der melancholische Blues Typ und weniger der euphorisch-jubelnde Halleluja schreiende Mensch. Meine diesbezüglichen Konsequenzen habe ich ja bereits gezogen. So hatte ich wieder einige nicht so ganz befriedigende Erfahrungen gemacht. Man lernt eben nie aus. Aber man darf sich davon nicht allzu sehr beeinflussen lassen.

## 36 Jahre alt

Meine Schwester hat versucht, sich das Leben zu nehmen. Jetzt ist sie stationär untergebracht. Was wohl alles zu viel für sie. Der Tod unserer Eltern, unserer gemeinsamen Schwester und ihre Trennung von ihrem afrikanischen Freund. Erst konnte ich es gar nicht fassen. Ich habe sie dann in der Klinik besucht, aber es kam kein Gespräch zwischen uns zustande. Es war schon ziemlich frustrierend für mich. Ich kann ihr nicht helfen. Wüsste auch gar nicht wie. Mir geht es ja selber nicht gut, aber ich muss funktionieren, man kann doch nicht einfach so aus dem Felde gehen. Sich quasi durch die Hintertür verabschieden. Nun gut, es hat ja bei ihr nicht geklappt, zum Glück. Ob sie es wieder versuchen wird. Ich habe die Ärztin, die auch ihre Psychiaterin ist, gefragt. Aber die meinte nur, dass man das eben nie wissen könne. So schlau bin ich auch, aber ich will jetzt nicht ungerecht sein. Die Psychiaterin hat dann, weil sie die Geschichte unserer Eltern und unserer gemeinsamen Schwester, die ja alle tödlich verunglückt sind, kennt, noch das Folgende hinzugefügt. Sie hat gemeint, dass das nicht von ihr wäre, aber sie hätte das im journal of affective disorders gelesen, dass manche Patienten mit Depressionen eine hohe Anfälligkeit für das Überlebenden-Syndrom aufweisen. Ich stutzte und fragte nach, was das denn sei? Das heisst, fuhr sie fort, dass bei Menschen, die unter Schuldgefühlen leiden, weil sie den Tod eines geliebten Menschen, überlebt hätten, oder auch einfach, weil es ihnen besser ginge als anderen, Schuldgefühle entwickeln würden, die dann sogar in einem Suizid enden könnten. Hm, meinte ich und bedankte mich bei ihr. Manchmal hat es schon etwas Verlockendes, so zu denken. Dann wäre mit einem Schlag als Mühe, alle Nöte, all das Verdriessliche, das einem in die Depression treibt, weg, verschwunden und man wäre alle Sorgen los, aber eben auch das Leben. Vielleicht hätte ich meiner Schwester mehr Zuwendung geben sollen, mehr zu ihr schauen. Ich bin ja die ältere Schwester, habe ich da eine Verpflichtung, der ich nicht ordentlich nachgekommen bin? Ich weiß es nicht, aber es geht mir durch den Kopf. Habe ich da etwa schon wieder versagt? Kommt mir eine Schuld, oder eine Teil-Schuld zu? Ich weiß es nicht, aber es beschäftigt mich schon. Eigentlich, so denke ich, kann ich doch nichts dafür, wenn sie nicht mehr weiterleben möchte.

Sie ist doch eine autonome Person. Aber ich möchte mich nicht aus der Verantwortung stehlen. Ach, ich komme da nicht richtig weiter, ich weiß es einfach nicht. Verdammte Schei... Aber mit mir sprechen, so richtig, wollte sie ja auch nicht. Vielleicht sollte ich mich mehr um sie kümmern, wenn sie die Klinik wieder verlassen hat. Aber ich weiß jetzt schon, dass es nicht so sein wird. Sie hat ihren Alltag, ich meinen. Sie hat ihr Leben, wenn sie denn noch eines hat und ich eben meines. Aber vielleicht, der Gedanke kam mir, als ich wieder einmal an meine Schwester denken musste. Ist mir ihr Todeswunsch einfach auch zu nahe. Die eine, die nun wirklich voll des Lebens war, die von Leben nur so gestrotzt hat, die der Liebling unseres Vaters war, stirbt jämmerlich und ungerecht bei einem Flugzeugabsturz und wir verbleibenden zwei Schwestern leben. Wie ungerecht, wie komisch ist das denn? Da fehlen einem doch glatt die Worte, weil es dafür keine, wirklich gar keine Erklärung geben kann. Und dann versucht die Mittlere aus dem Leben zu scheiden, schafft es aber nicht und ich soll dann noch die Trösterin sein. Kann ich nicht, will ich nicht, mag ich nicht, tue ich nicht. Zu viel Tod um mich herum und dann noch all diese schwer und mehrfachbehinderten Menschen, die, und das muss ich mir immer sagen, eine verkürzte Lebenszeit haben und einige auch schon im Jugendalter sterben. Habe ich denn damit nicht schon genug zu tun, muss ich mich jetzt auch noch um meine Schwester kümmern, nur weil sie meine Schwester ist. Das ist einfach zu viel, ich bin doch auch nur ein kleiner Mensch, unvollkommen und mit vielen Selbstzweifeln bestückt. Ich brauche, bitte schön, etwas Distanz zum Tod. Ja, ja, mitten im Leben sind wir vom Tod umfangen, stand letzthin in einer Reportage in der

Zeitung. Ist ja schon gut, ist auch wahr, aber was zu viel ist eben auch, wenigstens manchmal, zu viel. Ich muss ja auch für mich, für mein Leben sorgen und finde meine Ruhe, meine Befriedigung, wenn ich arbeite, wenn ich mit diesen Menschen zusammen bin, zusammen sein darf. So empfinde ich immer noch und das ist gut so. So ist es nun eben mal, auch wenn sie meine Schwester, meine erwachsene Schwester ist, wie ich schon auch noch anmerken möchte. Aber jetzt muss ich los, damit ich nicht zu spät zum Dienst komme. Ich werde sie morgen wieder besuchen. Ich habe einen Sohn geboren.


## 37 Jahre alt

Im Heilpädagogischen Seminar streiften wir auch ethische Fragestellungen. Wir behandelten da die Pränatale Diagnostik. Die machte ja von sich reden. So war es möglich, mittels unterschiedlicher Verfahren, eine Zelle aus dem Fruchtwasser einer schwangeren Frau, oder aus der Nabelschnur herauszunehmen, um festzustellen, ob es sich z. B. beim Embryo um ein Kind mit einer Trisomie 21 handeln würde. Das heisst man konnte also schon vor der Geburt feststellen, ob das Kind behindert sein wird oder nicht. Natürlich konnte man die meisten Behinderungen so nicht feststellen, aber diese eine, die es relativ häufig gab, nämlich das Down-Syndrom, war nun eruierbar. Wir haben dann im Kolleginnenkreis darüber diskutiert. Einige meinten, dass das ganze viele Frauen machen würden, so eine Diagnostik. Einige, sie waren in der Minderheit, meinten, dass sie nicht daran glauben würden. Da würde ja dann das Leben eines zukünftigen Menschen bewertet und das dürfe man doch nicht. Leben könne man nicht werten, bewerten. Aber die meisten von uns meinten, das geschähe doch immer wieder, jeden Tag. Wer würde schon ein Kind mit Trisomie haben wollen, wenn es sich doch verhindern liesse. Fränzi meinte sogar, da müsse man ja dann schon sehr blöd sein, wenn man es nicht täte. Einige nicken. Ich hatte mich die ganze Zeit über nicht aktiv an der Diskussion beteiligt und Rosa frage mich dann, was ich denn dazu meinen würde. Ich erwiderte, dass diese Frage doch unmittelbar mit der Frage nach der Abtreibung zusammenhängen würde und diese käme für mich nicht in Frage. Die anderen schwiegen. Rosa meinte nur, ja, du hast recht. Und jetzt, fragte Isabelle. Wenn ich die Abtreibung ablehne, dann gibt es für mich auch keine PD, sagte ich. Hm, meinte Isabelle. Das ist konsequent, zweifellos. Aber wenn einem die Neugierde doch keine Ruhe lässt und man eben wissen möchte, ob man ein gesundes Kind bekommt oder eben nicht, dann schiebt man die Frage erst mal auf Seite und entscheidet erst dann, ob man es wegmachen lässt oder nicht. Das ist doch Quatsch, sagte Petra, wenn du schon reingeguckt hast und nicht mit dem Ergebnis zufrieden bist, dann hast du doch mit großer Wahrscheinlichkeit schon entschieden. Was entschieden, fragte Rosa. Na, was wohl, meinte Petra, dann geht's ab zur Abtreibung. Ist doch klar. Den Druck hält doch keine Frau aus. Das müsste dann schon ein spezielles Exemplar einer Frau sein, die weiß, dass sie ein Downi bekommt und es dabei bewenden lässt. Kann ich mir beim besten Willen nicht vorstellen. Dann finde ich die Argumentation von Helen schon wesentlich schlüssiger, eben erst gar nicht reingucken. Aber eben, war hält das aus oder durch. Petra fragte dann noch: Und wie ist es, wenn man nicht reinguckt und dann ist es ein Down-Syndrom-Kind und die Verwandten und Bekannten sagen einem, dass das aber nicht hätte passieren müssen, das hätte man doch, bei den heutigen Möglichkeiten, leicht verhindern können. Isabelle meinte dann, abschließend, dass es die Frauen früher in Bezug auf diese Frage leichter hatten, weil es die PD noch nicht gab. Aber sie glaube auch, dass Menschen mit dem Down-Syndrom weniger würden, oder dass sie sogar aussterben könnten. Ui, sagte Isabelle, da geht uns ja dann die Arbeit aus. Glaube ich nicht, meinte ich, es gibt ja auch diejenigen Kinder, die durch einen Unfall behindert werden und früher gestorben sind, weil die Medizin noch nicht so weit gewesen ist. Die Arbeit geht uns bestimmt nicht aus, aber sie wird schwieriger, weil es mehr schwer und mehrfachbehinderte Kinder geben wird. Ich habe da in der Zeitschrift für Heilpädagogik einen Artikel eines Heilpädagogen gelesen, der sich intensiv mit dieser Frage auseinandergesetzt und genau dies prognostiziert hat. Das hat mich beim Lesen auch nicht froher gemacht. Die lustigen Menschen mit Trisomie 21 gibt es weniger oder kaum noch, dafür gibt es mehr mit komplexen, komplizierteren Behinderungen. Super, sagte Petra. Ja, macht einem wirklich froh, meinte abschliessend Isabelle. Ich sagte nichts.

## 38 Jahre alt

Ich hatte gestern Abend ein Elterngespräch. Dieses hat mich wirklich mitgenommen. Das Ehepaar Biciakoglu erschien. Es ging um ihren Sohn Ali. Dieser ist Autist. Es fing eigentlich alles ganz normal an. Ich berichtete, was wir so in der Schule machen würden und dass Ali auch in einigen Bereichen Fortschritte erzielt hätte. Plötzlich flippte der Vater aus und meinte, dass dies doch alles Unsinn wäre. Sein Sohn wäre vom Teufel besessen. Fügte dann aber hinzu, dass er nicht an unseren Teufel glauben würde und überhaupt. Sein Sohn würde wohl auch nie heiraten und er deshalb auch nie Enkelkinder haben und die Abmachung mit seinem Freund, der eine sehr hübsche Tochter hätte, die Ali eben heiraten sollte, wäre auch bereits vor einiger Zeit aufgekündigt worden und das ganze wäre hier an der sogenannten, er wiederholte das Wort ‚sogenannt' noch drei Mal, also, es wäre hier nur ein einziges Riesentheater und er könne damit überhaupt nichts anfangen, man würde sich nur in die eigene Tasche lügen und von Fortschritten könne überhaupt keine Rede sein und er wäre nur wegen seiner Frau überhaupt heute Abend mitgekommen und er könne dieses Affentheater, das hier um seinen sogenannten Sohn, da war es wieder, dieses ‚sogenannt', sowieso nicht mehr länger aushalten. Das wäre ja einfach nur zum Verzweifeln und man solle endlich zugeben, dass aus seinem Sohn, er hätte ja schon Mühe, diese Formulierung, dass Ali sein Sohn sein soll, dies so auszusprechen. Ich muss hier auch sagen, dass Herr Biciakoglu ein ausgezeichnetes Deutsch spricht, hat er doch in Aachen ein Studium als Bau-Ingenieur absolviert. Bei seiner Frau sieht es dann schon etwas anders aus. Sie versteht zwar auch alles, was wir hier sagen oder mit ihr besprechen, aber sie spricht nur gebrochen Deutsch. Als sie den Ausbruch ihres Ehemannes miterlebte, rannen ihr die Tränen übers Gesicht. Ich fühlte mich völlig überfordert und wusste nicht, was ich sagen sollte. Ich meinte nur, dass Ali sehr wohl Fortschritte gemacht hätte, und das könne ich ihm auch aufzeigen. Herr Biciakoglu sagte, dass er gespannt wäre, was das denn für Fortschritte sein sollten. Er hätte davon noch nichts mitgekriegt. Er sprach dann in seiner Muttersprache seine Frau an, die aber nicht antwortete, sondern nur schluchzte und irgendetwas murmelte. Sie weinte nun stärker und ich stand auf und wollte ihr den Arm um ihre Schultern legen. Herr Biciakoglu meinte, dass ich mich wieder hinsetzen und das unterlassen solle. Ich wurde doch auch etwas ärgerlich und meinte zu ihm, dass er mir das so nicht zu sagen brauche, schliesslich ginge es ja seiner Frau im Moment nicht gut. Daraufhin er: Dass das wohl seine und nicht meine Sorge wäre. Ich setzte mich wieder an den Platz und zeigte ihm ein Heft mit Rechen-Aufgaben, an denen Ali seit einiger Zeit, immer wieder mal, wenn er es zuliess, arbeitete. Herr Biciakoglu nahm das Heft in die Hand, betrachtete aber die Seite, die ich aufgeschlagen hatte, weil auf dieser Ali noch am Vormittag in etwa 20 Minuten konzentriert gearbeitet hatte, überhaupt nicht, sondern studierte die Titelseite und das Impressum. Er sagte nur, das ist ja für den pränumerischen Bereich, für ganz kleine Kinder und hat mit Rechnen geradezu überhaupt nichts zu tun. Mein innerer Ärger nahm langsam zu und ich erwiderte, dass wir mit Ali da arbeiten müssten, wo wir ihn abholen können und wo wir sehen, dass er hier ein gewisses Grundverständnis hat, auf dem wir aufzubauen versuchen. Herr Biciakoglu: Das ist Pillepalle und führt zu gar nichts. Ich guckte leicht verständnislos. Pillepalle kannte ich als Ausdruck nur aus dem deutschen TV. Ich erwiderte, dass ich mir solche Ausdrücke für unsere Arbeit hier nicht anzuhören brauche. Plötzlich sagte dann Frau Biciakoglu: Entschuldigung, mein Mann nicht so meinen. Er sagte dann wieder in einem leisen Tonfall etwas zu ihr, was ich natürlich nicht verstand, weil ich ihre Sprache nicht spreche. Daraufhin sagte ich gar nichts. Ich setzte meine Verteidigungsrede fort und meinte, dass wir uns schon sehr genau Gedanken darüber machen würden, was für Ali das richtige wäre und wir methodisch, ich verwende dieses Wort eigentlich selten, aber jetzt erschien es mir irgendwie angebracht, auf dem neuesten Stand wären und auch immer wieder Fortbildungen gerade im Bereich Autismus besuchen würden und er deshalb sicher sein könne, dass wir für Ali nur das Beste wollten und auch das Geeignetste für ihn aussuchen und ihn damit konfrontieren würden. Ausserdem und das fände ich auch nicht unwichtig, wäre Ali mittlerweile in der Klasse seht gut integ… Er unterbrach mich und meinte, aber die anderen Kinder wären ja auch nur alles Idioten und was da für seinen Sohn herausspringen würde, das könne man sich ja lebhaft vorstellen. Im Grunde wäre es ein Skandal und sein Sohn müsse in eine allgemeine, in eine Regelschule gehen, dann könne er von den anderen Kindern lernen, was es heisst, normal zu sein. Ich reagierte sofort und meinte, dass ich mir das mit den Idioten wirklich nicht anzuhören brauche, aber er könne gerne ja mal einen Vormittag in die Klasse kommen und sich davon ein Bild machen.

Er konterte und meinte, Idioten wäre ein Fachbegriff, er hätte sich sehr wohl in einem Buch kundig gemacht und man unterschied da zwischen Debilität, Imbezillität und Idiotie. Ich antwortete auch sofort und sagte, dass dies eine Begrifflichkeit aus dem letzten Jahrhundert wäre und man heute nicht mehr diese Begriffe verwenden würde. Neumodisches Zeug, was sie hier heute verwenden, sagte er nur trocken. Seine Frau sagte dann, ob wir wieder über Ali sprechen können. Ich bejahte dies und war für ihren Einwand dankbar. Ich schlug dann vor, dass wir an einem späteren Gespräch über einen Kontakt zu einer Regelschule sprechen könnten, aber ich wolle ihm auch nicht verhehlen, dass ich diesem Gedanken, insbesondere auch bei Ali, doch sehr kritisch gegenüberstehen würde. Das würde ihn nicht interessieren, meinte Herr Biciakoglu. Er sagte dann etwas zu seiner Frau und diese meinte dann zu mir, dass sie jetzt leider gehen müssten und sie danke mir. Er stand auf, nickte mir mit ausdruckslosem Gesicht zu und verliess das Schulzimmer. Seine Frau folgte ihm. Ich blieb noch etwas sitzen und studierte darüber nach, was ich vielleicht falsch gemacht hatte, und ob ich das Gespräch hätte anders aufziehen sollen. Aber ich hatte ja nicht gewusst, dass er auch kommen würde. Er war noch nie zu einem schulischen Standortgespräch erschienen und alle Alltagskontakte liefen bislang ausschliesslich über Frau Biciakoglu. Und dieses Verhältnis habe ich immer als wertschätzend und sehr freundlich empfunden und nun dieser Auftritt. Da wusste ich nicht weiter und hatte das Bedürfnis mit jemandem aus der Schule darüber reden zu wollen. Aber mit wem? Ich musste mir das noch überlegen. Aber das Gespräch war mir eingefahren. Es kam mir dann wieder ein Satz meines Lieblings-Dozenten in den Sinn, der einmal gemeint hatte, dass Elterngespräche im heilpädagogischen Bereich mit zum Schwierigsten gehörten, was man so zu erledigen hätte. Wie recht er doch gehabt hatte. Leider.

## 39 Jahre alt

Manchmal erinnere ich mich an meine Männerbekanntschaften. Einen habe ich wirklich geliebt. Man Herz machte immer Sprünge, wenn ich ihn sah und ich lernte plötzlich das Gefühl von freudiger Erwartung kennen. Ich arbeitete damals als junge Heimerzieherin bei den schwer behinderten Kindern. Mein Leben war gut, ich war glücklich. Natürlich hatte ich immer im Hinterkopf die Frage: wie lange hält das an. Das kann doch nicht gut gehen. Ich werde nie ein dauerhaftes Glück haben. Soviel Glück, dass ich das Glück haben werde, werde ich nicht haben. Immer diese Gedanken. Aber die Glücksgefühle waren doch stärker, damals. Also wartete ich immer freudig auf Hans. Er kam auch immer wieder in meine kleine Wohnung, die ich damals, direkt unter dem Dach, gemietet hatte. Auch diese Wohnung gefiel mir sehr gut. Ich konnte vom Fenster aus den großen Fluss sehen, der da direkt in dem kleinen Städtchen eine große Schleife zog. Von meiner Häuserzeile aus, ging es direkt steil einen Abhang zu diesem Fluss hinunter und alles war bewachsen. Sehr romantisch und dann die interessante Arbeit und dann noch Hans. Ich war selig. Wie hatte es das Leben gut mit mir gemeint. Wenn es doch nur ewig so bleiben möge. Das dachte ich damals, jeden Tag, circa

13 x, mindestens. Warum ich so in Hans verschossen war, konnte ich nicht sagen. Manchmal fragte ich mich das nämlich. Daran entsinne ich mich noch gut. Dann wiederum sagte ich mir, lasse doch dieses Hinterfragen, nimm es einfach hin und geniesse es. Als ob ich in der Lage wäre, etwas zu geniessen. Aber ja, manchmal vergass ich diese Hinterfragerei einfach und wartete auf Hans und war glücklich. Rückblickend würde ich sogar sagen, dass die Warterei auf Hans, mich jeweils glücklicher machte, als wenn er denn wirklich eintraf. Da war ich schon auch zufrieden. Aber es ging ja dann immer gleich zur Sache, er wollte eigentlich schon nur immer das eine. Er wollte ihn reinstecken und das gefiel mir eigentlich nicht so sonderlich. Die körperliche Nähe war schon okay, aber das Gerumse, darauf hätte ich verzichten können. Aber er wollte es immer und da ich ihn ja liebte, liess ich es eben über mich ergehen. Marina, eine Kollegin aus dem Heim, meinte ja einmal in der Kaffeepause, dass man es eben über sich ergehen lassen müsse. Man könne ja auch überlegen, was man am Wochenende unternehmen oder kochen könne oder ob die Decke mal wieder gestrichen werden müsse. Alle Frauen, Männer arbeiteten ja nicht bei uns, sondern nur in der Werkstatt oder in den Büros, lachten. Einige laut, einige andere eher verhalten. Wie mein Lachen damals ausfiel, daran kann ich mich nicht mehr erinnern. Ich weiß es einfach nicht mehr. Möglich auch, dass es mir zu brutal war, was da Marina von sich gab. Also zurück zu Hans. Ich sah ihn nicht oft, weil er ja verheiratet war. Das fand ich schon blöd, war aber nicht zu ändern und er meinte direkt, als wir das erste Mal miteinander geschlafen hatten, dass er sich nie von seiner Frau trennen würde, aber sie gebe

ihm eben nicht das, was ein Mann eben so bräuchte. Ich schluckte leer, daran kann mich dann hingegen wieder erinnern. Ich überlegte dann hin und her, ob ich diese Sache nicht einfach sofort wieder beenden sollte. Aber ich tat es nicht und das unselige Spiel ging so noch eine Weile weiter. Aber mir ging es dabei immer schlechter. Einerseits freute ich mich nach wie vor, wenn ich wusste, dass er demnächst wieder vorbeikommen würde, andererseits belastete es mich auch. Ich hörte mir dann manchmal ein Lied an, das mir auch heute noch gefällt. Es ist von Natacha, einer Berner Sängerin. Mit dem Text hatte ich anfangs Mühe, diese zu verstehen, aber die Melodie gefiel mir sehr und der Text dann auch. Er lautet:

Beidi hei mer's sofort verstande
Wo mer eifach so anenander si gheit
Sig Liebi ufe erscht Blick isch gstande
I dene Ouge wo mi zmits dri het preicht
Sie spiele das Spiel vom Verfüere wie immer
Sit du us dere Nacht, ufmi zue bisch cho
I luege di- a u s 'wird heiss i mir inne u weiß für mi- ig wagti's ja scho
Sölli, sölli nid
Säg, isch's wie d'Stärne hüt stöh i dr Nacht
Oder isches ä Troum wo so muetig macht
E chline Schritt meh, süessi Hut
Schwärverletzt gäge Drache verlore
Dis Mu ganz nach im Haar bi de Ohre
U ruuch seisch du- i ma di ou
Heigsch di no nie so total verlore
U äs trifft als wär ig z' erscht mau e Frou
Mir spiele das Spiel vom Verfüre wie immer

U preiche enander eifach zmitts is Härz
I luege di a- u äs wird geng nume schlimmer
I mir inn rumort ä stächende Schmärz
Sölli, sölli nid
Säg, isch's wie d'Stärne hüt stöh i dr Nacht
Oder isches ä Troum wo so muetig macht
E chline Schritt meh, süessi Hut
Schwärverletzt gäge Drache verlore.

Ja, so fühlte ich mich damals und wusste eigentlich, dass die Beziehung zu Hans keine Zukunft hatte. Einige Momente waren schön, aber im Grunde war es nur wieder ein Misserfolg. Ich war wieder einmal in ein Fettnäpfchen getreten, das mir schadete, das mich hinunterzog und eines Tages eröffnete ich ihm dann, dass es zu Ende wäre und er nicht mehr zu kommen bräuchte. Er nahm es gelassen hin, stand auf, ging und war verschwunden. Ich heulte. Schwerverletzt gegen Drachen verloren. Ja, ich hatte wieder einmal in meinem Leben verloren. Ich bin eben doch chancenlos, was Glück anbelangt. So war es eben. Ein kleiner Ausflug hin zu einem Sonnenstrahl, endet dann eben doch mit einem stechenden Schmerz. Mein Leben, mein Schicksal. Es hat alles keinen Zweck. Aber irgendwie kam ich darüber weg. Der Alltag umfing mich wieder und der war ja nicht schlecht. Also frohgemut in die Zukunft blicken. Der Sarkasmus stirbt zuletzt. Mein zweitere Sohn kam auf die Welt, aber ich möchte hier nicht darüber sprechen.

## 40 Jahre alt

Ich hatte einen schrecklichen Traum. Nicht den wie immer, sondern einen anderen. Ich irrte in einem Hochhaus herum, nein, es waren zwei, zwei Türme und ich musste in 20 B. Aber ich war in 20 A. 20 B war mir noch ein Begriff, eine Erinnerung, als ich aufwachte. Irgendwie musste ich auch auf einer Fahrradtour gewesen sein, denn ich hatte diese Klamotten an. Ich merkte im Traum, wie ich immer wütender wurde. Als ich nämlich in den Lift eingestiegen war, hatte ich korrekt den Turm B gedrückt, sowie die 19. Etage. Dann kam jemand anders herein, ein Mann und drückte einfach Turm A und der Lift, es war ein Schwenklift, der zwischen den Türmen hin und her pendeln konnte. Ich wusste nicht wie so etwas funktionieren kann und hatte auch noch nie so etwas gesehen. Aber der Lift wechselte, weil dieser Blödmann das gedrückt hatte, zum Turm A, aber da wollte ich nicht hin und ich kriegte Panik. Und fing an zu schreien, ich müsse in Turm B, nicht A und warum jetzt dieser Mann A gedrückt hätte. Ein anderer Mann fing an, mich trösten zu wollen, was mich aber noch mehr in die Panik trieb. Ich verfluchte alle Männer, weil sie im Lift, es gab deren noch mehrere, die sich aber unbeteiligt verhielten, sich schnäuzten, räusperten, den Schleim in der Nase hochzogen, sich an den Hoden kratzten und breitbeinig dastanden. In einem Zug wären sie sicherlich so auch dagesessen. Einfach nur widerlich, ich wollte aussteigen. Aber der Tröster meinte, das ginge nicht, weil wir jetzt schon sehr hoch waren und der Lift wäre ja auf Etage 21 programmiert worden und liefe jetzt in Sekundenschnelle den Turm A an und danach würden wir dann wieder zu B zur 19 Etage, wo ich ja hinwolle, wechseln. Ich schrie weiter und schrie ihn an, dass ich sofort wechseln wollte und ich hätte nie in den Turm A gewollt und ich wäre zuerst da gewesen und meine Programmierung hätte im Grunde Priorität gehabt und ob er wüsste, was Priorität überhaupt heissen würde und wieso diese einfach hätte ausgehebelt werden können, dass das eine gott-verdammte Schweinerei wäre und es wären ohnehin ausschliesslich Schweine in dieser Liftkabine und dass diese herausgeworfen gehörten usw. Und so steigerte ich mich immer mehr in meinen Hass hinein und tobte einfach nur noch rum und wollte gleichzeitig diese gott-verdammte Kabine verlassen, was aber eben nicht möglich war und die anderen Männer, furzten, schnäuzten, kratzten sich weiter mit unbewegter Miene weiter. Ich hielt es nicht mehr aus und der Tröster meinte nur, er wüsste schon, was mit Priorität gemeint wäre, und ich solle das jetzt einfach akzeptieren. Dabei schaute er mir unentwegt auf den Busen. Aber das war mir in diesem Moment wirklich egal, worüber ich im Traum erstaunt war. Dieser Punkt war nun einmal ausnahmsweise, nicht der Punkt. Ich wollte in den Turm B, weil da mein Zimmer ist, wo ich wohne, und ich hätte eine Fahrradtour gemacht und möchte mich jetzt duschen. Der Tröster erwiderte, dass er dies sehr gut verstehen könne und dass ich einfach etwas Geduld brauchen würde und Geduld würde ja nichts kosten. Ich meinte dann im Traum, dass er ein gott-verdammtes Arschloch wäre und gut daran täte, jetzt einmal seine gottverdammte Fresse zu halten, weil ich nämlich ansonsten meine Faust in dieselbige rammen würde, sodass er dann zwei Wochen lang seine hinteren Backenzähne scheissen könne und ob er dies verstanden hätte. Der Tröster lächelte milde und meinte nur, noch etwas Geduld und dann könnten wir ohne weiteres zu Turm B, wo ich ja hinwolle, wechseln und alles käme gut. Nun schon heulend und weniger schreiend, erklärte ich ihm, dass er sich selber in sein gottverdammtes Knie ficken solle und ich wolle jetzt und zwar jetzt gleich den Turm wechseln und es wäre eh eine gottverdammte Ungerechtigkeit, dass einfach, wenn ein Mann käme, dieser die Programmierung, die jemand vor diesem Mann eingegeben hätte, aushebeln könne und dass das einfach nicht i. O. wäre und dass das noch ein Nachspiel hätte, weil ich mich bei der Gleichstellungsbeauftragten darüber beschweren würde. Der Tröster liess von mir ab und stellte sich zu den anderen Männern in den Hintergrund der Liftkabine. Aber er blieb wenigstens ruhig dastehen und beschäftigte sich nicht mit seinem Schleim in der Nase, um diesen hochziehen zu wollen. Wenigstens etwas. Dann musste ich auf Toilette pinkeln und wachte auf. Noch während dieses Vorgangs, im Zwischenbereich von Schlaf- und Wachzustand, war ich der Meinung, dass ich nun den Turm wechseln können sollte, damit ich ins ‚B', zu meinem Zuhause gelangen konnte. Als ich fertig war, wollte ich nur noch traumlos tief schlafen. Eine Hoffnung, die sich nicht erfüllte. Wäre ja auch das erste Mal gewesen, wäre ja gelacht gewesen. Ich stand auf, zog mich an und sagte der Kaffee-Maschine guten Morgen und realisierte, dass die Welt die Uhren eine Stunde vorstellen mussten, weil man sich immer noch nicht darüber geeinigt hatte, Männer natürlich, dass man diesen Unsinn der Uhren-Umstellung zur Winter-, oder Sommerzeit, nun doch endlich wieder aufgeben sollte. Aber so war es eben nicht. Wie vieles andere auch nicht.

## 41 Jahre alt

Die Schulleiterin hat mich angefragt, ob ich an einem neuen Projekt mitmachen wollte. Es ging darum, dass es in unserer Region keine Plätze für Menschen mit einer geistigen Behinderung gibt, wenn diese die Heilpädagogische Schule mit 18 Jahren verlassen müssen. Das heisst, es gibt keine Tagesstruktur für sie. Diese jungen Menschen müssen dann entweder internatsmässig in ein Heim oder ganztags zu Hause leben. Kurz und gut, es gibt für sie keine professionelle Tagesstrukturen. Entweder-oder, heißt es. An unserer Schule ist es nun so, dass wir 5 geistig behinderte junge Menschen haben, die am Ende des Schuljahres unsere Schule verlassen müssen, weil sie eben schon 18 Jahre alt geworden sind, obwohl sie alle fünf, als schwer, schwerst- und mehrfachbehindert eingestuft sind. Nun sind die Eltern auf die Schulleiterin zugekommen und haben gemeint, dass sie alle nicht wollten, dass ihr Kind in ein Heim kommen müsse, sie wollten ihre Kinder, wenigstens eine gewisse Zeit noch zu Hause haben. Aber dies eben auch nicht den ganzen Tag, sondern es sollte einfach so weitergehen, wie es bei uns an der Schule war. Einfach ist gut, wenn es für erwachsene geistig behinderte Menschen keine Plätze gibt in der Region. An der Schule können und dürfen sie nicht bleiben, weil sie eben volljährig geworden sind. Was immer das dann auch bei diesen Menschen heissen mag. Unsere Schulleiterin hat sich dann daran gemacht und hierfür ein Grob-Konzept ausgearbeitet. Dieses sollte nun in einer Arbeitsgruppe, zu der ich auch gehören sollte, besprochen und detaillierter ausgearbeitet werden. Dann erst sollte es an den Stiftungsrat und an die staatlichen

Stellen weitergeleitet werden. Es hat mich sehr gefreut, dass ich für diese Arbeitsgruppe vorgesehen wurde. Ich habe dann auch fleissig mitgearbeitet, man konnte seine Ideen einbringen und mitgestalten. Das hat mir große Freude gemacht. Die Eltern waren auch sehr erfreut, als sie von unseren Aktivitäten hörten. Wir nennen das Ding Tagesförderstätte. Einige meinten, es solle nur Tagesstätte heissen, aber ich konnte mich durchsetzen, dass das Wort ‚Förder' auch mit hineingenommen wird, weil auch schwerbehinderte Menschen kann und muss man fördern. Ob man sie nun als erwachsen einordnet oder nicht, spielt für mich keine Rolle. Jeder Mensch, der lebt, kann und muss gefördert werden. Und zwar auf einer für ihn entsprechenden Art und Weise. Sowohl die Didaktik wie auch die Methodik müssen einfach stimmen, will sagen, auf sie abgestimmt sein. So sehe ich das. Die Tagesförderstätte wird gut ankommen, da bin ich überzeugt. (Die Tagesförderstätte wurde ein Jahr später feierlich eröffnet. Ein halbes Jahr später war sie bereits leicht überbelegt)

## 42 JAHRE ALT

Ein Gedanke beschäftigte mich immer wieder einmal. Und das war der Tod meines Vaters. Meine jüngere Schwester, mein Schwager und mein Neffe und natürlich Mami sind an einem tragischen Unfall verstorben und das macht mich auch heute noch unendlich traurig und es kommen mir, auch jetzt, die Tränen. Das waren alles so liebe Menschen, ich habe sie geliebt, sie waren meine Familie.

Obwohl es da auch ein Aber gibt, es war nicht immer alles eitel Sonnenschein. Mit meiner Schwester, die ja doch einige Jahre jünger war als ich, habe ich mich nicht so besonders gut verstanden. Wir hatten auch keinen Streit, eben, denn unsere Interessenlage war zu weit auseinander. Sie hatte eine große Vorliebe zur Natur, zum Gärtnern und es war klar, dass sie den Betrieb unserer Eltern würde übernehmen. Das fand ich sogar gut, weil es mich entlastete. Ich hätte mir dies für mich sowieso nie vorstellen können. Meinen Schwager kannte ich kaum und mit meinem Neffen hatte ich immer mal wieder Kontakt, aber wir waren nicht eng. Der Tod von Mami hat mich dann schon umgehauen. Warum musste sie gehen, das verstehe ich nicht, auch heute noch nicht und werde es wohl auch nie verstehen. Sie hat mich respektiert, das habe ich gefühlt, auch wenn sie es nie ausgesprochen hat. Als ich jünger war, konnte ich nicht nachvollziehen, warum sie sich nicht stärker gegen ihn gewehrt hat. Sie hat mir mal gesagt, als ich sie – wieder einmal – darauf ansprach, dass er, wenn sie weggegangen wäre, mein Vater die Familie erschossen hätte. In eine Scheidung hätte er nie eingewilligt, das wäre so sicher wie das Amen am Sonntagmorgen. Es wäre nur schlimm, sehr schlimm herausgekommen, meinte sie und sah mich an. Ich weiß noch, dass ich darauf nichts erwidern konnte und ihr diese Frage danach auch nie mehr gestellt hatte. Sie hat sich für uns und unser Familiengefüge geopfert, aufgeopfert und ist jetzt wohl auch noch den Opfertod gestorben. Meine Tränen lassen nicht nach. Sie ist der grösste Verlust in meinem Leben und dies bis heute und wird es wohl auch bleiben, bis an mein eigenes Ende. Die Sache mit seiner Vorliebe für Gewehre und fürs Schießen, konnte ich nie nachvollziehen und wir irgendwie, nach seinen Vorstellungen, wohl alle in seinem Besitz waren, war für mich auch klar. So war sein Weltbild und wenn jemand da nicht hineinpasste und sich nicht einpassen liess, so wie das eben bei mir der Fall war, dann konnte er damit nicht umgehen und musste dieses, wenn er schon nicht vernichten konnte, wenigstens immer wieder heruntermachen, es schikanieren, ins Lächerliche ziehen und ebenso einer Vernichtung zuführen. So wie er eines Nachts, als er wieder einmal mit seinen Kumpels zu Hause sass und sie tranken bis zum Umfallen, ihn sein Hund, sein eigener Hund so genervte hatte, dass er mit einer Flinte das Haus verliess und diesen kurzerhand erschoss. Ich war damals so geschockt und habe ins Kissen geschrien. Sein Hund bedeutete ihm doch so viel, wie konnte er das tun. Verstehe ich heute noch nicht. Natürlich hat er es im Suff getan, aber er liebte dieses Tier doch, mehr als mich. Über sein Verhalten wurde nie gesprochen, es wurde der Mantel der Verschwiegenheit, des es-ist-im-Grunde-gar-nichts-passiert drübergelegt. So gesehen, bin ich über seinen Tod nicht unfroh, wie ich es hier mal ausdrücken möchte. Dass ich darüber froh bin, getraue ich mich kaum zu denken, weil man das ja nicht darf. Aber klammheimlich muss ich es doch zugeben, ER ist weg und das befreit mich irgendwie, obwohl es für meinen Alltag keine Bedeutung hat, keine Bedeutung mehr hat. Ich habe ihn ja schon vor langer Zeit verlassen und das war das Beste, was ich in meinem Leben bislang zustande gebracht habe. Seine Bemerkung, dass er nun wieder die Kabis-Parade abnehmen müsse, wenn ich ins Zimmer kam, lässt mir heute noch einen Schauer den Rücken herunterrieseln und macht mich immer noch wütend, unsagbar wütend. Er konnte es nie, keinen Tag, unterlassen, sich über meine Brüste auszulassen. Wie ich das hasse, wie ich ihn dafür hasse. Das werde ich ihm nie verzeihen, auch nicht über seinen Tod hinaus, obwohl man ja über Tote nichts Schlechtes sagen darf. Warum eigentlich nicht? Ich habe ihn gehasst und hasse ihn immer noch. Dass er gestorben ist, tut mir nicht leid. Dass er so sterben musste, kann ich nicht verstehen und hätte ich ihm auch nicht gewünscht. Es war ein Unfall, ich weiß. Trotzdem. Dass er nicht mehr da ist, unter uns weilt, finde ich gut. Er hätte ja auch so, einfach zum Beispiel, im Schlaf, sterben können. Aber es ist nicht zu ändern. Das eine ist so passiert, wie es eben passiert ist. Ein Fehler der Piloten oder ein Unfall, man wird es eh nie wissen. Aber er ist nicht mehr da. Aber schon irgendwie komisch, weil ich ja seit mehr als 20 Jahren nichts mehr mit ihm zu tun hatte, spukt es immer noch in meinem Hirn herum. Wenn ich es doch nur da herauskriegen könnte. Kann ich aber nicht. Im Grunde ist er gar nicht mehr mein Problem, sondern ich bin mir selber mein Problem. Nicht gut, gar nicht gut. Es zieht mich runter. Und zusammen mit dem Tod von Mami, geht es mir nicht gut. Ich muss aufhören, darüber nachzudenken. Was aber nicht geht, weil ich keinen Schalter im Hirn, am Kopf habe, den ich einfach umlegen könnte. Schade drum. Und so trage ich mich tagtäglich mit diesen Gedanken herum und finde nur beim Singen oder bei meiner Arbeit Entlastung. Zum Glück gibt es diese beiden Sachen. Aber Sachen sind eben keine Menschen. Ich bin müde und mag nicht mehr. Genug für heute. Morgen wieder...

## 43 JAHRE ALT

Ich hatte die Idee von einem Bauern Hühnereier zu holen. Ausserdem organisierte ich eine Vorrichtung, in der man diese Eier unter einem Wärmestrahler ausbrüten kann und dann hätten wir in der Klasse kleine Küken, von den befruchteten Eiern. Das wäre doch für meine Kinder in der Klasse eine große Bereicherung. Ich erzählte ihnen dann, was ich vorhatte. Einigen war dies nicht so gleich klar, andere freuten sich riesig. Nachdem ich dann alles organisiert hatte, ging es los. Die Kinder bestaunten Tag für Tag diese 12 Eier. Ich musste auch an den Wochenenden und in den Schulferien nach diesem Brutkasten gucken, ob noch alles funktionierte. Aber dem war nicht so. Es schlüpften keine Küken, der Brutkasten war kaputt, aber ich hatte es nicht gleich gemerkt. So ein Ärger. Aber das liess ich nicht auf mir sitzen und organisierte neue Eier. Dies war nicht unbedingt eine einfache Sache. Weniger wegen den Eiern, sondern der Bauer musste auch damit einverstanden sein, dass ich ihm die geschlüpften Küken, nach ca. 2 Wochen vorbeibringen konnte. Schlachten wollte ich sie nämlich selber auf keinen Fall. Den Brutkasten wechselte ich natürlich auch aus. Und, es klappte. Es schlüpften doch tatsächlich 12 kleine Küken und die Kinder konnten diese Vorgänge beobachten. Das war eine große Freude. Für mich war es auch eine große Freude, weil ich sehen konnte, wie sich die Kinder freuten. Auch Kinder aus den anderen Klassen kamen vorbei, um an diesem Ereignis teilhaben zu können. Sie konnten die Küken streicheln und machten dies immer sehr sorgsam. Ohne dass man es ihnen erklären musste. Auch mussten sie sie täglich füttern,

Wasser nachfüllen und das Gehege säubern. Klappte immer prima. Ausserdem konnten sie Arbeitsblätter mit den Teilen eines Huhnes ausmalen und wir besprachen, wofür der Schnabel gut ist, wie die Füße beschaffen sind und verglichen sie mit unseren Füssen usw. Wir sangen Lieder, in denen es um Hühner und Hähne ging. Es gab auch viele positive Rückmeldungen zu diesem Projekt vor allem von Seiten der Eltern. Ich war glücklich Heilpädagogin geworden zu sein.

## 44 Jahre alt

Manchmal frage ich mich auch, ob ich ihm, also meinem Vater vergeben kann. Oder ob ich ihm bereits zu seinen Lebzeiten, hätte vergeben können. Gut, das Fazit vorneweg: ich habe es nicht getan, habe es nicht gekonnt. Warum hätte ich es auch tun sollen. Meine Wut, mein Hass gegen ihn, war grenzenlos. Er stand für all das, was ich nicht wollte und wie ich nie hätte sein wollen. Er stellte für mich das Böse dar, das mich immer wieder, tagtäglich Demütigende. Er hat mich immer wieder schlecht gemacht, hat in mir nur das Schlechte gesehen und sich über meine weiblichen Attribute pausenlos lustig gemacht. Es hat mich nur runtergezogen. Es ging mir nie gut dabei, es ging mir im Grunde bei ihm nie gut. Manchmal habe ich mich auch gefragt, ob er wirklich so schlecht gewesen ist, wie ich es in meinem Leben und auch – vor allem – in meinen Träumen, mir immer wieder vorgestellt habe. Und leider muss ich sagen, ja, er war schlecht. An zwei Gründen mache ich das fest. Da ist zum einen die

Angst, die ich als kleines Mädchen vor ihm hatte. Ist das denn normal, wenn man als Tochter nur Angst vor seinem eigenen Vater hat? Wohl kaum. Wie kann das denn angehen. Diese Angst habe ich mir ja nun nicht einfach nur so eingebildet. Die war real, und zwar bis ins Mark. Als Kind sollte man seinen Vater doch lieben, ihn gernhaben und sich freuen, wenn er da ist und mit einem spielt oder einem die Welt oder wenigstens die Natur erklärt. Das müsste ein Vater doch tun und nicht permanent Angst verbreiten, wenn man nur schon weiß, dass er auch im Haus ist. Das kann und darf doch einfach nicht sein. Der zweite Grund ist Mami. Sie litt ja zeitlebens an und mit ihm. Auch das kann aus meiner Sicht nicht so sein, dürfte nicht so sein. Aber es war so. Tag für Tag. Die Frage, warum sie bei ihm bliebe, hat mich zeitlebens beschäftigt und nie habe ich eine befriedigende Antwort darauf gefunden. Vielleicht war sie ihm hörig. Ich weiß es nicht. Aber dass es ihr bei ihm nicht gut ging, das stand für mich immer fest. Und ihm soll ich nun vergeben. Jetzt, wo er ja tot ist, würde mich dies ja nichts mehr kosten. Eine Auseinandersetzung ist nicht mehr möglich. Ich habe schon davon geträumt, dass es eine solche Auseinandersetzung gegeben hätte. Dieser Traum begann so als ich jugendlich war. Ich habe ihm dann, im Traum natürlich, an den Kopf geworfen, dass er im Grunde seine drei Kinder nie geliebt hätte, so wie ein guter Vater, seine Kinder eben zu lieben hätte. Er hätte als Vater völlig versagt, völlig. Er hätte sich, im Traum, dies alles schweigend angehört, wäre dann aufgestanden, hätte das Haus verlassen und wäre erst am anderen Tag wieder heimgekehrt. Mami hat mich gefragt, was denn vorgefallen wäre und ich hätte nur mit den Schultern gezuckt und gesagt: Nichts! Er hätte dann nie mehr mit mir gesprochen, im Traum, und mich sogar verleugnet. Mich gab es für ihn nicht mehr. Wenn ich dann jeweils aufwachte, erschien mir in meinen Gedanken immer die Frage, ob mich dieses neue Verhältnis, dass wir jeglichen Kontakt zueinander abgebrochen haben, eine für mich gute Situation, eine gute, befriedigende Entwicklung gewesen, oder ob es dadurch nicht nur noch schlimmer geworden sei. Aber ich war dann wach und die Situation war irreal, denn schon bald hörte ich ihn wieder durchs Haus poltern, seine Befehle brüllen und sein widerliches Grinsen erschien und sein Blick ruhte auf meinem Vorbau. Es war alles wieder wie immer und ich war froh, wenn ich das Haus verlassen konnte. So viel zur Vergebung. Aber ich habe mal in einem Buch gelesen, ich weiß nicht mehr in welchem, dass Vergebung ja nur dann einen Sinn machen würde, wenn die Sache, die es zu vergeben gälte, gar nicht vergebbar wäre, weil sie so ungeheuerlich schlimm ist. Erst dann, also in diesem Widerspruch, würde Vergebung einen Sinn bekommen. Wenn man leicht vergeben kann, ist es keine. Der Autor hat auch die Frage aufgeworfen, ob man nur dann vergeben könne, wenn der Verursacher der Vergebung, um diese bitte. Da muss ich heute noch darüber schmunzeln. Die Vorstellung, dass irgendwann einmal mein Vater um Vergebung gebeten hätten, entbehrt nicht eines großen Schusses Ironie. Wohl ein Schuss aus einer seiner Flinten. Das hätte er wohl nie getan. Er war sich wohl zeitlebens nie einer Schuld bewusst. So stelle ich es mir auf jeden Fall vor und fragen kann ich ihn ja nicht. Ich muss nur sehen, dass ich mich nicht allzu oft damit beschäftige, es tut mir nicht gut. Er ist zwar tot, aber in meinem Kopf, in meiner Erinnerung lebt er noch, und zwar quicklebendig. Und das ist nicht gut. Aber ich kann ihn ja nicht aus meinem Kopf herausmeisseln. Leider. Aber vergeben kann ich ihm auch nicht. Nur vergessen und das fällt mir nicht leicht, immer noch nicht leicht. Ich trage es wie eine zu große Hypothek mit mir herum und es belastet mich, an manchen Tagen ist es unsagbar schwer und dafür hasse ich ihn. Er lässt mich auch noch nach seinem Tod nicht los. Er hat sich wohl in mein Inneres eingebrannt und ist Teil von mir geworden. So etwas ist nicht zu vergeben. Deshalb denke ich, es wäre mir sogar lieber, er würde noch leben, dann könnte vielleicht sogar mein Traum, mich mit ihm auseinandersetzen zu können, noch wahr werden. Er hätte ja auch noch die Möglichkeit, sich mit mir zu unterhalten, als mich zu verleugnen. Aber im Grunde glaube ich an so etwas überhaupt nicht. Die Verleugnungstheorie, wie sie sich in meinem Traum immer, ausnahmslos, abspielt, ist die wahrscheinlichere. Kein Zweifel. Also spielt es auch keine Rolle, ob er noch lebt oder, wenn er auch auf grausame Art und Weise, ums Leben gekommen ist. Aber wie werde ich ihn los. Vergessen, habe ich schon benannt. Die andere Variante stellt wohl nur mein eigener Tod dar. Oder ich versinke darin, werde depressiv, was ich ansatzweise auch schon bin, oder schon immer gewesen bin. Ich weiß es nicht so genau. Aber jetzt bin ich müde und werde mich meinen Träumen hingeben. Ich weiß auch schon, was auf dem Programm steht, was gespielt wird. Die Akteure sind immer die gleichen. Das Stück wird endlos aufgeführt. Es ist ein Erfolgsstück ohne Zuschauer, aber der Erfolg ist grenzenlos. Halleluja. Gute Nacht.

## 44 Jahre alt

Irgendetwas scheint mit mir nicht mehr so zu stimmen. Ich bin des Öfteren melancholisch. Ich sollte mich über irgendetwas freuen, aber ich freue mich nicht, auf jeden Fall nicht so richtig. Es freut sich nicht, habe ich das Gefühl. Es kommen andere Gefühle in mir hoch, immer mal wieder. Ich suche sie eigentlich nicht, aber es schwemmt sie nach oben. Vor allem, wie ich von meinem Vater angesehen und behandelt worden bin. Das ist doch schon so lange her, das kann doch gar nicht mehr wahr sein. Wie er mich als hässlich, als Trampel, als blöd, als ewige Versagerin tituliert hat. Das kann doch keinen Einfluss mehr auf mich haben. Und dann die Sache, dass es besser gewesen wäre, wenn meine Mutter mich abgetrieben hätte. Mein Gott, das ist doch Schnee von gestern und hat mit mir heute aber nicht mehr das Geringste zu tun. Also bitte, was soll das? Natürlich weiß ich, dass ich als Kind nicht besonders willkommen war, dass man mich nicht geliebt hat, man hat es auf jeden Fall nicht gezeigt, mich nicht spüren lassen. Und nun, kann man das Rad der Zeit zurückdrehen? Na bitte. Also bitte, liebe Gedanken, lasst mich doch mit diesem Quatsch in Ruhe und kommt nicht immer wieder mit denselben alten Geschichten. Sie langweilen mich und nerven. Aber sie sind unerbittlich. Das spielt doch alles überhaupt keine Rolle. Natürlich war es in unserer Familie nicht gut, nicht schön, nicht herzlich. Es gab keine Gemeinsamkeiten, ausser die Arbeit auf dem Feld und so gab es eben auch keine Nähe. Aber das ist doch in Tausend anderen Familien auch so und knabbern dann deren Töchter auch jahrzehntelang daran herum. Da ist doch schon längst kein Fleisch mehr an diesem Knochen. Oder wächst das etwa immer wieder nach? Sie wurde von ihrer Mutter immer mal wieder mit dem Teppichklopfer verdroschen. Auch nicht gerade schön. Das gab es bei uns nicht. Bei Claudine ist ja dann mehrmals die Polizei von Nachbarn gerufen worden. Vielleicht wäre das auch bei uns kein Fehler gewesen, wenn mein Vater mal wieder seine Tiraden auf mich losgelassen hat. Aber kommt bei so etwas die Polizei. Sicher nicht. Man würde sich ja lächerlich machen. Und dann seine Kumpels nach Feierabend, wenn man zu Bier und Schnaps überging und dann die Sprüche ob meines Busens. Würde da die Polizei einschreiten. Wohl kaum, sie würden sich eventuell sogar an der Aufgeilerei mitbeteiligen. Super-Gedanke, das. Ich konnte eben mit niemandem darüber sprechen. Ich glaube, dass das das Problem für mich war. Und nun hocken diese Gedanken im Kellerloch und wollen hinaus. Endlich hinaus, ans Licht, an die Sonne. Aber da scheint keine. Schlimm fand ich immer die Unbeherrschtheit meines Vaters, diese Unberechenbarkeit. Manchmal gab er einfach klare, sachliche Anweisungen und dann wieder kippte es und er wurde nur gemein, beleidigend, verletzend. Und Mami sagte nichts dazu. Manchmal wusste ich nicht, was für mich schlimmer war. Aber egal. Ich bin jetzt schon so alt geworden, da kann mir das doch alles gar nichts mehr ausmachen. Und trotzdem kocht es immer wieder hoch, findet kein Ventil. Und ganz schlimm finde ich, dass diese Gedanken, die mich so quälen, in der letzten Zeit häufiger gekommen sind. Sie überfallen mich gerade dann, wenn ich nicht daran denke. So von hinten, fies und gemein. Und ich kann mich nicht dagegen wehren. Es hat schon Tage gegeben, da kamen sie mehrmals.

Dann ist wieder für einige Tage Ruhe im Karton und dann melden sie sich wieder, frisch-fröhlich. Ich hasse sie, sie sind genauso unberechenbar wie ihr Verursacher. Dann geht es mir jeweils besonders schlecht und wenn es dann etwas Lustiges gibt, oder etwas Entspannendes, dann kann ich mich nicht freuen, nicht mitlachen, mich nicht entspannen. Es ist auch schon vorgekommen, noch nicht so oft, aber eben doch, dass dieses Gefühl der Niedergeschlagenheit, der Melancholie, den ganzen Tag angehalten hat. Das hat mich dann neben diesem Gefühl auch noch zusätzlich wütend gemacht, weil ich es so nicht haben möchte. Ich möchte mich in dieser Stimmung so nicht haben. Ich kann mich dann selber nicht leiden. Ich meine auch an mir festgestellt zu haben, dass ich Dinge in der letzten Zeit eher negativ bewerte. Habe ich noch vor einigen Monaten, Jahren gesagt: Ach, das wird schon, wir werden das Schiff schon schaukeln und dergleichen mehr, neige ich seit einiger Zeit dazu, zu sagen: Ach, ich weiß nicht, es wird vermutlich so nicht klappen, ich bin da eher skeptisch usw. Dann frage ich mich selber, was das soll. Kein Mut mehr, keine Zuversicht. Wo sind die hin? Haben sich verdrückt, diese Feiglinge. Ich bin feige geworden, ängstlich, blöde. Hat mein Vater vielleicht doch recht gehabt. Das darf nicht sein. Dagegen muss ich mich wehren. Aber ich habe Angst, dass meine Kräfte schwinden. Auch unternehme ich nicht mehr so viel, wie früher. Bin schon seit Ewigkeiten nicht mehr im Kino gewesen. Okay, das war noch nie so meine Welt, oder ins Theater oder an ein Konzert. Eine meiner Lieblingsbeschäftigungen, es geht doch nichts über ein gelungenes Chor-Konzert von Brahms oder mit Liedern aus dem Mittelalter. Das liebe ich doch. Bin gespannt, wann mir das auch noch abhandenkommt. Das darf nicht sein. Nie und nimmer. Hoffentlich habe ich noch genügend Kraft und Energie. Weil so oft fühle ich mich kraftlos, müde, erschöpft und frage mich, woher kommt das. Ich tue doch nicht übermässig viel und keinesfalls mehr als ich noch vor einigen Jahren getan habe und 80 bin ich auch noch nicht. Ich verstehe das nicht, ich verstehe mich selbst nicht mehr. Ich verliere den Bezug zu mir selber. Auch was ich esse, ist mir mittlerweile ziemlich egal geworden. Es geht nur noch darum, Fette, Kohlenhydrate und Eiweisse zu mir zu nehmen. Ob es mir schmeckt oder nicht, ist mir egal. Das war auch schon mal anders. Nur die Schlaferei, die ist gleichgeblieben, will sagen, ich schlafe immer noch schlecht, so wie ich es seit Jahrzehnten kenne. Schlafen war noch nie mein Ding. Man muss es positiv sehen. Der Schlaf hat sich bei mir nicht verschlechtert. Hurra! Der Zynismus stirbt zuletzt. Was Hoffnung ist, weiß ich nicht, nicht mehr. Ob diese stirbt oder nicht, interessiert mich nicht. Wenn nur diese Gedanken nicht mehr wären. Wie kann ich diese zum Schweigen bringen. Sie quälen mich und sie hemmen mich am Leben, zu leben. Ich tue weniger und habe doch das Gefühl unruhiger zu sein. Innerlich, und ich denke, dass ich doch nichts dafürkann. Wie komme ich da wieder heraus. Ich weiß es nicht, ich weiß nichts und bin nichts. Manchmal beschleicht mich auch so ein Gedanken, oder es sind mehrere, dass es vielleicht gar nicht so schlimm wäre, wenn es mich nicht mehr gäbe. Dann ist dieser Gedanke oder sind diese Gedanken wieder für Wochen weg und ich denke nie mehr an so etwas. Aber dann, ganz plötzlich, überfällt er mich. Ich finde diese Gedanken gar nicht gut. Ich habe mir dann schon überlegt, dass sie vielleicht auch deswegen kommen, weil ich irgendwie eine diffuse Angst verspüre. Vielleicht weil ich hinter den eigenen Erwartungen zurückbleiben könnte. Der Alltag, auf den ich jetzt gar nicht näher eingehen möchte, fordert mich schon, Familie und so und dann die nicht immer einfachen beiden Kinder. Dafür erhält man ja keinerlei Anerkennung. Im Gegenteil, man wird nur daran gemessen, wenn etwas nicht klappt, aber wenn alles gut läuft, ist es eine Selbstverständlichkeit. Kommt noch hinzu, dass ich manchmal, alles irgendwie so schleichend, bemerke, dass mein Körper nachlässt. Auch dieses Thema ist mir in höchstem Maße unangenehm. Dann wiederum sage ich mir, das ist ja normal, der Welten-Lauf, aber wenn man selber betroffen ist, ist man ja auch nicht Welt, sondern ein Individuum, oder besser gesagt, ein Würmchen und so fühle ich mich manchmal auch. Wenn es mich nicht mehr gäbe, dann hätte ich es hinter mir. Ich meine, dass dies alles bei Groß-Mami wohl auch so war. Also kommt hier noch die Vererbung mit ins Spiel. Aber damit kenne ich mich nicht aus. Sie strahlte ja nun auch nicht die heitere Sonne aus und litt unter Schlafstörungen. Vielleicht hatte sie sogar auch Schuldgefühle, weil sie mich nicht von ihm, meinem Vater, beschützten konnte. Das geht dann direkt gegen Mami. Hat sie das mit ihrer Mutter belastet. Sie hat mir ja mal gesagt, als ich sie fragte, wie sie das alles aushalten würde, dass mein Vater gesagt hätte, dass er uns alle umbringen würde, wenn sie ihn mit den Kindern verlassen würde. Also hat sie sich für uns geopfert, aufgeopfert. Aber manchmal fällt es mir schwer, daran zu glauben. Vielleicht war es einfach auch nur bequemer so für sie. Aber das ist vielleicht auch gemein von mir, so zu denken. Denn etwas mehr Schutz oder Unterstützung von ihr, hätte ich schon gut gebrauchen können. Ich halte Mami schon zugute, dass sie permanent überfordert war. Auch stand sie unter einem grossen Druck, das Bild der heilen family nach aussen aufrecht zu erhalten. Wenn alles in die Brüche gegangen wäre, wäre sie ja auch mit untergegangen. Aber das bringt ja nun nichts mehr, gar nichts mehr. Also was soll's. Aber die Gedanken, dass es vielleicht gar nicht so schlimm wäre, wenn es mich nicht mehr gäbe, haben schon auch etwas Beunruhigendes. Jetzt bin ich müde.

## 45 Jahre alt

Bin dann doch geflogen, weil es nicht anders ging. Ich sitze im Flieger nach Trivandrum. Das ist die Hauptstadt des indischen Bundesstaates Kerala. Dies deswegen, weil ich seit einigen Jahren in der Projektgruppe einer kleinen Entwicklungshilfeorganisation bin, die sogenannte Mini-Projekte in ganz Indien unterstützt. Diese Projekte kommen ausschliesslich Menschen mit einer Behinderung zugute. Ein Arbeitskollege von mir, er heisst Balthasar und kommt aus dem Süden von Indien und stammt aus einer christlichen Familie, lebt aber schon seit Jahren hier und ist auch mit einer hiesigen Frau verheiratet, hat diese Organisation gegründet. Er hat mich angefragt, ob ich da nicht auch mitmachen wolle und ich habe zugesagt. Unter Miniprojekte muss man sich die Unterstützung für z. B. den Besuch eines Kurses für Blinde vorstellen, oder die Familie mit einem körperbehinderten Mitglied erhält eine Kuh und kann die Milch, die sie selber nicht braucht, im Dorf verkaufen. Beliebt sind auch Utensilien, mit denen ein Mann mit einer Körperbehinderung eine kleine Fahrrad-Werkstatt im Dorf betreiben kann. Auch die Anschaffung eines Computers, um Schreibarbeiten im Dorf zu erledigen, kann man sich vorstellen. Wir sprechen da von jeweils einer finanziellen Unterstützung von 100 bis ca. 500 Euro. Die Vermittlung geschieht immer über eine indische Partnerorganisation. Das bedeutet, dass sich die behinderten Menschen nicht direkt an uns wenden können. So ist es zum Beispiel die Kerala Federation of the Blind, die sich an uns wendet und wir prüfen dann an einer Sitzung, ob wir die Projekte finanziell unterstützen wollen oder auch nicht. Die indischen social workers leben dann auch von diesen Projekten, für die sie dann ja auch tätig sind. Das heisst, sie sind uns rechenschaftspflichtig, dass das Geld an den richtigen Ort und dass das Projekt auch ans Laufen kommt. So alle 2 Jahre besucht dann jemand von unserer Organisation diese indischen Partner-Organisationen und wird von einem dortigen Mitarbeiter zu den laufenden Mini-Projekten geführt. Ich fand das spannend und konnte natürlich meine Kenntnisse der Heilpädagogik einbringen. Zumindest ansatzweise. Menschen mit geistiger Behinderung werden kaum unterstützt, weil das in einem Entwicklungsland einfach so nicht möglich ist. Was man auch an der bereits von mir erwähnten Art der Mini-Projekte ersehen kann. Es sind zumeist körperbehinderte oder blinde Menschen, die in den Genuss einer solchen Unterstützung kommen. Das stört mich auch nicht. Was mich schon eher etwas ins Grübeln bringt, das ist der Staat Indien selber. Da gibt es so viele so reiche Leute, die sich keinen Deut um ihre Landsleute kümmern. Indien hat eine sehr grosse, modern ausgerüstete Armee, dies wegen Pakistan und gibt dafür so viel Geld aus und wir unterstützen dann eine arme Familie mit einer Kuh. Je länger ich bei dieser Organisation mitarbeite, desto mehr stösst mir das auf. Auch erreichen wir die wirklich Armen der Ärmsten nicht. Sie müssen von einer indischen Partnerorganisation betreut werden können. Wenn dies, aus welchen Gründen auch immer, nicht möglich ist, weil sie zu weit weg wohnen, weil sie keinen Strom haben oder kein Telefon und dergleichen mehr, können sie kein Mini-Projekt erhalten. Bei einem früheren Besuch in Hyderabad hat mich dann einmal ein wohl nichtbehinderter Mann ziemlich massiv angesprochen und gefragt, warum er kein Mini-Projekt erhalten würde. Und ob er sich erst einen Arm abhacken solle, damit er auch behindert würde. Ich war sprachlos und völlig überfordert. Was sollte ich ihm antworten? Es liegt nun einmal in der Natur der Organisation, sprich der Satzung, die von Balthasar aufgestellt worden war, dass ausschliesslich nur Menschen mit einer Behinderung ein solches Mini-Projekt erhalten können. Es kam dann ein Sozialarbeiter von der indischen Partner-Organisation und hat diesen Mann, der mich da rüde angesprochen hatte, weggescheucht. Das war mir dann auch wieder nicht recht, weil ich noch gerne mit ihm gesprochen und ihm die Sachlage erklärt hätte. Aber dazu kam es dann eben nicht. Aber Indien kann man auch nicht mit einem europäischen Land vergleichen. Es besteht aus so vielen völlig unterschiedlichen Gegenden, Sprachen, Kulturen. Das alles hingegen finde ich sehr faszinierend und für die Heilpädagogik, das darf ich auch nicht vergessen, hat es mir völlig neue Sichtweisen eröffnet. Auf dem Land ist ein Schulbesuch für ein behindertes Kind keineswegs selbstverständlich, so wie das bei uns der Fall ist. Auch eine Frühförderung findet nicht statt oder dann nur auf privater Basis. Man kann Menschen mit nicht operierten Gaumenspalten oder Klumpfüssen sehen. So etwas habe ich überhaupt noch nie gesehen. Man sieht körperbehinderte Menschen, die auf kleinen Holzbrettern mit Kugellager-Rädern, ca. 5 cm über dem Boden, in den Dörfern sich fortbewegen. Was gibt das für eine Sicht auf die Welt für diese behinderten Menschen und was für eine für den Nicht-Behinderten auf diese Menschen, die da quasi auf dem Boden rollen. Wir diskutieren ja schon in meiner Ausbildung darüber, wie man sich einem Menschen, der in einem Rollstuhl sitzt, gegenüber verhält. Aber wie lauten hier die Verhaltensregeln. In einem Dorf sah ich auf einem Haufen, anders kann ich es nicht beschreiben, mehrere Rollstühle aufeinandergetürmt. Ich schaute den Sozialarbeiter fragend an. Er meinte, dass sie diese von einer englischen Partnerorganisation geliefert bekommen hätten, was im Übrigen keine billige und einfache Sache gewesen wäre. Aber die Rollstühle wären schon alt, wohl in England ausgemustert worden. Aber das wäre nicht das Problem. Ich schaute wieder fragend. Er wollte nicht so recht mit der Sprache heraus, sagte dann aber mit leiser Stimme, dass man die Rollstühle nicht allein bewegen könne, weil sie viel zu schwer wären für die Menschen mit physical disabilities. In England würden sie immer von einer nichtbehinderten Person gestoßen werden. Hier gäbe es solche Menschen nicht und deswegen würden sie jetzt hier lagern. Im Grunde wüsste man nicht, was man mit ihnen machen solle. Zurückschicken käme natürlich nicht in Frage, weil dies sowieso viel zu teuer wäre. Dann schob er mich weiter, hin zu einer Familie, die von unserer Organisation einen kleinen Kiosk, einen pitty-shop, finanziert bekommen hatte und vor dem bereits eine kleine Schlange von Menschen auf Bedienung warteten und sich über irgendetwas lebhaft unterhielten. Der Kiosk, der Ort, an dem die neuesten Klatsch- und Tratsch Geschichten weitererzählt werden. Das wiederum gefiel mir sehr. So bin ich denn hin und her gerissen, über den Sinn dieser ganzen Unternehmung und habe mich auch schon mehrmals gefragt, ob wir es nicht einfach auch nur tun, um uns selber zu beruhigen, dass wir überhaupt etwas tun. Wenn ich dann andererseits vor Ort die tiefe Dankbarkeit der Familie erleben darf, wenn ein behindertes Mitglied der Familie, das ihnen nur vom Schicksal bedingt, auf der Tasche liegt und nichts zum Unterhalt der Familie beitragen kann, plötzlich zu einer guten, stabilen Einnahmequelle wird, dann denke ich, dass so eine Hilfe vermutlich sinnvoller ist, als all die Millionen, die in den letzten Jahrzehnten vom Westen in das Land hineingepumpt worden sind und heute als Ruinen irgendwo von der Natur zurückerobert werden. Ein von Deutschland erbautes Stahlwerk in Kerala ist ein bekanntes Beispiel hierfür. Die Natur hat diese Bauruine schon längst wieder sich einverleibt. Die Idee von Balthasar, die er mit Leidenschaft und Akribie umsetzt, er muss ja auch in unserem Land die dafür notwendigen Spenden generieren, kann so schlecht nicht sein, auch wenn ich selber immer wieder auf kritische Punkte stoße.

# 46 Jahre alt

Vermehrt nehme ich jetzt immer wieder wahr, dass in der Politik oder auch in den Medien gefordert wird, dass Menschen mit Behinderung integriert werden müssen. Andere Länder machen das auch und wir müssen da sofort nachziehen. Oft werde ich dabei den Gedanken nicht los, dass da Leute etwas fordern, von dem sie keine Ahnung haben. Da wird zum einen nicht unter den verschiedenen Gruppen von Behinderung unterschieden. Ich erinnere mich an meinen Lieblings-Dozenten, der auf diese Unterscheidung schon vor über 20 Jahren hingewiesen hat. Sinnes- und körperbehinderte Menschen, die kognitiv so wie alle anderen auch sind, können ihre Forderungen einbringen und somit für sich selber kämpfen. Für diese Menschen habe ich mich nie verantwortlich gefühlt. Warum auch? Sie sind wie Du und ich, aber sie haben ein Handicap, das nicht unter den Tisch gewischt werden darf. Aber eben, sie können für sich selber schauen. Ganz anders ist es bei kognitiv beeinträchtigten Menschen, also bei denen mit einer geistigen Behinderung. Über diese Namensgebungen im Laufe der Zeit will ich mich hier gar nicht weiter auslassen. Es nervt zu sehr. Ein anderer Name ändert an der Behinderung rein gar nichts. Aber auch geistig behinderte Menschen, so wird gefordert, sind so viel wert wie du und ich. Diese Forderung finde ich total blöd, weil sie so selbstverständlich ist, wie nur irgendetwas. Natürlich sind sie das. Warum sollten sie das nicht sein und dass man es so enthusiastisch fordern muss, zeigt doch nur auf, dass sie es eben nicht sind und dass man es künstlich herstellen muss. Diese Gleichheit. Also wenn es doch um die Ethik geht, sind sie doch gleich. Wo ist da der Unterschied und wenn es keinen gibt, so wie ich es schon immer gemeint habe, dann muss man diese Gleichheit auch nicht fordern. Aber sie sind eben, was das Alltagsleben anbelangt, eben doch nicht gleich, weil sie vieles von unserer komplexen, komplizierten Welt nicht verstehen, nicht verstehen können. Es braucht also, wie einmal jemand geschrieben hat, der Ausdruck ist nicht von mir, eine advokatorische Ethik. Es müssen also Menschen da sein, die für diese Menschen, unter Einhaltung der Normen und Werte, für die unsere Gesellschaft einsteht, schauen. Nicht mehr, aber keinesfalls weniger. Heute ist ja der Trend so, dass alle gleich sind und alle gleich sein wollen. Deshalb sind auch bald alle tätowiert und frönen so ihrem eigenen Individualismus. Ich verstehe das nicht so ganz, weil ja gleichzeitig alle auch ihre Individualität ausleben wollen. Irgendwo beisst sich da etwas. Aber zurück, zu den Menschen mit geistiger Behinderung. Die sind eben dann doch nicht so gleich, weil sie z. B. nicht alleine eine dicht befahrene Strasse überqueren könnten, sie wären in Nullkommanichts tot. Überfahren, und wenn sie rot nicht von grün unterscheiden können, ebenso. Es muss also Menschen geben, die ihnen das Ampelsystem nahebringen und das mehrfach und immer wieder. Einmal erklären bringt da gar nichts und dann muss man es an einer einsamen Ampel einüben. Ich habe da meine Erfahrungen. War aber hier nur ein Beispiel. Also stellen auch einige dieser Vertreter der Richtung ‚wir-sind-alle-gleich' fest, dass eben doch nicht alle so gleich sind und erheben diese Menschen dann zu etwas Besonderem. Damit ist ihnen, so meine ich, auch nicht gedient. Und ich frage mich, warum man sie nicht einfach als Menschen mit diesen spezifischen Schwächen und es sind eben solche, behandeln kann, sprich ihnen so begegnen kann. Sie können eben sehr vieles, was man in unserer Gesellschaft benötigt, um allein in ihr leben und bestehen zu können, nicht. Punkt und Basta. Es ist einfach so. Deshalb sind sie aber und ich wiederhole mich hier, eben doch auch Menschen wie du und ich. Aber man kann diese Schwächen nicht negieren, sie sind einfach da und man muss mit ihnen umgehen und sie fördern, wie es eben möglich ist. Ich stelle fest, dass man immer mehr dazu neigt, diese Schwächen entweder auszublenden, was für mich, ich habe das an anderer Stelle schon einmal zum Besten gegeben, eine Banalisierung von Behinderung ist und das halte ich für ethisch völlig unsauber. Diese Banalisierung wird dann noch trivialisiert und als eben einfach mal so, dargestellt, aber das ist sie eben nicht, wie ich an 100'000 Beispielen darstellen könnte. Man darf das einfach nicht so darstellen, weil es nicht die Wirklichkeit, die Realität ist. Menschen mit einer geistigen Behinderung stehen immer und überall in unserer Gesellschaft an und können dies oder jenes nicht. Wat nu? Also brauchen sie eben diese advokatorische Ethik und dann ist es gut. Gar nicht ab kann ich den Politiker, den ich letzthin gehört habe, ich musste da hin, weil unser Kollegium an dieser Einweihung einer neuen Schule, in die auch eine Heilpädagogische Sonderschule integriert ist, teilnehmen musste. Also dieser ältere Mann da auf dem Podium meinte dann, er wäre ja schließlich auch behindert, er wäre nämlich Brillenträger. Ich hätte kotzen können. Einige von uns haben sich angeschaut, die Stirn gerunzelt oder leicht den Kopf geschüttelt. Was soll denn dieser Blödsinn, diese Anbiederung an Behinderung. Weiß der Mann wovon er spricht. Hat er seine Rede selber geschrieben oder hat ein junger Uni-Absolvent der heutigen Sozialwissenschaften, mit abgeschlossenem Doktorat, ihm diese Rede fabriziert und dieser hat ja noch weniger Ahnung als der Politiker, aber der muss sich an den Zeitgeist anpassen, weil er sonst Gefahr läuft, nicht wiedergewählt zu werden. Eben, wie gesagt: Zum Kotzen. Aber am Ende haben wir höflich geklatscht. Man weiß, was sich gehört. Aber gut ging es mir nach dieser Feier nicht. Eine Begehung hat mir dann sofort gezeigt, dass die Schulzimmer für unsere Belange völlig unpassend waren. Das fing bei den Fenstern an, viel zu groß, keine Rückzugsmöglichkeiten, zu viele Ablenkungsmöglichkeiten, bei den Storen, die sich ständig automatisch der Sonneneinstrahlung anpassen, treibt jeden autistischen Schüler in den Wahnsinn, Wasserhähne, die von unseren Schülerinnen kaum zu bedienen waren, weil viel zu kompliziert in der Bedienung und noch vieles mehr. Aber da unsere Schülerinnen ja gleich sind, scheint das alles keine Rolle zu spielen. Horror pur, war meine Reaktion, als ich dies sah. Und dazu musste ich dann auch noch klatschen. Dem gemeinsamen Apero blieb ich fern. Ich hielt das nicht aus.

## 47 Jahre alt

In letzter Zeit kam mir immer mal wieder der Gedanke, warum ich eigentlich mit Menschen mit einer geistigen Behinderung arbeite. Warum wollte ich das? Warum wollte ich das schon in jungen Jahren? Woher kommt dieser Wunsch, der dann auch mein Berufswunsch für mein ganzes Leben wurde. Was war für mich persönlich die Triebfeder, anders kann man es gar nicht nennen, die mich in dieses Feld zog? Doch irgendwie auch komisch. Immer mal wieder, gar nicht so selten, bekam ich zu hören: Oh, das könnte ich nicht, da arbeiten. Nein wirklich, dass du das machst. Und dann noch immer mal wieder der Zusatz: Ich bewundere dich, dass du das machst. Wenn ich dann erwiderte, dass es mir gefällt, oder dass diese Arbeit doch jemand in der Gesellschaft machen muss, so wie ein Auto zu reparieren, oder eine Reise zu verkaufen, oder ein Dach zu decken, oder Möhren zu produzieren, wie meine Eltern und so weiter, erhielt ich zur Antwort, dass das eben nicht dasselbe wäre, wie mit solchen Menschen zu arbeiten. Dies bestritt ich dann immer, mit dem Argument, dass es eben doch nichts anderes wäre und ob man dies bei einem Arzt oder einer Zahnarzt-Assistentin oder einer Dental-Hygienikerin auch so sagen würde. Diese Gespräche verliefen ausnahmslos im Sande. Einige Menschen meinten dann auch noch, dass man sich vielleicht vorstellen könnte, mit blinden oder gehörlosen Menschen zu arbeiten oder mit Rollstuhlfahrerinnen etc. Aber mit Geistig Behinderten, nein wirklich. Das ärgerte mich immer maßlos. Diese Menschen gibt es doch auch und es wird auch immer mehr solche Menschen mit einer schweren, schwersten Behinderung geben, weil diese heutzutage, dank der Hoch-Technologie-Medizin überleben können, währenddem sie früher gestorben wären. Dafür gibt es dann, ebenfalls dank den Fortschritten der gleichen Medizin, Menschen mit Down-Syndrom weniger, fast keine mehr. Mein Lieblingsdozent hat auch mal ein Aufsatz veröffentlicht mit

dem Titel: ‚Menschen mit Down-Syndrom sterben aus'.
Das hat mich schon beeindruckt. Aber gut, der gleiche
Dozent hat uns dann auch einmal die Frage gestellt, warum wir eigentlich mit diesen, eben kognitiv beeinträchtigten Menschen, arbeiten wollten. Da kamen dann so
Antworten, wie, ich finde es schön, es befriedigt mich,
es ist eine dankbare Aufgabe, man erhält soviel zurück
und dergleichen mehr. Er hatte zu jeder dieser Antworten direkt eine Gegenfrage parat und diese hatten es in
sich. Ich erinnere mich noch genau. Diese Stunde fuhr
uns allen in die Glieder und wir haben noch Wochen danach darüber debattiert. Also, er meinte, von schön kann
keine Rede sein, weil viele Menschen mit geistiger Behinderung sind hässlich und entsprechen in keiner Art
und Weise dem gängigen Schönheitsideal. Was befriedigt einem, wenn man Tag für Tag das gleiche versucht
einem Klienten beizubringen, aber er rafft es einfach
nicht und nach 10 Jahren kann er immer noch nicht seinen Namen schreiben oder alleine auf die Toilette gehen.
Was ist daran dankbar, wenn man oft als Projektionsfläche der unguten Gefühle der Eltern herhalten muss,
weil die ihr Schicksal, ein solches Kind bekommen zu
haben, nicht oder kaum zu verarbeiten in der Lage sind.
Wie erträgt man es, dass man mit einem Personenkreis
arbeitet, der nichts, aber gar nichts Produktives für die
Gesellschaft zu leisten im Stande ist? Ist man dann selber nicht auch ein Schmarotzer. Und überhaupt, warf
er uns dann an den Kopf, würden wir nur mit diesen
doch sehr dummen Menschen arbeiten wollen, damit
wir uns überlegen fühlen könnten. Wir wüssten dann
alles besser und vor allem, wir könnten pausenlos über
sie bestimmen. Natürlich immer in der Meinung, etwas

Gutes zu tun. Das wäre doch die reine Heuchelei und unehrlich bis da und dort hinaus. Wir waren sprachlos. Meinte er das im Ernst, wollte er uns provozieren? Was sollte das? Er hatte es im Übrigen so getimt, er war wirklich methodisch mit allen Wassern gewaschen, dass mit seiner letzten Bemerkung, eben der Unehrlichkeit, die Stunde, wir hatten es gar nicht bemerkt, zu Ende war. Er wünschte uns noch einen ‚Guten Tag' und rauschte ab. Wir waren platt. Aber und das war wohl seine didaktische Absicht, seine Bemerkungen gaben mir zu denken. Hatte ich wirklich diesen Beruf gewählt, um mich über andere Menschen erheben zu können, immer alles besser zu wissen als sie? Könnte es sein, dass da sehr wohl etwas dran ist. Vielleicht ja schon. Aber sollte ich deshalb meinen Beruf wechseln. Das kommt nicht in Frage. Ausserdem bin ich heute auch zu alt dafür. Aber auch damals haben mich diese Fragen bzw. diese zynischen Aussagen meines Lieblingsdozenten nicht dazu gebracht, darüber nachzudenken, etwas anderes tun zu wollen. Aber ich fand es damals und bin auch heute noch der Meinung, dass es schon auch einmal gut ist, sich diese Gedanken anzuhören, sie auf einen wirken zu lassen und sich damit auch selber in Frage zu stellen. Aber an der Liebe zu meiner Arbeit, zu diesen Menschen, haben diese Gedanken nie etwas zu ändern vermocht. Ich habe mich scheiden lassen. Meine Kinder bleiben bei mir. Ich schaffe das.

## 48 Jahre alt

Ja, der Sex. Da wusste ich noch nie, was ich damit anfangen sollte. Neulich las ich in einer Illustrierten, dass es gar nicht so unnormal wäre, keinen Sex zu haben. Das hat mich etwas beruhigt. Aber es wäre für mich gut gewesen, wenn ich dies schon vor ca. 30 Jahren gewusst hätte. Da war ich nämlich der Meinung, dass man nur dann normal ist, wenn man quasi jeden zweiten Tag einen Penis, oder soll ich vielmehr Schwanz sagen, drin hat. Zu dem Wort ‚Schwanz', wenn man es denn auf einen Mann bezieht, hatte ich noch nie eine Beziehung. Ausser es handelt sich um einen Hund oder ein anderes schwanztragendes Tier. Wieso dies dann aber auf den Mann, als (mehr oder weniger) menschliches Wesen übertragen wurde, habe ich nie verstanden. Aber: egal. Auf jeden Fall hatte ich nie Lust dazu, habe mich aber über die Jahre immer wieder dazu gezwungen. Nicht weil ich dazu gezwungen worden wäre, das habe ich eigentlich in diesem Sinne nie erlebt, erleben müssen. Also vergewaltigt worden bin ich noch nie. Ich will das in keinem Fall schönreden, aber da weiß man wenigstens, dass das nicht sein darf und es stellt ein Straftatbestand dar. Zum Glück. Aber wenn man meint, man müsse und möchte doch eigentlich nicht, so irgendwie dumpf in einem drin, dann ist das auch nicht gut. Ich habe als junge Frau, so ab ca. 16, immer gedacht, ich müsse das, weil jede Frau tut es und ich bin eine, also muss ich es auch tun. Klingt ja auch irgendwie logisch. Ab und zu habe ich es mir auch selbst gemacht. Der einzige Effekt hierbei war, wenn auch nicht immer, dass ich dann besser einschlafen konnte. War aber vielleicht auch nur Zufall, das mit dem

besser-einschlafen-können. Aber auch das hat mich nie
sonderlich gereizt. Mädchen in der Schule, auch später
dann in der Handelsschule erzählten, dass sie es fast jeden Tag einmal sich selber besorgen würden, haben mich
im Grunde kalt gelassen bzw. ich fand das Alles als eine
widerliche Angeberei. Und dann das Orale, dass sich die
Männer angeblich immer wünschen würden. Jemandem
einen blasen. Da habe ich sowohl diesen Begriff wie aber
auch die Tätigkeit als solche nie verstanden. Blasen, was
soll das sein? Man nimmt den Penis in den Mund und
saugt daran. Nicht mehr, aber auch nicht weniger. Mich
hatte das immer mehr mit einem Unterwerfungsritual
zu tun und weniger mit Liebe, Sex und Zärtlichkeit. Liebe fand ich gut, schön und ich war auch mehrere Male
verliebt. Aber den Rest konnte man bei mir vergessen.
Natürlich haben das die Männer auch gemerkt und waren wohl nicht so begeistert von mir. Aber was konnte
oder kann ich dafür. Aber es hat mich bis vor noch einiger Zeit schon stark belastet und mich nicht sonderlich
glücklich gemacht. Warum konnte ich nicht etwas von
einem Vamp haben. Ein bisschen wenigstens. Wäre das
zu viel verlangt gewesen. Das hat mich schon sehr oft
missmutig gemacht und ich war sauer auf mich selber.
Auch das knutschen, d. h. das feuchte Küssen mochte
ich nie. Das habe ich schon als Mädchen abgelehnt. Damit fängt es ja i. d. R. an, wenn man mit einem Jungen
zusammen ist. Es gibt da ja nicht vorgeschriebene, aber
von allen Beteiligten genau eingehalten Ablaufregeln.
Die lernt man noch vor Ende der obligatorischen Schulzeit. Erst gucken, dann leichtes küssen, dann küssen
mit unter die Kleidung fassen und heftiges Betatschen.
Da muss man dann schon als Mädchen wie zufällig auch

mal über seinen Hosenschlitz streicheln, streifen. Dann höre es entweder auf oder man geht daran sich auszuziehen. Wenn man nackt oder halb-nackt ist, je nach Örtlichkeit geht es dann nach festgelegten Spielregeln weiter. Da kommt dann auch zwangsweise das Orale dazu, aber nur von der Frau zum Mann, umgekehrt ist nicht. Das Lecken des Mannes stellt eher eine Ausnahme dar. Dabei ist das gar nicht so übel. Dann kommt erst der eigentliche Verkehr. Da wird es dann schon qualitativ stark unterschiedlich von den Egoisten bis hin zum zärtlichen Liebhaber. Aber das spare ich mir jetzt hier aus. Keine Lust mehr darüber nachzudenken. Tatsache ist aber, dass mir dieses ganze körperliche Theater viel Verdruss bereitet hat in meinem Leben. Weil ich mich so nie so richtig als richtige Frau gefühlt habe. Ausser als ich schwanger war. Aber da kann man ja auch nicht anders und die Gesellschaft, selbst die Männer, anerkennen das an. Aber da ist ja dann der Sex weg und es geht um die Befruchtung und das Wachsen eines Embryos zum Fötus zum Neugeborenen etc. Immer dieses Müssen müssen. Das fand ich schon über viele Jahre sehr stressig und selbstredend hatte ich kaum einmal einen Orgasmus. Das ist ja dann ein weiterer unsäglicher Akt in diesem Lust-Spiel. Man muss ja kommen. Keine Frage, dass ich dieses Gekommen-Sein dann oft vorgespielt habe. Dann kommt es ihm schneller und die Sache war schneller vorbei. Das war mir diese Unehrlichkeit dann schon wert. Ob die paar wenigen Männer, mit denen ich es so weit kommen liess, merkten oder nicht, war mir eigentlich egal. Bis auf einen, hat nie einer etwas gesagt oder danach gefragt. Schweigen ist des Sängers Höflichkeit oder so. So mit ca. 19 Jahren habe ich mich auch gefragt, ob ich vielleicht auf Frauen stehe. Ich habe das dann bei mir mit etwas mehr Achtsamkeit zu überprüfen versucht. Negativ. Welch eine Überraschung. Auch Frauen übten bei mir in Bezug auf Sex so viel Anziehung aus, wie eine Wanderin auf eine Kuh. Nämlich gar nicht, schaut hin, wie diese vorbeizieht und grast seelenruhig weiter. Das war's dann dazu. Heute gibt es ja Selbsterfahrungsgruppen von nicht an Sex interessierten Menschen. Das ist aber zu spät für mich. Das Thema existiert nicht mehr für mich und dabei will ich es auch belassen. Aber so richtig glücklich bin ich damit auch nicht. Es ist ja schon erstaunlich, dass die Gesellschaft so sexgierig ist und es Menschen gibt, die sich dafür einfach nicht so dafür interessieren. Sind diese dann abartig oder komisch. Oder gelten die als weniger potent, weil sie sich für diesen Bereich einfach weniger interessieren. Es haben ja auch nicht alle Menschen gleich gern Schokolade oder Bier. So denke ich mir das.

## 49 Jahre alt

Ich kann nicht mehr, mich nervt alles und seit wir, seit ich umgezogen bin, ist auch mein Arbeitsweg viel länger geworden und ich gehe mit ÖV, muss aber jetzt zwei Mal umsteigen und das nervt mich kolossal. Beim jeweiligen Umsteigen ist es jedes Mal sehr knapp, das heisst, mein Zug kommt an und der andere fährt direkt ein. Treppe runter, Treppe hoch, und dies alles in einem widerlichen Gedränge. Schieben von hinten, stoßen von rechts und links und vorne geht es nicht vorwärts, weil irgend so ein Depp beim Treppen hochsteigen, auch noch auf sein Handy gucken muss. Dieser Idiot, habe ihn dann in die Hacken getreten, aber mich sofort entschuldigt. Im Zug dann die lautstarke Erzählung einer Frau mit Kopftuch in einer für mich völlig unverständlichen Sprache, die frühmorgens irgendjemandem irgendetwas sehr Wichtiges erklären musste, was diese Person aber anscheinend nicht kapierte und sie es deshalb, so unterstelle hier einmal, mehrere Male wohl erklären musste. Es nervte mich ungemein. Hätte ich es verstanden, hätte es mich vermutlich noch mehr genervt. Man muss alles positiv sehen. Auch so ein Unsinn, alles positiv sehen, wenn es nun mal eben nicht positiv ist. Natürlich hat die Bahn dann auch noch einige Minuten Verspätung, was mich aber nicht weiter nervlich tangierte, weil ich beim zweiten Umsteigen ohnehin jeweils 12 Minuten auf den Anschluss warten muss. Dieses Warten zehrt ebenfalls stark an meinen Nerven, weil es ja so zu einem Stopp kommt, den ich nicht ertrage, weil, ich will ja weiter, will an die Schule, an meinen Arbeitsplatz und werde erst mal daran gehindert. Als ich dann endlich den Zielbahnhof erreiche, giesst es aus Kübeln. Überall werden die Schirme aufgespannt und ich bin froh, dass mir keiner ins Auge geht. Die Leute sind fröhlich und quatschen entspannt miteinander. Das verstehe ich nun gar nicht, bei dem Wetter. Es sind alles Schüler, die in die Nachbarschule gehen. Ein Gymnasium, ich gehe in die Heilpädagogische Sonderschule. Man hat nichts miteinander zu tun. Und das ist gut so. Wir sind zwar zwei Schulen in der Nachbarschaft, aber gehen völlig unterschiedlichen Geschäften nach. Obwohl einige Kollegen schon meinten, ob man nicht mal etwas gemeinsam veranstalten sollte, wo wir doch Nachbarn seien. Ich habe dazu nichts gesagt, nur die Stirn gerunzelt. Das Thema war dann schnell abgehakt, allerdings mit dem Zusatz, dass man sich da an einer weiteren Sitzung wohl noch einmal Gedanken dazu machen sollte, eventuell sollte auch eine Arbeitsgruppe aufgestellt werden, die den Kontakt zur Kollegenschaft des Gymnasiums suchen sollte. Man nickte. Es nervte mich nur. Man will so tun, als ob es Gemeinsamkeiten geben würde, was es aber in der Realität überhaupt nicht gibt. Sind die alle blind und warum belügen sie sich selber. Ich verstehe das nicht, aber vielleicht verstehe ich auch die Welt nicht mehr. Auf dem Nachhauseweg, natürlich wieder mit zwei Mal umsteigen, trete ich vor Wut gegen einen Mülleimer, der umgekippt auf dem Bürgersteig liegt, der Inhalt ist in einem geschätzten Umkreis von ca. fünf Quadratmetern unregelmässig verteilt. Wieder in den überfüllten Zug, wieder die Hoffnung, den Anschluss nicht zu verpassen, damit ich nicht unnötig warten muss und es wieder nicht so schlimm finden, wenn es, diesmal beim ersten Umsteigen, eine kleine Verspätung gibt, damit ich mich wegen das Abwartens auf den Zug nicht unnötig ärgern muss. Heute war es sowieso wieder einmal kein guter Tag, weil uns mitgeteilt wurde, dass wir für das Einloggen für die Schulberichte, ich fragte dann welche, denn wir müssen ca. sieben Formulare ausfüllen, dazu komme man später, also, wir erhalten eine neue Software, eben für diese Formulare, dabei habe ich die jetzige noch nicht richtig verstanden. Das hat mich geradezu wieder in den Keller gezogen, hört das denn nie auf. Warum muss immer alles, kaum ist es eingeführt, aber noch lange nicht gefestigt, wieder durch etwas Neues ersetzt werden. Warum nur.

Wer verdient daran und die Jungen freuen sich darüber und finden das interessant. Mich stört es ungemein, mich zerstört es, weil ich da nicht mehr mitkomme. Haben wir früher nicht auch Berichte über die Fortschritte unserer Schüler geschrieben und waren die alle falsch oder blöd. Warum müssen es jetzt für den gleichen Zweck sieben, ich wiederhole, sieben Berichte sein, die dann noch mit irgendwelchen Theorien fachlich unterlegt sein müssen. Unterlegt, sagte der junge Mann von der Bildungsdirektion, der nachweislich noch nie vor einer Klasse an einer Sonderschule gestanden hat. Unterlegt, vielleicht wäre es gut, man hätte mehr überlegt, dann bräuchte man es nicht unterlegen. Man mixt dann etwas von Piaget, der nachweislich sich nie spezifisch mit Geistiger Behinderung auseinandergesetzt hat, mit der Internationalen Klassifikation von Funktionen und Partizipation und dergleichen mehr und kreiert eine Gemengelage, dass einem speiübel werden könnte, wenn es einem nicht schon zum Kotzen ist. Ich ertrage das alles nicht mehr. Die Formulare muss man dann auf dem Server runterladen, um sie dann wieder hochzuladen, schon alleine dieser Vorgang, macht mich taumeln. Die Berichte müssen dann in verschiedener Art und Weise verfasst werden, weil die einen gehen an die politischen Behörden, die anderen sind für die Eltern und eine weitere Fassung geht an die verschiedenen Schulpsychologischen Dienste, denn unsere Kinder kommen ja nicht aus der Nachbarschaft der Schule, sondern aus unterschiedlichen Gemeinden und werden mit Sammeltaxis zu uns gekarrt und wieder nach Hause verfrachtet. Es ist ein hochkomplexes, infrastrukturell in einem hohen Maße anspruchsvolles Gebilde, so eine Schule für behinderte Kinder heute. Aber im

Grunde ist es ja noch die gleiche Schule, wie vor 50 Jahren. Ein Kind mit einer geistigen Behinderung hat sich nicht verändert und die Lerninhalte sind auch noch die gleichen, aber alles drum-herum ist anders. Damit kann ich nicht klarkommen, will ich auch nicht, weil ich nicht einsehen kann, wozu das alles gut sein soll, dieser ganze aufgeblähte, in sich hohle Aufwand, der da betrieben werden muss. Wozu soll das gut sein. Nur damit einige Junge ihre Freude daran haben. Okay, haben junge Berufsleute nicht auch ein Recht dazu, ihre Welt so zu gestalten, wie sie es sich vorstellen. Ja, haben sie, aber dann bitte ohne mich. Ohne mich! Das alles bringt mich dann dazu, dass diese Gedanken, wie ich dem Allem entfliehen könnte, wieder die Oberhand gewinnen. Was oder wo ist die Erlösung aus diesem für mich total unbefriedigenden Zustand? Ja, ich weiß es schon. Aber dieses Geschwurbel, diese Banalisierung und gleichzeitige Trivialisierung von Behinderung halte ich nicht aus. Oder frage mich, wie lange halte ich das noch aus. Könnte und spreche es jetzt eben für mich aus, mein Suizid das Ganze, diese unselige Entwicklung aufhalten. Ein Mensch, der geistig behindert ist, ist ein Fremdling, er denkt anders, nicht einfach nur etwas weniger, sondern er sieht und versteht die Welt anders. Aber wir wissen nicht genau wie, weil wir diesen Zustand nicht kennen und auch mit noch so viel Empathie nicht nachvollziehen können, weder emotional noch kognitiv. Würde es etwas ändern, wenn ich mich deswegen umbringen würde. Ich könnte ja noch ein Abschiedsbrief hinterlassen, der das Alles erklärte. Man würde es als eine neurotische Fehlhandlung abtun. Nicht mehr, aber keinesfalls weniger. Man würde sagen, ihr Suizid ist eine Verzweiflungstat und sicher auch ein Appell. Aber letztendlich war es ihr Problem und nicht das Unserige. Sie war zu sehr leistungsorientiert und in ihrer Überidentifikation mit diesem Personenkreis irgendwie auch gestört. Sie war eine hervorragende Heilpädagogin, aber irgendwie auch zwischen Genie und Wahnsinn anzusiedeln. Und jetzt hat sie eben die eine Seite dieser Medaille eingeholt. Es war ja schon seit Längerem bei ihr ein sozialer Rückzug festzustellen. An den Weiterbildungen, die sehr viel Neues und damit auch Gutes gebracht haben, war sie nicht mehr präsent. Schade drum. Andere ältere Heilpädagogen setzen sich mit den neuen Erkenntnissen doch auch konstruktiv auseinander. Dass sich im Grunde nichts verändert haben soll, wie sie immer betonte, das ist einfach nicht wahr und ihrer völlig einseitig, rückwärtsgewandten Sicht geschuldet. So wird es tönen, so wird in der nicht gehaltenen Abschiedsrede an meinem Grabe gesprochen werden. Und deswegen ist dies auch alles ausweglos für mich. Meine Lebens- und gleichzeitigen Arbeitsbedingungen haben sich so zugespitzt, dass ich nicht mehr weiterweiss. Ich habe doch letzthin im Fernsehen den Bericht eines ehemaligen Polizisten gesehen, der jetzt als Pächter eines Freibades arbeitet. Ich könnte doch auch etwas anderes tun. Aber genau das will ich ja nicht. Ich bin ja nicht ausgebrannt, ich liebe diese Menschen nach wie vor und weiß, was ihnen guttut, was sie fördert und was sie für ihr Leben benötigen. Es ist das ganze Drumherum, was mich völlig auslaugt, fertigmacht, deprimiert. Und es wird immer mehr und nimmt mir meine Handlungsfreiheit, weil ich vor lauter Tabellen, Excel-Blättern und endlos vielen Sitzungen nicht mehr zu meiner eigentlichen Arbeit finden kann. Die Sinnhaftigkeit in all diesem Tun vermag ich überhaupt nicht zu sehen. Und wenn dann Kolleginnen mir in den Pausen sogar zustimmen und sagen, sie sähen es im Grunde gleich wie ich, aber man könne nichts dagegen tun und man müsse sich eben damit abfinden, dann ist das für mich ein Verrat an den Menschen mit einer geistigen Behinderung, oder kognitiven Beeinträchtigung, wie ich ja jetzt sagen muss. Diesen Verrat bin ich einfach nicht bereit zu begehen. Lieber hänge ich mich selber auf und gebe mich irgendwelchen Sui-Phantasien hin. Was ich aber im gleichen Moment auch wieder als völlig sinnlos empfinde. Ich weiß nicht, wie weiter...

## 50 Jahre alt

Wenn ich daran denke, was sich in der Heilpädagogik im Laufe der Jahre alles verändert hat, bin ich doch immer wieder sehr erstaunt. Aber diese Veränderungen haben mich nicht glücklich gemacht. Ganz im Gegenteil. Ich finde sie allesamt unnötig und verstehe oft auch nicht, wozu sie gut sein sollen. Schon alleine, wenn ich jeweils lese, z. B. in Inseraten, dass eine Heilpädagogin gesucht wird und dann wird von Teilhabe geschwafelt, von Inklusion, von was-weiss-ich-noch-alles. Und es ist alles für Nichts. Die Teilhabe von kognitiv beeinträchtigten Menschen ist heute genauso so realisierbar oder auch nicht, wie früher. Der eine Dozent, der mir so gut gefiel, mein Lieblings-Dozent eben, meinte sogar, es wäre umgekehrt. Auf Grund der Tatsache, dass heute alles viel schneller geht, viel mehr von abstrakten Symbolen abhängt, Abläufe heute viel komplexer sind, könnten diese Menschen heute sogar weniger verstehen, als wie das früher in einer Agrar-Gesellschaft der Fall gewesen wäre. Leuchtet mir ein. Natürlich wurden diese Menschen früher versteckt, schlechter behandelt als heute, aber in einer gewissen Art und Weise gehörten sie mehr dazu als heute. Auch wenn man sie nicht besonders mochte. Sie konnten ja für den Erhalt der Familie nicht viel beitragen. Können sie heute aber auch nicht. Und wenn man dann noch an die Pränatale Diagnostik denkt, die diese Menschen verhindert, dann weiß ich auch nicht mehr, was ich von der heutigen Zeit halten soll. Dafür müssen wir dann unendlich viele Sitzungen machen, wo ich oft auch nicht weiß, wozu diese gut sein sollen. Es wird da doch ausnehmend viel leeres Stroh gedroschen, aber man kann es sich im Pensum anrechnen lassen und das ist dann wohl auch der tiefere Sinn all dieser vielen Sitzungen. Und dann kommt noch der Therapiewahn dazu. Es gibt heute so viele Therapien, die in einer Heilpädagogischen Institution angeboten werden müssen. Tut sie dies nicht, ist es eine schlechte Institution. Ich habe noch nie erlebt, dass eine Therapie viel gebracht hat. Sie bringt etwas für die Klasse, weil dann ein Kind für eine Dreiviertelstunde eine Einzelförderung erhält und die Klasse entlastet ist. Aber das darf man natürlich nicht laut sagen. Auf jeden Fall ist jeden Tag irgendein Kind in einer Therapie. Früher wurden diese Fördersequenzen von Heilpädagoginnen durchgeführt, heute, im Zuge der Spezialisierung, wird alles aufgeteilt. Die Kinder haben so mit ca. 4–6 erwachsenen Personen zu tun. Wer ist ihre Bezugsperson, an der sie sich orientieren können? Und dann noch der ganze Computer-Wahnsinn. Alles muss auf dem Compi protokolliert werden. Es gibt

Formulare zuhauf, die heruntergeladen und ausgefüllt werden müssen. Dann werden sie ausgedruckt, kommen in einen Ordner und niemand mehr interessiert sich dafür. Mit dem Computer hat die Papierflut in den Schulen extrem zugenommen. Ich verstehe das nicht. Es macht mich nervös, rasend und dann wieder die Teilhabe. Es ist zum Kotzen. Die Wirtschaft, das Gewerbe, die Bürokratie stellt keine Menschen mit einer kognitiven Behinderung ein. Und da alles automatisiert ist, muss man Lesen und Schreiben können, man muss Symbole decodieren können, wie es so schön neudeutsch heisst. Das können diese Menschen nicht. Wo also bleibt da die Teilhabe. Es ist ein Betrug. Man lügt sich in die eigene Tasche und findet es noch fortschrittlich. Es soll wohl alles eben fortschrittlich sein und weil man irgendwo weiß, dass es dies nicht ist, macht man sich etwas vor. Des Kaisers neue Kleider, fällt mir da immer ein. Niemand getraut sich zu sagen, dass z. B. Inklusion eine der grössten Betrügereien an diesen Menschen ist. Sie gehören nicht dazu. Es geht doch darum, dass sie in Nischen, die eine reiche Gesellschaft ihnen sehr wohl zu bieten in der Lage ist, einrichten muss, sodass sie da ein gutes Leben führen können, und zwar vor allem auch mit ihresgleichen. Denn ansonsten geraten sie in einen Bezugsgruppenkonflikt, wie mein Lieblings-Dozent schon vor vielen Jahren meinte. Natürlich muss es andererseits auch zu Überschneidungen zu den nicht-behinderten Menschen kommen. Das ist doch wohl sonnenklar. Ich würde dies als Teil-Integration bezeichnen. Ich gehöre ja auch nicht überall dazu. Dieses, jede kann überall immer auch dabei sein, ist einfach nur Blödsinn und teilt uns dann im Alltag noch mehr auf. Ich halte das kaum noch aus und es macht mich ärgerlich und vielleicht auch ungerecht in meiner Beurteilung. Aber ich kann nicht anders. So war mir Gott, oder wer auch immer, helfe. Aber ich bin ja nicht Galileo Galilei, aber ich weiß mittlerweile, dass ich selber nicht mehr dazugehöre. Wer inkludiert mich? Lange halte ich das nicht mehr aus. Nur um die, die es geht, die haben sich nicht verändert. Gut, Menschen mit Trisomie 21 gibt es weniger. Das kann man selber unschwer feststellen, wenn man lange genug in diesem Business gearbeitet hat. Sie fallen der Pränatalen Diagnostik zum Opfer. Aber ich bin nicht gegen die Abtreibung, mein Bauch gehört mir. Das ist auch gut so. Aber es zeigt mir wieder einmal, wie schwierig das Leben in der heutigen Zeit geworden ist. Geistig behinderte Menschen wollte man früher nicht und daran hat sich nichts geändert. Da können Institutionen, in denen behinderte Menschen leben und in geschützten Werkstätten arbeiten, noch so oft ‚Teilhabe' auf ihre Autos schreiben. Es ändert nichts und man sollte dazu stehen. Es sind Menschen, die am Rande einer auf Effizienz und Profit orientierten Gesellschaft stehen. Und, was ist daran schlimm. Sie sollten in einem für sie befriedigenden Umwelt leben können, sollten sich untereinander finden und sich gernhaben können. Dann wäre doch alles gut. Aber nein, es darf nicht sein. Wir können ja eine Therapie-Sitzung dazu abhalten und dann auf einem Formular festhalten, was wir herausgefunden haben und es dann in einem Ordner ablegen. Ja, das können wir. Wäre doch super! Natürlich und das möchte ich schon auch noch klarstellen und wiederholen, muss es Begegnungen zwischen geistig behinderten und nicht geistigbehinderten Menschen geben. Weder die einen noch die anderen leben schliesslich nicht auf dem Mars. Sodass man zum Beispiel in einer Schule mit nicht-behinderten Kindern gemeinsam mit behinderten Kindern ein Lager zusammen plant und durchführt, oder ein Theaterstück oder ein Fest oder eben irgend so etwas. Wobei dann die gemeinsame Planung, die Vorbereitung, das sich-kennen-lernen, also die Präliminarien, wie mein Lieblings-Dozent ausführte, das eigentliche didaktische Lernziel darstellt. Die Aktivität ist dann nur noch das quasi Abfallprodukt, wie ich es mal nennen möchte, dieses Integrationsprozesses. Ist die Aktivität, das Projekt vorbei, geht jede Gruppe wieder ihre eigenen Wege. So sieht es doch auch in der Realität aus. Völlig idiotisch finde ich die heutige Praxis, die hier noch kurz, um meinem Ärger, meinem Frust Luft verschaffen zu können, zum Besten geben möchte. In den hochwohllöblichen Lehrplänen der Regelschulen aus dem zwanzigsten Jahrhundert und auch noch leider im einundzwanzigsten n. Chr. ihre Gültigkeit haben, steht drin, dass Regelschüler und -schülerinnen etwas von Behinderung erfahren sollten. So weit, so gut oder eben auch nicht. Also, da ruft mich so ein Regelklassenlehrer eines Tages an und fragt mich, ob er mal an einem Vormittag mit seiner Klasse einen Besuch in meiner Klasse an der Heilpädagogischen Schule machen dürfe. Das wäre doch sicherlich «hoch-spannend» für alle Beteiligten und er hätte auch schon mit seiner Klasse, 21 Schüler, anscheinend hat er keine Mädchen in seiner Klasse, gesprochen und diese würden sich riesig darauf freuen. Ich begriff nicht so ganz, was dabei spannend sein könnte und worauf genau sich da seine Schülerschaft wirklich freuen würde. Vielleicht dass dann ihr Mathe-Unterricht ausfallen würde. Aber das sagte ich nicht. Ich sagte vielmehr, dass ich bereits mehrere solcher Anfragen erhalten und auch abgelehnt hätte.

Ja, warum denn? Fragte er leicht genervt.

Weil wir hier kein Zoo und schon gar kein Streichelzoo wären. Aber ich hätte einen Gegenvorschlag für ihn.

Er war sauer. Dann lass mal deinen Vorschlag hören.

Ich schlug ihm vor, dass ich mich gerne einmal mit ihm treffen würde, entweder in seiner oder in meinem Schulzimmer, nach Schulschluss und wir könnten dann über ein gemeinsames Projekt diskutieren. Das würde doch beiden Klassen vielmehr bringen. Zudem hätte meine Klasse nur sechs Schüler und Schülerinnen und seine hätte ja vielmehr und da wäre es doch sinnvoll, wenn mindestens noch eine zweite oder sogar dritte Klasse von unserer Seite dazu kommen würde.

Er meinte: Hm. Aber das geht nicht.

Warum?

Weil er sowieso schon viel zu überlastet wäre und der Lehrplan sähe für so etwas nur einige wenige Stunden vor und so ein Projekt ist ja sehr zeitintensiv.

Ich bejahte. Er dankte mir dann dafür, dass ich mit ihm gesprochen hätte und verabschiedete sich subito. Soviel hier zur Inklusion.

## 51 Jahre alt

Mit Entsetzen habe ich festgestellt, dass mir das S-Bahn-fahren immer schwerer fällt. Ich muss ja zweimal auf meinem Arbeitsweg umsteigen. Die Masse an Menschen macht mich wahnsinnig. Ich habe das Gefühl, die stürzen sich alle auf mich, ich habe Panik, mein Atem geht stoßweise, ich will weg, bin gefangen, diese Massen ertrage ich nicht, ich könnte schreien, ich muss schreien und kann nicht, darf nicht, ich muss den Schrei nach innen lenken, aber da ist schon alles voll, ich will hier weg, nur weg, einfach weg. Es ist unerträglich. Der Zug kommt, ich kann einsteigen, es geht weiter und mein Atem beruhigt sich etwas. Aber dann telefonieren sie mit ihren neuen tragbaren Apparaten und das regt mich dann auch wieder auf. Was soll ich tun. Alles prasselt auf mich ein und ich kann mich nicht davor schützen. Das ist das Schlimmste. Ich bin all diesen Reizen schutzlos ausgeliefert. Ich erinnere mich an meine autistischen Schüler. Bin ich auch autistisch oder einfach nur krank. Zivilisationskrank, entsetzt, gestresst, dabei hilflos, irritiert und dabei mutlos, nervös und dabei niedergeschlagen, überlastet und dabei ungeduldig, unzufrieden und dabei verzweifelt und vor allem bin ich wütend. Auf alle anderen Menschen und dabei vor allem auch auf mich. Ich fühle mich schuldig meiner Umwelt gegenüber und den Menschen, die es gut mit mir meinen. Wie kann ich das je wieder gut machen. Ich glaube nicht, dass dies jemals möglich sein wird. Also fühle ich mich chronisch schuldig, jetzt und auch in Zukunft. Ich kann ihnen meine Zuneigung, auch meine Liebe nicht zeigen, weil ich in meinem Depri-Kokon gefangen bin. Ich werde da gefangen gehalten, wie ein Tier im Käfig und zerre wütend an seinen Fesseln und es bringt kaum noch einen Laut heraus, weil es schon viel zu erschöpft ist. Aber wenn ich gefragt werde, wie es mir geht, dann sage ich: Gut, Danke und wechsle schleunigst das Thema. Und dann wundere ich mich, dass sich die Leute von mir abwenden, denn warum soll man sich um jemanden kümmern, dem es ja nach eigener Aussage gut geht. Wahrscheinlich wäre es für meine Umwelt besser, wenn es mich nicht mehr gäbe. Sie hätten Ruhe vor mir und ich müsste mich nicht dauernd verstellen. Eine tiefe Hoffnungslosigkeit hat mich ergriffen. Erst wollte ich es nicht so wahrhaben, aber mittlerweile kann ich meine Augen nicht mehr davor verschliessen. Es ist, wie es ist. Das positive in meinem Leben beginnt zu schwinden, so ganz langsam, wie wenn man etwas aus dem Tiefkühler in einen Kühlschrank legt. Dann taut es auch nicht schnell auf, sondern braucht seine Zeit, so geht das bei mir mit meiner Hoffnungslosigkeit. Sie geht nicht rauf und runter, sondern sie geht langsam, aber sicher den Bach hinunter. Früher, aber es ist schon einige Jahre her, als ich jung war, als ich auf der Heimerzieherinnenschule war und noch einige Zeit danach, war ich offen und allem Neuen, vor allem in der Heilpädagogik, an Allem interessiert. Jetzt bin ich für mich, in mich selber eingekerkert, in mich gekehrt, wie eine Kollegin letzthin meinte und sage kaum noch etwas. Letzthin bin ich selber ab mir erschrocken, weil ich minutenlang daran herumstudiert habe, wie es wäre, wenn ich doch nie geboren worden wäre. Aber dann gäbe es ja an meiner statt, jemanden anderen und dieser Person wäre es ja dann, der Logik gemäss, gleich gegangen wie mir und die würde dann irgendwann mit 50 Jahren oder so denken, dass es vielleicht besser gewesen wäre, wenn sie nie geboren worden wäre. Das Traurigste für mich ist, dass ich immer mehr zu der Meinung neige, dass sich nichts mehr bei mir verändern wird. Das zieht mich noch mehr herunter. So wie ich als kleines Mädchen Mühe hatte, beim Sortenverwandeln, so denke ich heute immer noch, ich werde es nicht schaffen. Ich kann keine Freude empfinden, ich bin eine Spaßbremse. Wenn es mir zu fröhlich wird in einer Runde von gut aufgelegten Menschen, dann stellt es mir ab, dann wird der Schalter auf Depri, auf Melancholie umgestellt. Automatisch, da muss ich gar nichts für tun, da muss auch gar nichts passiert sein, es passiert einfach so. Zack und rum, ist er, der Schalter und ich muss dann gehen, muss weg. Dann fühle ich mich nicht nur schuldig, sondern schäme mich auch. Ich gehe dann neben mich, ich sehe mich von aussen und denke, mein Gott, der geht es ja heute wieder super, ausgezeichnet, die ist ja voll drauf, besser man zieht sie aus dem Verkehr, das ist ja abscheulich, nicht auszuhalten und ich gehe dann ins Bett und versuche zu schlafen, ein natürlich völlig aussichtsloses Unterfangen. Und immer so weiter. Endlos, bis zum letzten Tag, der hoffentlich bald einmal kommen mag. Die Erlösung. Nur ich selber kann sie herbeiführen. So oder so. Ich weiß es nicht, noch nicht. Und dann wieder die Vorstellung, um sechs Uhr in der S-Bahn und alles beginnt wieder von vorn.

## 52 Jahre alt

Die Schulleiterin erhielt einen Telefonanruf von einer Sozialbehörde. Sie hätten da eine junge Frau, die sich für den Beruf der Sozialpädagogin interessieren würde. Ob wir bereit wären, sie einmal bei uns schnuppern zu lassen. So sagte mir heute die Schulleiterin und schaute mich fragend an. Das sollte wohl bedeuten, ob ich bereit wäre, sie mal für einen Tag zu nehmen. Ja, warum nicht, meinte ich. Die junge Frau kam dann am Montag der folgenden Woche. Sie war scheu, sprach kaum und wenn, dass sehr leise. Aber sie schaute interessiert zu und wenn ich ihr sagte, sie solle mit dem Kind dies oder jenes tun, machte sie es sofort und sie machte es gut. Ich sah schon, dass sie keine Vorbildung hatte, aber trotzdem fand ich, dass sie es einfühlsam und nicht ungeschickt mit dem Kind machte. Am Ende des Tages fragte ich sie, ob sie wiederkommen wolle und sie bejahte sofort, leise zwar, aber sie nickte. Dies meldete ich der Schulleiterin und eine Woche später kam diese wieder auf mich zu und fragte, ob ich die junge Frau, sie hatte nun auch einen Namen, nämlich: Mara, also, ob ich diese für einen Monat in der Klasse mittragen würde. Wie sich die Schulleiterin ausdrückte. Ich fragte, warum man dieses Stufensystem denn bei Mara anwenden würde. Sie sagte, dass Mara auf der Strasse gelebt hätte, dass man nicht genau beurteilen könne, inwieweit sie definitiv clean wäre und ob sie sich für eine Ausbildung überhaupt eignen würde. A ha, sagte ich und gab aber mein Einverständnis. Also begann sie kommenden Montag für einen Monat bei uns in der Klasse. Es klappte hervorragend und ich war auch gerne bereit, Mara zu attestieren, dass sie sich ganz super in die Klasse und in die Arbeit eingefunden hätte. Ein scheues Lächeln überzog ihr Gesicht. Das freute mich. Von sich erzählte sie kaum etwas und so hakte ich auch nicht nach. Sie zeigte eine Schwäche und die bestand darin, dass sie nicht mitsang. Da ich ja das Singen liebe, weil ich auch in einem Frauenchor aktiv bin, wird in meiner Klasse täglich gesungen. Mara sang nie mit. Ab und zu summte sie etwas, aber auch nur dann, wenn ich zu ihr hinschaute. Als ich sie fragte, warum sie nie mitsingen würde, meinte sie nur, dass sie das nicht könne. Es ginge nicht. Dabei schaute sie mich an und ich entgegnete, ach, nicht so schlimm, dafür machst du andere Sachen ganz prima. Wieder ein kleines Lächeln in ihrem Gesicht. Aber es war schon so, die Kinder mochten sie sehr und auch Adrian, ein autistischer Knabe, ging am Morgen, wenn er mich begrüsst hatte, danach sofort zu Mara und schmiegte sich bei ihr an. Da hatten sich wohl zwei gefunden, dachte ich und musste für mich schmunzeln. Sie taute mit der Zeit etwas auf, aber nur wenig. Ihre ruhige, überlegte Art behielt sie bei. Einmal, es war ein warmer sonniger Tag, sah ich dann auf ihren Armen eine Unzahl von Narben. Erst war ich verwirrt und schaute schnell wieder weg. Sie sah, dass ich es gesehen hatte. Erst später wurde mir klar, dass sie wollte, dass ich es sehen würde, denn sie hatte bis dahin immer Oberteile angehabt mit langen Ärmeln. Dann erst kapierte ich, sie hatte sich, wohl über einen längeren Zeitraum, selber geritzt. Eine Erscheinung, die es zu meiner Zeit, als ich jung war, noch nicht gegeben hatte und die heute, bei Jugendlichen, vor allem weiblichen, nicht selten anzutreffen ist. Ich hatte davon in einer sozialpädagogischen Zeitschrift einen Artikel gelesen. Die Erklärung war, dass man nicht genau sagen konnte, wann dieses Phänomen angefangen hatte, wer damit überhaupt angefangen hatte. Nur so viel, dass es wohl dem Abbau von Druck, psychischem Stress dienen sollte. Es könnte auch als ein Schrei nach Zuwendung gedeutet werden. Der Vermutungen gab es viele. Ich war mir unsicher, ob ich sie darauf ansprechen sollte oder gerade nicht. Ich sagte erst mal nichts. Aber es ergab wohl irgendwie eine gewisse Bindung zwischen uns. Sie hatte mir ein Geheimnis offenbart und ich hatte es zur Kenntnis genommen. Eine Woche später war ein Elterngespräch angesetzt, ein sogenanntes schulisches Standortgespräch. Ich wollte, dass Mara auch dabei sein sollte. Aber ich hatte ein Problem und das waren ihre Narben. Ich hatte schon gesehen, wie Adrian manchmal über ihre Arme strich und sie es zugelassen hatte. Es waren die Eltern, die zu dem Gespräch erscheinen sollten. Ich nahm Mara dann zur Seite und sprach das an. Ich meinte, dass ich es nicht gut fände, wenn die Eltern ihre Arme sehen würden, sie solle das nicht von meiner Seite her falsch verstehen, aber... Sie unterbrach mich und meinte, es wäre ihr klar, dass sie langärmelig erscheinen würde. Damit war die Sache klar und abgemacht. Sie hielt sich daran und die Mutter von Adrian meinte nur, dass sie sehr wohl bemerkt hätte, wenn auch Adrian nicht sprechen würde, dass er gerne zu Mara in die Schule kommen würde. Ich nickte und bestätigte dies. Nachdem der Monat vorbei war, ging es darum, ob Mara eine dreijährige Ausbildung bei uns beginnen könnte. Ich votierte stark dafür und die Schulleiterin war auch damit einverstanden. Mara lächelte wieder einmal und sie begann die Ausbildung. (Sie schloss sie nach drei Jahren erfolgreich ab)

## 53 Jahre alt

Schulleiterin wollte ich nun wirklich nie werden. Nur noch im Büro zu arbeiten, wäre für mich eine Horrorvorstellung gewesen. Ich wollte immer mit den Kindern arbeiten. Aber die bisherige Schulleiterin ging frühzeitig in Pension und da wurde ich angefragt, ob ich den Posten nicht übernehmen wolle, ich wäre doch eine so gute Heilpädagogin und im Team sehr beliebt. Bei den Eltern wäre ich über die Jahre hinweg immer noch beliebter geworden und es hätte schon Eltern gegeben, die gemeint hätten, dass ich die Schulleiterin wäre und nicht Frau XY. Ja, die hielt sich ja auch sehr zurück. Sie war ausgebrannt und Genaueres wusste man nicht. Es hieß nur, dass ihr Mann ab und an wohl mal über dem Zaun grasen, sprich: sie betrügen würde. Sie wäre nervlich am Ende und so liess sie sich frühpensionieren. Also gut, die Anfrage kam an mich und tat mir gar nicht gut. Zum einen fühlte ich mich fast verpflichtet, den Antrag anzunehmen, zumal man mir auch versicherte, wenn ich mich bewerben würde, würde man gar nicht mehr nach anderen Bewerbern Ausschau halten. Die Sache wäre dann in trockenen Tüchern und mit Beginn des neuen Schuljahres könnte ich das Büro beziehen und würde zwei Lohnklassen aufsteigen. Sowohl das Büro, die Lohnklassen, wie aber auch die Arbeit als solche, reizte mich geradezu überhaupt nicht. Was sollte ich in einem Büro, mich mit Excel-Tabellen beschäftigen, an die Schulleiter-Konferenz gehen (müssen), an die Sitzungen des Trägervereins der Sonderschule gehen (müssen), an Sitzungen bzgl. des Budgets gehen (müssen), Personelles bearbeiten (müssen), Streitereien unter Kollegen schlichten (müssen), an Sitzungen der Bildungs-Direktion gehen (müssen) usw. usf. Zu all diesen Dingen hatte ich nicht nur nicht keine Lust, sondern verspürte eine tiefe Aversion gegen diese Aufgabenstellungen. Nicht dass ich nicht einsehen würde, dass es diese Aufgaben alle zu erledigen galt, aber doch nicht von mir. Nein, ich würde absagen. Ich hoffte, dass

man mir dies höheren Orts nicht allzu übelnahm. So
mussten sie eben doch jemanden von außerhalb suchen
und ein ordentliches Bewerbungsverfahren durchführen.
Aber das ist im Grunde nicht meine Sorge. Manche Kolleginnen, so hatte ich, nachdem ich meinen Entscheid
öffentlich kundgetan hatte, das Gefühl, nahmen mir
das etwas übel. Sie wollten es einfach für sich bequem
haben. Das war offensichtlich. Sie hätten mich doch so
gerne als ihre Vorgesetzte gesehen, gehabt, gewünscht
und dergleichen mehr. Ob es mir dabei gefallen hätte,
interessierte sie einen Dreck. Das wiederum nahm ich
ihnen übel. Es wurde also nicht einfacher für mich, als
die Sache gegessen war. Es wurde dann auch ein Mann
gefunden, der sich bewarb und die Stelle erhielt. Kurze
Zeit später stand wieder eine Personalie auf der Traktandenliste. Es ging darum, dass jemand aus dem Team
sich um Leute aus der Ausbildung kümmern musste. Es
wurde jemand gesucht, der die Ausbildung zur Praxis-Anleiterin absolvieren sollte. Dies war in Zukunft für
jede Heilpädagogische Schule eine Verpflichtung, mindestens so eine Person im Team zu haben. Wenn sich
eine Schule nicht daran hielt, so durfte sie keine Leute
in Ausbildung mehr einstellen. Wieder kam die Anfrage
an mich, da ich doch a) so eine gute Heilpädagogin wäre
(wie gehabt) und b) so viel Berufserfahrung hätte, wäre
ich doch prädestiniert dafür diese Ausbildung, eine kurze Ausbildung, zu machen. Ich sagte zu. Was blieb mir
anders übrig. Lust hatte ich auch dafür nicht. Ich wollte
mit den Kindern, meinen Kindern in der Klasse arbeiten und zusammen sein. Junge Leute anleiten, korrigieren, unterstützen, fand ich zwar nicht so schlimm,
wie die Leitungsarbeit in einem Büro, aber es zog mich

auch nicht zu dieser Beschäftigung hin. Aber so war es eben und so wurde ich Berufsbildnerin im Heilpädagogischen Bereich. Man kann es sich eben nicht immer aussuchen. Die Ausbildung fand ich dünn, weil es nicht um Heilpädagogik ging, sondern um rechtliche Aspekte, wenn man jemanden betreut, der sich in einer Ausbildung befindet. Der Dozent hatte keine Ahnung von der Arbeit in einer Heilpädagogischen Schule. Aber egal, ich erhielt den Ausweis und der neue Schulleiter gratulierte mir. Und das Team war zufrieden, dass dieser Kelch an ihnen vorbeigezogen war.

## 54 JAHRE ALT

Man hat mir eine neue Praktikantin zugewiesen. Ich musste sie nehmen. Das gehört heute zum Alltag. Jenny heisst sie. Sie hat dunkelrote Haare mit hellblauen Streifen drin. Ich weiß nicht mehr genau wie die heissen. Es gibt wohl dafür einen eigenen Namen. Es hat von Anfang an nicht gefunkt oder anders gesagt, die Funken flogen direkt, bei unserem ersten Aufeinandertreffen. Wir haben an unserer Schule ein kleines Schwimmbad und das Schwimmen oder die Wassergewöhnung, wie man heute sagen muss, ist für unsere Kinder fester Bestandteil in ihrem Stundenplan. Also: morgen Badezeug nicht vergessen. Au fein, meinte Jenny, Baden macht immer Spaß. Natürlich muss es Spaß machen, der Meinung bin ich auch. Aber es geht auch darum, ob sie schwimmen lernen, lernen können und ob sie sich an gemeinsamen Spielen im Wasser beteiligen und dergleichen mehr. Ich habe auch einen Kurs dafür besucht. Jenny meinte noch, dass Rumplantschen einem die Elemente der Natur näherbringen würde. Dazu äusserte ich mich nicht. Ich musste ihr dann alles genau vorsagen, was sie zu tun hätte, welches Kind in welcher Reihenfolge sich umziehen sollte bzw. wieviel Hilfe es bräuchte und wieviel Hilfe eher auf das Konto Bequemlichkeit dieser Kinder geht. Wie vermutlich bei allen Kindern auf dieser Welt. Dann wollte sie mit ihnen losstürmen. Das musste ich sofort unterbinden, weil wir vor dem ins Wassergehen, jeweils noch duschen. Was mich direkt störte, war ihr Badeanzug, sofern man dieses Fitzelchen Stoff als einen solchen bezeichnen konnte. Okay, die Nippel ihrer Brüste waren bedeckt und auch die Scham. Mehr aber nicht. Die Kinder waren von ihren Tattoos fasziniert und Pedro berührte diese immer. Sie hatte überall welche. Als Pedro dann ein Tattoo von ihr berühren wollte, dass sich über ihre linke Brust hinzog, meinte sie lachend, na, du bist aber ein ganz Schlimmer. Ich rief Pedro mit einem ‚Nein' zur Ordnung, dass er eben auch lernen muss, dass er nicht alles anfassen kann, was ihn interessiert. Er tut das immer und muss lernen, gewisse Distanzen zu akzeptieren. Ich weiß genau, dass er das versteht, und er schaut mich manchmal schon fragend an, wenn er etwas berühren will. Das kann ein Hund, ein Fahrrad, ein Autoreifen oder auch ein Bild sein. Ich vermute, dass ihn die Brust weniger interessiert, hat als das tätowierte Bild. Auch auf dem Rücken war Jenny tätowiert. Sie hat ein sogenanntes Arschgeweih und das nicht zu knapp. Pedro versuchte sie dann zu drehen, um dieses in Augenschein nehmen zu können. Das verstand Jenny nicht und meinte, er wolle sie einfach drehen, um des Drehens willen. Sie hat keine Geduld und interpretiert jegliches Verhalten der Schüler sofort nach ihren eigenen Vorstellungen und das kann man einfach nicht. So wird man ihnen nicht gerecht. Nachdem die Kinder heute zu ihren Schulbussen gebracht worden sind, nahm ich Jenny noch beiseite und erläuterte ihr, dass so ein Badeanzug bei uns an der Schule nicht gehen würde. Es gäbe da klare Vorgaben. Verlangt wäre ein geschlossener, einteiliger Badeanzug. Es ging um die Jugendlichen der Schule, die das Bad auch frequentieren würden und ich gab ihr den betreffenden Teil des Konzeptes für die Benutzung des Schul-Schwimmbades. Sie schaut nur kurz darauf und meinte, das sei doch lustfeindlich und moderne Frauen trügen dies heutzutage eben so. Ich hatte keine Lust mich auf eine feministische Diskussion einzulassen, sondern meinte, sie solle sich daranhalten und kommende Woche mit einem anderen Badeanzug erscheinen. Anderenfalls würde mich mit der Schulleitung in Verbindung setzen. Sie fing dann an zu schimpfen, meinte, dass ich lustfeindlich wäre und dass man so jemanden wie mich nicht als Lehrerin haben sollte, ich würde den Kindern ein völlig falsches Weltbild «einimpfen». Ich war kurz davor einen Weinkrampf zu bekommen. So etwas hatte mir noch nie jemand an den Kopf geworfen. Ich kannte doch diese Kinder, ich arbeitete doch seit gut 30 Jahren mit diesen Menschen. Sie war doch erst ein paar Tage hier. Ich liess sie stehen und meinte nur noch, da wäre das letzte Wort noch nicht gesprochen. Anderentags kam sie wieder fröhlich in die Klasse und es schien so, als ob zwischen uns nichts gewesen wäre, gestern um ca. 16 Uhr. Ich konnte das nicht richtig einordnen. Als ich dann mit Linda eine Einzelstunde im pränumerischen Bereich von viel oder wenig machte, versuchte sie von aussen immer wieder Linda die korrekte Antwort vorzusagen. Mir platzte die Hutschnur, konnte sie denn nicht verstehen, dass so etwas nun gar nicht ging und dass ich sehr wohl wusste, was und wie ich da mit Linda vorzugehen hatte und sie wäre doch mit Matthias und Hatice dran, Mandalas auszumalen und sie solle sich doch bitte darauf konzentrieren. Sie antwortete, dass sie es doch nur gut gemeint und hätte helfen wollen. So geht es aber nicht, erwiderte ich und sie solle doch erst einmal zuschauen, zuhören und aufnehmen, wie es in so einer Klasse mit geistig behinderten Kindern zu und her gehe. Sie antwortete kurz angebunden, dass man ‚geistig behindert' schon lange nicht mehr sagen dürfe, das hätte sie gelesen und es hiesse doch ‚kognitives Anderssein' und ob ich davon noch nie etwas gehört hätte und warum hier immer alles so rückständig wäre. Das müsse man doch wohl ändern. Ich war baff und wusste nichts zu sagen. Am nächsten Tag machten wir einen Spaziergang in den Wald. Jenny und drei der Kinder waren dann plötzlich verschwunden. Ich ging sie suchen und fand sie, wie sie auf einer ca. drei Meter hohen Aufschichtung von Baumstämmen herumturnten. Mir blieb fast das Herz stehen. Wusste sie denn nicht, dass solche Stapel einfach nur hingeschmissen werden und dass diese sich auch verschieben konnten. Nicht auszudenken, wenn ein Kind oder vielleicht auch nur ein Bein eines Kindes unter einen solch rollenden Baumstamm gerät und sich verletzt, eventuell sogar schwer. Ich befahl, dass die Kinder sofort den Stapel verlassen mussten und zurück zum Rest der Gruppe gehen sollten. Nicht auszudenken, was man mir sagen würde, wenn man mir, bei einem solchen Unfall anlasten würde, dass ich meiner Aufsichtspflicht als Klassenlehrerin nicht ausreichend nachgekommen wäre. Jenny würdigte ich keines Blickes. In der Pause ging ich zur Schulleiterin und erzählte ihr die Vorfälle. Diese bat dann, dass Jenny nach der Pause zu ihr ins Büro kommen solle. Jenny sah ich dann nicht wieder und die Schulleiterin meinte, dass der Praktikantenvertrag mit Jenny per sofort aufgelöst worden sei. Sie würde jemanden Neues suchen. Aber solange wären wir jetzt eben nur zu zweit in der Klasse, also ich und meine pädagogische Mitarbeiterin. Mit der ich es, dies nur so nebenbei, sehr gut habe, wir funktionieren als Team ausgezeichnet. Zu Hause musste ich dann noch lange über diese sehr unerfreuliche Begebenheit nachdenken. Hatte Jenny vielleicht mit einigem nicht ganz unrecht. Wo war mein Anteil an dieser Geschichte? Hätte ich anders reagieren sollen? Warum hatte sie nicht mehr Geduld, vor allem auch mit sich selber? Warum war der Spaßfaktor für Jenny von so ausschlaggebender Bedeutung? Was hatte ich falsch gemacht? Was hätte ich besser machen können? Wo hatte ich versagt? Und so weiter Und so fort. Die Gedanken kreisten und liessen mich dann auch nicht einschlafen. Aber es ging doch um die Kinder und ihre Art etwas zu lernen und wie man dies am besten für sie gestaltete, dass sie eben vielleicht doch mit ihren Eltern und Geschwistern in ein Freibad gehen könnten und dass dann Pedro eben nicht zu einer wildfremden Person, die zufälligerweise auch noch tätowiert ist, hingehen und diese Tattoos berühren kann. Darum ging es doch letztendlich. War das denn so schwierig zu begreifen. Mit Spaß erreicht man doch keine Teilhabe. Mein neuestes Lieblingswort, wenn ich das nur schon höre. Mit einem Tanga an der Heilpädagogischen Schule ist Teilhabe auch nicht zu erreichen. Vielleicht in einer Sendung, wo man einen Superstar oder Ähnliches sucht, aber nicht hier, bei uns. Ich bin nur noch traurig, weine, und kann nicht schlafen. Ich bin dem allem überdrüssig. Es wäre schön, wenn ich jetzt einschlafen könnte und noch besser wäre, dann gar nicht mehr aufzuwachen. Da kreisen dann wieder diese Gedanken, ohne dass ich sie willentlich beenden kann. Diese Endstimmung drängt sich mir immer mehr auf. Die Trigger können wechseln, die Lösung dabei ist immer die gleiche. Nichts mehr damit zu tun haben zu müssen. Manchmal beschleicht mich schon so eine Art Drang, mit nichts mehr zu tun haben zu wollen. Dazu gäbe es natürlich nur eine, eine einzige Lösung. Ich wage sie nicht in Gedanken auszusprechen. Wird wohl nicht mehr lange dauern, bis sie konkrete Formen annehmen. Vielleicht auch nicht, aber die Sehnsucht, wonach eigentlich, treiben sie voran. Die Sehnsucht nach Ruhe, nach Harmonie, nachdem, was ich für richtig halte. So einfach ist das, so einfach wäre das. Diese Gedanken überfallen mich immer mehr, sie brechen auf, wie Lava aus einem Vulkan und liegen dann wie Magma in meiner Seele herum. Ich kann das nicht kontrollieren. Wieder etwas, worüber ich keine Gewalt besitze. Ich torkle hin und her, bald weiß ich nicht mehr, wer ich eigentlich bin. Bin in einem Auflösungsprozess. Allein, isoliert, verloren, vergessen. Und das nur wegen einer doofen Praktikantin. Das kann einfach nicht sein. Dagegen muss ich mich wehren. Ich bin doch wer, ich habe doch noch auch etwas zu sagen. Egal ob ich tätowiert bin oder nicht. Das kann ja nicht das Maß aller Dinge sein. Wäre ja noch schöner.

## 54 Jahre alt

Wieder einmal eine junge Dame, die sich für eine Lehrstelle als Fachperson Betreuung im Behindertenbereich interessiert und von der Schulleiterin zu mir in die Klasse gesteckt wurde. Das Mädchen, es ist knapp 17 Jahre alt. Sie heisst Peggy und machte erst einen eher verschüchterten, zurückhaltenden Eindruck. Leider blieb das so den ganzen Tag über. Auffallend war für mich, dass sie beim Mittagessen plötzlich schnell aufstand und den Esssaal verließ. Fast panikartig, hatte ich das Gefühl. Am Nachmittag nahm ich sie dann mit, weil ich den kleinen Rodrigo wickeln musste. Er hatte in seine Windel gestuhlt. Das tut er immer ca. eine Stunde nach dem Mittagessen. Dabei sehe ich, dass sich Peggy abwendet und ganz bleich wurde. Ich meinte, dann sie solle doch einfach hinausgehen, wenn sie es nicht ertragen würde. Sie schaute nur kurz dankbar zu mir und verliess den Raum fluchtartig. Nach Schulschluss redete ich mit ihr und sagte ihr direkt, das hast du nicht ertragen, dass den Kindern teilweise das Essen aus dem Mund herausfällt und man sie dann auch noch wickeln muss. Peggy nickte nur. Du hast dich geekelt. Sie sagte: Nein. Aber ihre Körpersprache verriet sie. Es ist nichts Schlimmes, wenn man sich davor ekelt, das geht jedem so, wenn man es nicht gewohnt ist. Erstaunt blickte sie mich an. Wirklich, meinte sie nur. Ja, sagte ich, die Frage ist, ob du dir vorstellen kannst, dass du dich daran gewöhnen kannst. Glaube nicht, war ihre Antwort. Das wusste ich nicht, fügte sie noch an. Dafür ist ja so ein Schnuppertag auch da, jetzt weißt du es und kannst dich entscheiden. Du bist auch nicht die Erste, die sich dagegen entscheidet. Ich merke das Eklige schon gar nicht mehr. Und hat es Ihnen nie etwas ausgemacht, fragte sie mich. Am Anfang ein wenig, aber nicht lange. Es gehört einfach dazu. Es sind liebenswerte Menschen und ich registriere dies, was dich so stört, schon lange nicht mehr. Aber ich weiß schon, nicht alle Menschen können das und es müssen auch nicht alle Menschen das können. Wir sind eben alle unterschiedlich. Ich danke ihnen, war alles, was sie sagte. Auf das abschliessende Gespräch mit der Schulleiterin verzichtete sie dann und ich erstattete ihr Bericht. Sie lachte nur und meinte, gut, dass sie es bereits jetzt eingesehen hat, denn jemand, der seine Ekelgefühle nicht kontrollieren kann, können wir hier nicht brauchen. Wir unterhielten uns dann noch über eine Physiotherapeutin, die wir vor Jahren an unserer Schule hatten und bei der immer auf dem Rückweg von der Physiotherapie ins Klassenzimmer einige Schülerinnen stuhlen mussten. So ein Pech aber auch, meinte die Physiotherapeutin jedes Mal und übergab das Kind mit der vollen Windel der Heilpädagogin. Das ging so eine Weile, dann fiel es auf und eine Heilpädagogin, die nie ein Blatt vor den Mund nahm, machte es an einer Team-Sitzung zu einem Traktandum. Die Physiotherapeutin hatte schlechte Karten, niemand nahm ihr mehr ab, dass der Stuhlgang auf dem Gang zum Schulzimmer passiert wäre. Kurze Zeit später reichte sie ihre Kündigung ein. Natürlich ist es so, dass die Arbeit mit diesen Menschen nicht immer nur angenehm ist, weil es eben oft auch mit Ekel bei der Nahrungsaufnahme und bei der Nahrungsverwertung verbunden sein kann. Aber wo ist das Problem? Man muss ehrlich sein zu sich selber und sich fragen, ob man einen anfänglichen Ekel, der nun wirklich jeder hat, weil wir ja alle hochsozialisiert sind, überwinden kann oder nicht oder man dazu bereit ist oder nicht. So einfach ist das und so sehe ich das. Dann kam mir noch in den Sinn, dass viele Menschen, die einen Hund haben, kein Problem damit haben, dem täglich seine Kacke in einen kleinen Plastikbeutel zu füllen, währenddem sie aber Ekelgefühle zeigen, wenn es sich um Angehörige ihrer eigenen Gattung handelt. Das wiederum finde ich schon komisch. Aber belassen wir es dabei.

## 55 Jahre alt

Wie mir mittlerweile manche Eltern von unseren Kindern auf den Wecker gehen. Unglaublich. Ich könnte manchmal einfach nur noch schreien und davonlaufen. Immer nur fordern, fordern, fordern. Die Mutter von Ali ist so eine. Schreibt mir ständig irgendwelche Nachrichten auf mein Handy, auf mein Diensthandy. Schon klar, aber muss es denn auch am Samstagabend sein und wenn ich nicht gleich antworte, schickt sie gleich noch eines hinterher. Ich finde das einfach nur unverschämt. Ja, ja, ich weiß schon, ich könnte es ja auch in der Schule lassen. Wie das die meisten meiner Kolleginnen machen. Ich kann das einfach nicht und stelle mir selber die Falle. Schrecklich ist das. Es könnte natürlich auch mal etwas wirklich Wichtiges, Schlimmes sein. Man weiß es eben nie. Aber ich muss ja immer professionell bleiben, höflich sein, Eltern sind ja unsere Kundschaft und dergleichen mehr. Wurde uns ja an der letzten Weiterbildung so eingebläut. War wieder mal so ein junger Schnulli, ein Deutscher, ein Theoretiker vor dem Herrn, zum Kotzen.

Fabulierte da irgendetwas von wertgeleiteter Elternarbeit, die einen auszeichnet, wenn man als Heilpädagogin mit dieser Klientel in Kontakt kommen darf. Müssen wäre angebrachter gewesen. Habe dieses Gesabber kaum ausgehalten. Hat von nichts eine Ahnung, auf jeden Fall nicht von Behinderung, wie er auch – ehrlicherweise – gleich zu Beginn anmerkte. Aber er hat seine Doktorarbeit zum Thema Elternarbeit im Non-profit-Bereich geschrieben. Gibt es auch Elternarbeit im Profit-Bereich? Egal. Also diese Mutter meint wirklich, sie könne von Tag zu Tag, von Woche zu Woche, gemeinsam getroffene Abmachungen über den Haufen werfen. Das sogenannte Kommunikationsbüchlein, sehe ich circa alle 3 Wochen einmal, weil sie es meistens vergisst ihrem Sohn mitzugeben. Dafür entschuldigt sie sich dann 100 Mal. Aber wichtige Informationen gehen eben so, nicht hin und her. Dafür schreibt sie dann um Mitternacht noch schnell eine sehr, sehr wichtige Mitteilung per Handy, eben. Es nervt einfach nur. Und dann die ewigen Auseinandersetzungen, wie man ihren Sohn am besten fördern könne. Dann behauptet sie, dass ihr Sohn zu Hause lesen würde. In der Schule haben wir noch nie so etwas gehört oder mitbekommen von ihm. Scheint sich wohl um ein anderes Kind zu handeln. Dann hat sie jetzt noch so eine Psychologin engagiert, die angeblich eine Spezialistin für autistische Kinder sein soll und die alles etwas ganz anders sieht als wir. Diese ist der Meinung, dass wir mit Tokens arbeiten sollen, mit Verstärkermodellen und so weiter. Von einer Zusammenarbeit kann da überhaupt keine Rede sein, weil wir anders arbeiten. Der arme Junge, er tut mir nur leid. Kein Wunder, dass es ihm so schlecht geht. Ich komme ja bei dieser Mutter noch einigermaßen glimpflich weg. Sie hat sich nun auf die Ergotherapeutin eingeschossen. Da muss sich nun der neue Schulleiter darum kümmern. Aber es zehrt an den Nerven und ich weiß nicht, wie lange ich das noch aushalte. Die Eltern sind durchwegs schwieriger geworden. Das ist so mein Eindruck. Oder ich bin mit den Jahren dünnhäutiger geworden. Könnte natürlich auch sein. Ach ja, der junge, hoffnungsvolle Doktor der Pädagogik meinte, dass wir eben eine ganz wichtige Anlaufstation für die Eltern mit schwierigen Kindern seien und eben sehr oft auch als Projektionsfläche für ihr Leid, für ihr Unglück herhalten müssten. Gut, das leuchtete mir irgendwie ein. Bei wem sollen sie ihren Frust über ihr Kind, das nicht so wird, wie sie es sich erträumt haben, deponieren. Bei den Verwandten geht nicht mehr, bei den Bekannten ebenso nicht mehr. Bleiben also nur wir Heilpädagoginnen. Wir werden ja auch noch bezahlt dafür, uns die zum Teil doch sehr komischen Verarbeitungsstrategien der Eltern von behinderten Kindern, zu Gemüte zu führen, zu Gemüte führen zu müssen. Aber es zehrt, wenn man dies über die Jahre immer wieder mitmachen muss. Eltern, die ihre Kinder heillos überschätzen, Eltern, denen nur die Therapien von Bedeutung sind, auch wenn es sich um 1–2 Stunden in der Woche handelt, das Kind aber 23 Stunden bei der Heilpädagogin ist, oder wenn ein Vater meint, dass ihn hier alles sowieso nicht interessiere, weil sein Sohn sowieso dem Teufel vom Karren gefallen wäre und er nie eine Lehre machen könne und deshalb wären ihm diese ganzen Gespräche über Förderung und pipapo ohnehin egal. Muss man alles aushalten. Dafür wird man ja bezahlt. Aber es zehrt eben doch an einem und ich denke, ich brenne langsam aus. Meine Kerze brennt nur noch ein bisschen und ich frage mich, wie lange überhaupt noch. Dann wiederum sage ich mir, wie ich denn selber reagieren würde, wenn ich ein schwer und mehrfach behindertes Kind hätte. Ich würde vielleicht genauso reagieren, wie manche Eltern, die ein großes Problem haben, dass sie eben ein solches Kind, dass sie sich so nie gewünscht, aber dennoch bekommen hatten. Ich glaube nicht, dass ich in einer solchen Situation für mich die Hand ins Feuer gelegt hätte, wie man so schön sagt. Es erinnert mich immer an das Buch des Japaners Kenzabure Oe, der Vater eines geistig behinderten Kindes geworden ist und darüber ein Buch geschrieben hat. Er beschreibt da, wie er nach der Geburt seines Sohnes, der, das wusste man bereits bei der Geburt, geistig behindert sein würde, weil er eine Gehirn-Hernie hat, völlig den Halt verloren hat. Eine beeindruckende Schilderung. Ich habe das Buch mehrmals gelesen. Und wo sollen die Eltern dann ihren Frust abladen, wenn nicht bei uns. Den Verwandten können sie es ja nicht mehr erzählen, weil sie es schon zig-fach getan haben. Das gleiche gilt für die Bekannten, die diese Geschichten auch nicht mehr hören können und froh sind, dass ihre Kinder einigermaßen normal geraten sind. Also sind wir, die Heilpädagoginnen dran. Das meinte ja auch der junge Pädagogik-Fritze von der Weiterbildung. Er stellte es nur etwas anders dar, als wie ich es empfinde. Wir werden schliesslich dafür bezahlt. Nur dass diese Aufgabe nie in einem Arbeitsvertrag steht. Müsste eigentlich unter Elternarbeit vermerkt sein, dass wir auch als Auffangbecken für frustrierte Eltern herhalten müssen. Das sehe ich alles ein, aber es höhlt einen aus und frisst sich wie ein Krebstumor in seine berufliche

Identität hinein und das kostet Kraft und ich habe das Gefühl, dass ich eben diese langsam aber sicher, mehr und mehr, verliere. Ein weiterer Gedanke, der mich nicht aufrichtet, sondern...

In der Nacht träumte ich wieder den gleichen Traum.

## 56 Jahre alt

Manchmal mache ich mir schon so meine Gedanken zum Leben und natürlich zur Entwicklung in meinem Beruf. Ich bin da der Meinung, dass sich in meinem Berufsfeld, also der Geistigen Behinderung (GB) in den letzten 50 Jahren nichts wirklich verändert hat. Es gelten immer noch die gleichen Grundsätze: 1. Man geht vom Bekannten zum Unbekannten. 2. Das Lerntempo wird zu 100 % dem geistig behinderten Individuum angepasst. 3. Dies gilt ebenso für den zu erlernenden Gegenstand. Also ist das individuelle Vorgehen das A und O bei diesen Menschen. Ihre Bezugsgruppe des Weiteren sind die anderen Menschen mit einer geistigen Behinderung und nicht etwa die kognitiv unauffälligen Menschen. Wenn man dies nicht berücksichtigt, treibt man sie in einen Bezugsgruppenkonflikt, wie mein Lieblings-Dozent einmal sagte. Also ist mit allgemein gehaltenen Lehrplänen, die für den sich im Normbereich befindlichen Menschen gelten, bei geistig behinderten Menschen nichts, aber auch gar nichts zu erreichen. Der ganze Integrations-Schmu geht eben nicht von diesen Menschen aus, sondern stillt die Bedürfnisse der Eltern, von Politikern und von jungen Nachwuchswissenschaftlerinnen der Sozialwissenschaften.

Aber all deren Bedürfnisse sind irrelevant. Eine Frage, die mich immer wieder beschäftigt hat, ist, warum es gleichzeitig mit dem Integrationsschmu zu einer solch gewaltigen, in sich völlig sinnlosen Aufblähung der Sozialbürokratie kommen konnte. Diese verlangt ja seit Neuestem, dass wir Bildungspläne für die geistig behinderten Kinder erstellen. So ein Unsinn, so ein Blödsinn. Alle sich an der Basis befindlichen Menschen, also diejenigen, so wie ich, die tagtäglich mit geistig behinderten Menschen arbeiten, mit ihnen ein Stück weit zusammenleben, ächzen und stöhnen darüber. Man ist sich einig, dass dies im Zeitalter des Computers zu bewältigende Papierflut nichts anderes als ein gut gefütterter, an Flatulenzen leidender Papiertiger ist. Aber man bewältigt ihn, ist gezwungen ihn zu bewältigen. Warum dem so ist, dazu später noch ein Wort. Also zurück zur Frage, wie konnte es dazu kommen, dass nahezu wöchentlich neue Vorgaben von der Bildungsbürokratie auf uns abgeschossen werden. Immer mit dem Hinweis, dass das jetzt herausgegebene Neue, wichtig, hilfreich und deshalb auch gut ist. Um das zu verstehen, muss man, so meine ich, kurz den Blick auf die Welt der Technik richten. Hier hat sich ja gerade in den letzten 50 Jahren enorm viel getan. Ich weiß, es fing schon viel früher an, aber mir geht es ja hier um den Vergleich zur Pädagogik für Menschen mit einer geistigen Behinderung und da scheint mir eine Verkürzung auf 50 Jahre, sinnvoll zu sein. Nur einige, wenige Beispiele hierzu. Ein Telefon, das früher an der Wand hing, ist heute ein kleines Apparätchen, das jedermann mit sich herumträgt und kaum jemand ist in der Lage, alle Funktionen zu kennen, die in ihm stecken, geschweige denn auch nutzen zu können. Ein Auto ist zwar immer noch ein Fortbewegungsmittel wie 1920. Aber wie funktioniert es heute, wie wird es an einer Steckdose betrankt usw. Eine Lokomotive wird nicht mehr mit glühenden Kohlen bestückt, um Dampf zu erzeugen. Aber auch eine E-Lok ist nicht mehr die gleiche, wie noch vor 50 Jahren. Fuhr man früher mit 120 km/h, zieht uns die heutige Lok mit 300 km/h durch die Landschaft. Die EDV erwähne ich nur noch als letztes Beispiel. Diese Beispiele könnten endlos weitergeführt werden. Dabei geht es nicht nur um eine quantitative Weiterentwicklung, sondern, wie ich schon irgendwo mal gelesen habe, verändert eine große quantitative Entwicklung sich auch ins Qualitative. So ist zum Beispiel Wasser, das sich im Zustand von unter Null Grad Celsius befindet, kein Wasser mehr, sondern Eis und Eis ist eben kein fliessendes Wasser, obwohl sich das Element nur um einige Grade auf einer quantitativen Skala verändert hat. Geht man auf dieser Skala einfach in die andere Richtung, gelangt man ab 100 Grad Celsius zu Gas, was auch wiederum weder Eis noch Wasser ist. Finde ich sehr interessant. So ist und war die Entwicklung in den Naturwissenschaften. Wie sieht es nun aber im sozialen Bereich, insbesondere in der Geistigbehindertenpädagogik aus? Da kann man beim besten Willen eine solche Entwicklung wie in der Technik, in den Naturwissenschaften allgemein, nicht feststellen. Es gelten immer noch, wie ich schon kurz dargelegt habe, die gleichen Erkenntnisse, die gleichen Grundsätze. Es gibt nichts Neues unter der Sonne. Auch die Theorien, die in den vergangenen ca. 50 Jahren jeweils die Geistigbehindertenpädagogik geflutet haben (z. B. Delacato, Delphin-Therapie, Lilly Nielsen, ICF, AAC, UK usw. usf.) haben sich alle in Nichts aufgelöst und gehören der

Historie an. Alles Schall und Rauch, keine dieser grösseren und kleineren Theorien hat auch nur irgendetwas gebracht, das die geistige Behinderung verändert hätte. Was macht man nun in einer Welt, in der Veränderung, Fortschritt das Maß aller Dinge ist? Was macht es für die Vertreterinnen insbesondere der Heilpädagogik, die sich mit Geistiger Behinderung beschäftigen? Sie leiden zunehmend an einem Minderwertigkeitskomplex, weil sich bei ihnen, wenn man es bei Lichte betrachtet, nichts verändert hat. Ein Mensch mit Down-Syndrom ist immer noch, auch im 21. Jahrhundert ein Mensch mit einem Down-Syndrom. Auch wenn es heute, bedingt durch die Hochtechnologie-Medizin (!), weniger von diesen Menschen gibt. Aber die Pränatale Diagnostik gehört ja nicht zur Heilpädagogik, sondern zur Medizin und die ist ja bekanntlich eine Natur- und keine Sozialwissenschaft. Ein Mensch mit dem Autismus-Spektrum-Syndrom ist auch heute noch ein Mensch mit Autismus. Obwohl es von diesen heute wesentlich mehr gibt. Aber man weiß nicht warum. Es wird aber nicht die Heilpädagogik sein, die die Gründe dafür herausfinden wird. Also was nun? Die Standesvertreter der Heilpädagogik erkennen, dass sie in dem Lauf des Fortschritts die auf-der-Strecke-Gebliebenen sind, also die Abgehängten und dagegen müssen sie, um ihr Selbstwertgefühl vor allem gegenüber dem Heer der Ingenieure und Techniker aufpolieren, etwas tun, etwas dagegensetzen. Und da es eben nichts in dieser Richtung zu setzen gibt, blähen sie ihr System bis zur Unkenntlichkeit auf und kreieren ein Papier nach dem anderen, eine Excel-Tabelle folgt der Vorangegangenen. Und-so-weiter... Natürlich verärgert das die Menschen an der Basis. Sie sind wütend, enttäuscht, weil die

Befriedigung der Sozialbürokratie nicht ihrem einmal gefassten Berufswunsch entspricht. Das hatten sie sich in jungen Jahren anders vorgestellt. Sie wollten Gutes tun, wollten mit behinderten Menschen zusammen sein und diese fördern. Und nun stellen sie fest, dass sie getäuscht und funktionalisiert wurden. Sie dienen der Befriedigung einer Bildungs- und Ausbildungsbürokratie, mit der sie sich je länger je weniger identifizieren können. Was passiert nun? Sie ballen die Faust im Sack ihrer Jeans. Dabei entsteht, wenn man dies verallgemeinert, eine große Tabu-Blase, so sage ich dem. Das heisst, dass viele Menschen an der Basis das gleiche denken und fühlen, wie ich es hier skizziere, aber es nicht auszusprechen wagen, weil sie, wie jeder Lohnabhängige seit jeher, von ihrem Einkommen abhängig sind. Man wird sich ja nicht im Lehrerinnenzimmer, im Aufenthaltsraum, in der Wohnküche, an der Bushaltestelle, wo immer man mit Arbeitskolleginnen aufeinandertrifft, darüber unterhalten, dass man das Geld braucht, weil man z. B. sein Konto bei der Bank überzogen hat, dass man eine (zu) hohe Miete bezahlen muss oder dass man zu Hause zwei kleine Kinder versorgen muss und was der Gründe noch mehr sein können. Dann alle diese Gründe liegen in einem ausser-professionellen Bereich und gehören nicht an die Arbeitsstelle und in die Ohren und Gehirne von Kolleginnen. Deswegen werden und müssen sie tabuisiert werden. Sie sind privat. Gut, einige ältere Kolleginnen steigen aus und lassen sich, nolens volens, frühpensionieren. Sie gehen mit großem Frust, weil sie eigentlich, was die Kernaufgaben ihrer Arbeit anbelangt, nicht ausgebrannt sind. So geht es ja auch mir. Wenn man aber immer weniger Zeit dafür haben kann, weil eine Bildungsbürokratie immer mehr sinnlose Listen, Tabellen, ausgefüllte Formulare, Protokolle zum immer wieder gleichen Inhalt im gleichen Jahr, verlangt, dann verlässt einem die Freude an der Arbeit und man hat zunehmend das Gefühl, dass die Erledigung dieser Arbeiten, die man ja eher als Belästigung, denn als Arbeit empfindet, wiederum mehr ihrem eigentlichen Beruf zuwiderläuft und man geht ‚aus dem Felde'. Verbittert, depressiv, wütend. Jüngere Mitarbeiterinnen im Bildungs- und Sozialbereich sehen es vielleicht etwas weniger drastisch, weil sie es a) gar nicht anders kennen und weil sie b) noch stärker von ihrem Salär abhängig sind. Dafür reduzieren sie ihr Pensum, wenn sie mit einem verdienenden Partner zusammenleben und ausserdem, so meine immer wiederkehrende Beobachtung, verschieben sie ihre Hauptinteressen auf ihre Familie, auf ihre zumeist noch kleinen Kinder und sehen ihre Arbeit eher als einen für die Familie zusätzlichen finanziellen Zustupf. Ausserdem und ich mache mich hier keineswegs, darüber lustig, ist es auch mal gut, etwas aus dem Haus herauszukommen. Diese Aussage habe ich mehr als einmal gehört. Aber Freude bei den vielen Nebentätigkeiten, die zu Haupttätigkeiten mutieren, haben sie auch nicht. Tja, so ist das eben, wenn eine Sache zu einem Popanz aufgeblasen wird, und ich frage mich, wann diese Tabu-Blase platzen wird? Und das führt dann zu der spekulativen Frage, wie sich das Alles in Zukunft gestalten wird? Ich wage hier einige Überlegungen. Ich vermute, dass an den Heilpädagogischen Schulen zuerst die Therapien zurückgestutzt bzw. ganz gestrichen werden. Die Politik wird, wenn es zu weiteren Sparmaßnahmen kommen muss, zuerst im Sozialbereich ansetzen. Dies auch deswegen, weil dieser in den letzten Jahrzehnten stark ausgebaut worden ist.

Es handelt sich hierbei um die Physiotherapie und die Logopädie und dazu in deren Schlepptau, die Unterstützte Kommunikation (UK). Wobei hier zu sagen ist, dass ich die nicht-elektronische UK sehr sinnvoll finde. Dass die Kinder oder auch erwachsene Menschen mit einer geistigen Behinderung Kärtchen, Piktogramme haben, auf denen sie erkennen können, wie ihr Tagesablauf gestaltet ist, macht Sinn und ich setze diese Hilfsmittel seit Jahren ein. Bei der elektronischen UK muss (leider) gesagt werden, auch dies ein Tabu, dass sehr viele mit großen Hoffnungen verbundenen Anschaffungen von Tablets und ähnlichen Geräten, nicht zu der Form eines gelungenen Kommunikationsaufbaus geführt haben, wie man es sich noch vor Jahren erhofft und versprochen hat. An jeder heilpädagogischen Schule finden sich zuhauf solche Geräte, die dann nach einiger Zeit in den Schränken verstaut werden und nicht mehr im Gebrauch sind. Dies ist eigentlich gar nicht so verwunderlich, weil diese Form der unterstützten Kommunikation ursprünglich für nicht geistig behinderte Menschen mit einer starken cerebralen Parese (Spastik) entwickelt wurden. Diese verfügen über ein Symbolverständnis, ohne dieses kann kein solches Gerät bedient werden. Nicht kognitiv beeinträchtigte Menschen, mit einer Cerebralparese haben dieses Symbolverständnis und deshalb ist der Einsatz dieser elektronischen Geräte bei ihnen sinnvoll, was bei geistig behinderten Menschen, die gerade über kein oder ein rudimentär ausgebildetes Symbolverständnis verfügen, nicht der Fall ist. Einfache elektronische Geräte, die lediglich über eine Ja-Nein-Funktion verfügen, machen da schon eher Sinn. Dass dies allerdings auch mit den Fingern, dem Kopf oder den Augen etc. angezeigt werden kann, und man deshalb die Elektronik nicht braucht, steht dann schon wieder auf einem anderen Blatt. Auch auf die Ergotherapie kann im heilpädagogischen Bereich verzichtet werden. Diese Aktivitäten können auch kompetente Heilpädagoginnen verrichten. Zu guter Letzt wird auch die Meinung vertreten werden können, dass geistig behinderte Kinder keine Lehrerinnen benötigen, weil ihre Förderung auch durch Sozialpädagoginnen, also Absolventinnen von Höheren Fachschulen, geleistet werden kann. Auf Abgängerinnen von Fachhochschulen kann hierbei verzichtet werden. Wie man sieht, kann ich mir einfach nicht vorstellen, dass dieses heute dermaßen aufgeblähte System auf die Zukunft hin, wird Bestand haben können. Sobald es dem Staat ökonomisch schlechter gehen wird, wird gespart werden und dies wird im Sozialbereich bei den Menschen sein, die sich selber am schlechtesten wehren können. Und es werden nicht die sinnes- und körperbehinderten Menschen sein. Natürlich werden es die geistig behinderten Menschen sein und es werden wieder Zustände herrschen, wie vor 100 und mehr Jahren, wo diese Menschen einfach geduldet wurden, man ihnen aber das Recht auf Bildung, auf Förderung abgesprochen bzw. gar nicht in Betracht gezogen hat. Die Aussage, dass Menschen, Kinder mit einer geistigen Behinderung keine Schulen bräuchten, ist nicht meiner Fantasie entsprungen, sondern hat vor einigen Jahren ein namhafter Bildungspolitiker öffentlich geäussert. Ich hoffe, einfach, dass ich diese Zeit nicht mehr miterleben muss. Die Chancen hierfür stehen für mich nicht schlecht. Dies alles musste mal ausgekotzt werden. Sorry...

## 56 Jahre alt

Ich habe eine Depression, ich habe Depressionen. Ich bin depressiv. Mein Name ist Helen und ich habe ein Depressionsproblem. Was ist nun schlimmer, das Haben oder das Sein. Das erinnert mich an ein Buch von Erich Fromm. Die Leute verwechseln immer die Depression mit der Traurigkeit. Das eine hat mit dem anderen so viel zu tun, wie Fussball mit Eishockey oder Trisomie 21 mit Autismus, oder wie Hund und Katz, eben gar nix. Manchmal bin ich auch traurig, depressiv bin ich seit einiger Zeit, oder schon immer, immer. Ich sehe in nichts einen Sinn. Die Heilpädagogik haben SIE mir genommen, sie haben sie kaputt gemacht, zerstört. Der Zeitgeist und ihre Vertreterinnen haben das getan. Sie banalisieren und trivialisieren die geistige Behinderung und sabbern von Teilhabe und Inklusion und dergleichen mehr, was alles keinen Sinn macht. Aber es macht mich rasend und zeigt mir die Sinnlosigkeit auf. Aber man ist machtlos und kann nichts dagegen tun. Man hat keine Einflussmöglichkeit. Der Zeitgeist geht seiner Wege und erklärt, dass Menschen mit geistiger Behinderung so sind wie ich und du. Oder so wie ein Politiker an einer Eröffnungsrede einmal sagte, er sei ja schließlich auch behindert, weil er Brillenträger sei. Ich hätte ihn ohrfeigen können, wenn ich Ohrfeigen nicht als ein untaugliches pädagogisches Heilmittel ansehen würde. Ich habe das schon erwähnt. Man kann es aber nicht oft genug wiederholen. Man kann einfach nicht immer alles in einen Topf schmeißen und dann meinen mit Umrühren werde es gut. Wird es eben nicht. Also der Zeitgeist, entweder man folgt ihm oder geht daran zugrunde, geht damit unter. Keine

Selbstwirksamkeit. Ich hätte mir das gerne erspart, wenn ich doch nur einige Jahre älter wäre, dann müsste ich dieses Theater, dieses Possenspiel nicht mehr mitmachen. Die Heilpädagogik und die geistig behinderten Menschen waren mein Leben und sind es eben immer noch. Aber man nimmt sie mir weg und tut so, als wären sie nicht behindert, weil man die Behinderung als eine mögliche Daseinsform unter x unterschiedlichen menschlichen Daseinsformen nicht akzeptieren kann. Was nicht sein darf, kann auch nicht sein. Wieso kann man diese Menschen in ihrem So-Sein nicht einfach so lassen und sie fördern, nach ihrem Gusto und nach ihren Möglichkeiten, warum werden sie zur Normalität, was immer man auch darunter verstehen mag, gezwungen. Die Heilpädagogik verhalf mir zu meinem Leben. Mit ihr konnte ich meine Kindheit, meine Jugend verlassen und ein Mensch werden. Sie gab mir Halt, war meine Heimat und jetzt endet alles in einer Tunke, einer Soße, einem Einheitsbrei, in seelenlosen Formularen, in endlosen Sitzungen, in Tablets und im Heil aller Therapien. Gegen die ich im Grunde gar nichts habe, aber sie sind ins Kraut geschossen und vermögen doch Geistige Behinderung nicht zu heilen. Wie konnte es soweit kommen? Dabei ist doch die Arbeit mit dem behinderten Kind, die Beziehung zu diesen Geschöpfen, die sich oft selbst nicht zu helfen wissen, das zentrale. Alle diese Nebensächlichkeiten, die als Popanze aufgeblasen werden, führen zu nichts und ändern an der Behinderung als solche gar nichts. Ausser, dass sie Zeit kosten, die man für die Beziehung, für den Aufbau einer Beziehung, zum behinderten Menschen einsetzen könnte. Kann man aber nicht. Immer wieder wird die Überprüfung der Partizipation gefordert, die dann in einem Schulischen Standortgespräch verklausuliert und hochgestochen den Eltern präsentiert wird, die eventuell kaum Deutsch verstehen. Wie mich das anödet. Und es wurde und wird von Jahr zu Jahr schlimmer. Irgendwelche jungen Leute, die das alles studiert haben, finden dass es so in der heutigen Zeit sein müsse und die Politikerinnen übernehmen es mit großem Hurra und werden damit geködert, dass es damit auch noch billiger werden würde. Der Unterhalt des sonderpädagogischen Systems. Aber wie man ja mittlerweile weiß, ist dem nicht so, es ist alles teurer geworden, weil man den Apparat aufgebläht hat und sich nun ob der Flatulenzen, sprich immer lauter werdenden Störgeräusche, stört. Jeder Spaziergang im Wald muss minutiös durchgeplant und auf seine Partizipation überprüft werden. Aber darauf, dass man dem Pfeifen der Vögel spontan zuhören, lauschen könnte, darauf kommt man nicht, weil es nicht planbar ist. Deshalb kommt so etwas auch nicht vor. Auch für das glückliche Lächeln und sei es noch so sparsam, gibt es auf der computerbasierten Excel-Tabelle keine Spalte. Dabei muss man beurteilen, ob es über ein Maß an Teilhabe verfügt und wie in diesem Zusammenhang die Körperfunktionen zu bewerten wären. Dies im Sinne der international classification of functioning, disability and health. So geht das, mein Freund! Dabei gilt es immer die fünf Komponenten im Blick zu behalten. Das sind die Körperfunktionen, die Körperstrukturen, die Aktivität, die Partizipation, sowie die Umwelt- und personenbezogenen Faktoren. Dabei darf man im weiteren nicht vergessen, dass dieses Modell aus der Medizin kommt und nun einfach mal so, hoppla-hopp, auf die Heilpädagogik übertragen wird. Das hat mir von vorneherein nie und nicht eingeleuchtet. Aber man wird gezwungen, sich diese Sprache anzueignen und so zu denken. Ich kann das nicht mehr und will es auch nicht, weil ich es für unsinnig halte. Es macht keinen Sinn und bringt im Alltag, sprich im Umgang mit diesen Menschen nichts, aber geradezu gar nichts. Das Theater ging bei der Fortbildung, die wir dazu machen mussten schon los, weil einige Kolleginnen nicht begriffen, was der Unterschied zwischen Körperfunktionen und Körperstrukturen ist. Das mag ja für einen Arzt von besonderer Bedeutung sein, für uns in der Heilpädagogik ist es Nonsens, um hier mal beim (Zwangs-)Englisch zu bleiben. Ja, es macht mich tieftraurig, weil ich das alles so falsch, so künstlich, so aufgesetzt finde. Ich gehöre da nicht mehr dazu, kann da nicht partizipieren und muss so tun als ob. So wird man depressiv, so wird man depressiv gemacht und ich weiß mir nicht zu helfen. Ich muss da raus, muss da weg. Bin nur noch am Jammern. Vielleicht wären die Menschen mit Behinderung, die Heilpädagogik, auch die Schule besser dran, wenn es mich nicht gäbe. Es wäre wohl kein Verlust, sondern eher eine Erleichterung. Aber vielleicht nehme ich mich einfach auch nur zu wichtig. Bin mit den Jahren grössenwahnsinnig geworden und schwanke nun zwischen meiner Selbstauflösung und wahnhaften Vorstellungen. Vielleicht sollte ich einmal mit jemandem darüber sprechen. Wäre vielleicht keine schlechte Idee. Aber so, wie ich nie, wirklich: nie mit jemandem darüber gesprochen habe, dass ich fast täglich von meinem Vater misshandelt worden bin, so kann ich auch über mein aus dem Leben gehen wollen mit niemandem reden. Geht einfach nicht, ist verschlossen, eine Pandora. Vielleicht sollte ich mir professionelle Hilfe holen, organisieren. Vielleicht mal mit meiner Hausärztin, Frau Doktor Marinopoulos darüber sprechen. Aber ich weiß genau, dass ich es nicht tun werde. Da muss ich schon selber mit fertig werden. Aber die neue Welle, die da auf mich zu schwappt, ist riesig, sie überrollt mich und nimmt mir die Luft zum Atmen. Ach, wenn es doch nur realiter so wäre und nicht nur in meinem Schädel. So schwanke ich zwischen Sein und Nicht-Sein und muss doch immer wieder feststellen, dass die Realität, das Sein unerbittlich da ist und das mit all seinen Unabwägbarkeiten, seinem Unsinn, seinem Kontrollwahn, wo es nichts zu kontrollieren gibt, wo Popanze aufgebaut werden und wo die neue Zeit eben anders tickt und der Mensch mit Autismus, oder mit einem Down-Syndrom immer noch der gleiche ist, wie vor Tausenden von Jahren. Ich merke, wie ich immer wieder in die gleiche Schleife hineingerate, es langweilt, so langsam, liebe Helen, lass es doch einfach sein und gib dir den Schuss, den finalen. Ja, mit jemandem darüber reden, könnte vielleicht eine Lösung sein, aber ich glaube nicht daran. Kann nicht verstehen, dass mir da jemand helfen könnte. Vielleicht sollte es ja auch nicht sein, vielleicht gefalle ich mir ja sogar in dieser ewig unzufriedenen, sich selbst bemitleidenden Rolle. Das ist zum Kotzen, mir ist übel, wenn ich an mich selbst denke. Dann noch mein Äusseres, das ich sowieso grausam finde. Ich bin ein Freak, abgrundtief hässlich. Alles an mir hängt herunter, ist labberig, hat keine Façon mehr, schlaffes Bindegewebe, meinte Frau Marinopoulos letzthin. Wie recht sie hat, allerdings hat sie vergessen, dass das Bindegewebe in meiner Seele am meisten durchhängt. Das hängt mittlerweile so tief, dass es sich unter der Erde befindet. Unter der Erde sind die Gräber und da gehört auch meine Seele hin, die kann dann gleich noch den ganzen Körper mitnehmen. Ohne Abdankung bitte, einfach runter damit unter die Erde und sich dann der Selbstauflösung hingeben. Ein faszinierender Gedanke, muss ich schon sagen. Ob sich eine Therapeutin dies alles anhören möchte? Kann ich mir nicht vorstellen. Eben darum macht diese Idee ja auch keinen Sinn. Aber was macht schon einen? Ich weiß es auf jeden Fall nicht. Camus vielleicht?

## 56 Jahre alt

Ich bin depressiv. Ich muss es mir eingestehen. Ich weise alle Symptome auf, die man im Internet zu ‚Depression' finden kann. Ich fühle mich als der letzte Dreck und weiß, dass ich nichts wert bin. Ich bin zutiefst davon überzeugt. Ich kann nicht mehr so wie früher und finde nichts mehr schön oder anziehend. Ein Bergpanorama fand ich früher mal schön. Jetzt ist es mir egal. Aufgeschichtete Steinhaufen. Ich bin leer und ich bin an einem Stillstand angelangt. Ich empfinde für nichts mehr Freude. Es ist alles hoffnungslos. Jeden Tag fühle ich mich niedergedrückt, niedergedrückt von mir selber. Schlecht geschlafen habe ich schon mein Leben lang. Jetzt drehen die Gedanken in der Nacht wie ein Karussell, bei dem die Steuerung defekt ist. Umbringen will ich mich nicht, aber ich fühle mich des Lebens überdrüssig. Meine Tatkraft, meine Energie, meine Ideen insbesondere als Sonderschullehrerin ist dahin. Wohin? Ich weiß es nicht. Einfach weg, verschwunden, in ein schwarzes Loch gefallen. Ich fühle nichts mehr, weiß nicht mehr, was gut oder schlecht, was richtig oder falsch ist. Ich bin eine leere Hülle, eine Bohne ohne Bohnen. Dabei bin ich nicht mal traurig. Wenn ich traurig wäre, würde ich ja etwas fühlen. Ist aber nicht der Fall. Nur wenn es mir ein bisschen besser geht, bin ich etwas traurig, weil mir die Kinder meiner Klasse leidtun. Es ist kein Humor mehr bei mir vorhanden. Alles regt mich auf, alles. Wenn sich die Aufregung gelegt hat, fühle ich mich (falsch formuliert), leer, hohl, gar nicht da. Aber auch nicht dort. Irgendwo, eben. Hoffnungslosigkeit und Verzweiflung macht sich breit und Angst. Die täglich wiederkehrende Angst vor der Nacht. Vor der Nacht mit ihren Gedanken, ihrem Gedanken-Karussell. Wenn es nur mal explodieren würde. Ich kann mich zu nichts entschliessen. Soll ich eher so, oder doch anders. Ich weiß es nicht und irgendwo ist es mir auch egal. Ich grüble und grüble und grüble und grüble…Einfachste Dinge, die ich zu erledigen habe, sind für mich wie Himalayas, die ich nicht zu überwinden in der Lage bin. Es fehlt der Sauerstoff. Es fehlt der Stoff im Tank, weil dieser leer ist oder ich habe gar keinen Tank mehr. Ist irgendwo, auf irgendeiner Strasse abgefallen. Alles das ist mir unerklärlich. Das schwierigste für mich überhaupt ist der nächste Tag. Ich werde ihn wieder nicht meistern können. Ich bringe zwar nichts auf die Reihe und trotzdem bin ich unruhig und meine noch dies oder jenes erledigen zu müssen. Ich kann nicht mehr zwischen Wichtigem und Unwichtigem unterscheiden. Dafür unterliege ich einem Grübelzwang und versuche mich zu erinnern. Dabei merke ich, dass meine Konzentration nachgelassen hat. Mein Hirn weicht auf. Mein Gedächtnis ist kaputt.

Dafür habe ich tagelang Kopfschmerzen. Andere Menschen interessieren mich je länger je weniger. Ich mache mir selber Vorwürfe, dass ich so bin. Aber ich mache es doch nicht absichtlich. Aber niemand kann mir doch helfen, nur ich selber kann mir helfen, könnte mir helfen, wenn ich könnte. Aber ich kann ja nicht. Begreift das denn niemand. So bin ich schuldig, dass ich so bin, wie ich bin. Warum nur, warum? Vielleicht ist es die Strafe, die ich verdient habe. Man müsste mich anklagen, vielleicht ginge es mir dann besser. Wenn ich doch nur einmal so richtig gut schlafen könnte. Morgens fühle ich mich gerädert, durch den Wolf gedreht, zum Wegwerfen. Dabei geht es mir im Grunde eigentlich gar nicht schlecht. Mit der Familie, mit dem Umzug, mit der Stelle, mit dem Geld stimmt eigentlich alles. Aber das macht es nur noch schlimmer. Wenn es doch mir nur objektiv schlecht gehen würde. Dann müsste ich wenigstens nicht auch noch ein schlechtes Gewissen haben. Aber so... keine Chance und auch diese kann ich nicht nutzen. Ich dürfte mich eigentlich auch gar nicht erschöpft fühlen und bin es dennoch. Wie kann das sein. Ich verstehe das nicht und ich verstehe vor allen Dingen mich selber nicht. Genüsse waren mir schon immer fremd, jetzt sind jegliche Annehmlichkeiten, Genüsse weg, haben sich in Luft aufgelöst, sind wie Seifenblasen geplatzt. Eine Ausnahme gibt es, die Musik und das Chorsingen. Da kommt noch Freude auf. Aber ich schaffe es an dem neuen Ort nicht, mich bei einem Chor anzumelden. Das muss warten. Schade drum, aber ich kann es nicht, kann diesen Zustand nicht ändern. Kann nicht ...

## 58 Jahre alt

Immer wieder träume ich den gleichen Traum.

Wie es dazu kommen konnte, kann ich mir im Nachhinein selber nicht erklären. Obwohl ich mich immer wieder versuche zu erinnern. Die Jahre hatten die Erinnerung nicht ausgelöscht. Ich stehe fassungslos vor mir selber. Ich sehe mich im Traum: Wieder einmal war er ihr zu nahegekommen und sie mochte das einfach nicht. Nicht mehr. Früher war es etwas anderes gewesen. Aber im Grunde doch nicht. Wenn sie es sich genau überlegte. Sie hatte es schon früher nicht gemocht, dass man sie anfasste, oder dass Männer irgendetwas von ihr wollten. Und nun war es eben dazu gekommen. Sie hatte ihm die Flasche über den Schädel gezogen, von hinten. Sie hatte ihn noch fallen gehört. Dann war sie davongelaufen. Sie wusste nicht, ob sie von ihm oder vor sich selber davongelaufen war. Jetzt war sie auf der Strasse und ging zielstrebig weg. Nur wohin, wusste sie nicht. Warum nur hatte er ihr wieder an ihre Brüste gefasst und dabei gelächelt. Sie hatte es ihm schon mehrfach gesagt und zu verstehen gegeben, dass er dies doch sein lassen soll. Was sollte das denn? Warum verstand er das denn nicht? Sie hatte ihn gebeten, es nicht mehr zu tun, immer wieder. Aber er hörte nicht, meinte, dass das eben dazu gehören würde. Es hatte doch nur einmal ein Ende haben sollen. Warum nur konnte er nicht hören. Warum nur? War er denn nur dumm? Eigentlich nicht, aber eben doch ein Mann. Irgendwie gehörte das wohl zusammen. Und nun war sie weggelaufen und hatte sich nicht mehr um ihn gekümmert, nachdem sie die Weinflasche in die Hand genommen und ausgeholt hatte. Sie war schuldig. Und

nun war sie auf der Flucht, getraute sich nicht mehr nach
Hause. Wie sollte es nun weitergehen? Vielleicht sollte
sie sich stellen, sollte den nächsten Polizeiposten aufsuchen und alles sagen, einfach reden. Aber würden die das
verstehen? Wohl kaum. Vielleicht lebte er ja noch. Ach,
hätte er es doch nur für einmal sein gelassen. Sie hatte
es ihm doch immer und immer wieder gesagt, dass er es
lassen sollte. Dieses ewige Herumgegrapsche, einfach
widerlich, eklig. Sie musste sich schütteln, sie verspürte
Hühnerhaut auf den Armen. Wenn sie nur schon daran
dachte. Vielleicht war er jetzt schon tot. Schön wär's. Sie
erschrak sofort ab diesem Gedanken. Wie weit war sie
gekommen. Sie wünschte ihm den Tod. Das durfte man
nicht. So dachte sie eigentlich nicht, oder eben doch?
Sie war verwirrt. War sie nun eine Mörderin. Irgendwie schon. Aber sie hatte ihn doch gebeten, damit nun
endlich einmal aufzuhören. Warum nur hatte er nicht
gehört. Einfach blöd. Sie spürte ihren Ärger. Aber dann
dachte sie, dass es wohl keinen Sinn machen würde, weiter wegzulaufen. Vielleicht hatte man ihn schon gefunden. Vielleicht hatte er gerettet werden können. Aber im
Grunde hätte sie das nicht gewollt. Denn nur so konnte
sie aus seiner Nähe, seinen immer wiederkehrenden Berührungen entkommen und das hatte ja schlussendlich
zu dieser Tragödie geführt. Eine Tragödie, die sie aber
im Grunde als eine Befreiung empfand. Eine Befreiung
aus ihrem Eingesperrt sein, aus ihrem Gefangensein.
Mit dem Drang zur Toilette gehen zu müssen, endet der
Traum jeweils.

Als ich nach Hause kam, war der Hauseingang versperrt. Überall war Polizei. Eine Nachbarin kam auf mich
zugeschossen und meinte, ob ich es schon wüsste. Ich

reagierte verstört, zurückhaltend. Niemand achtete auf mich. Eine Polizistin näherte sich mir, berührte meinen Ellenbogen und führte mich einige Schritte weg. Sie sprach zu mir, dass ich jetzt stark sein müsse, es wäre etwas Schreckliches passiert. Ich sah erschrocken weg, fühlte mich ertappt. Die Polizistin meinte, es wäre ein Einbrecher in dem Haus gewesen und ein Mann wäre erschlagen worden, vermutlich von diesem Einbrecher. Aber dieser stritt bis dato noch alles ab. Aber er würde jetzt zum Verhör geführt und dann würde sich schon alles aufklären. Man ginge schon davon aus, dass es dieser Einbrecher gewesen wäre, der für die Tat verantwortlich war. Aber der Tod dieses Mannes tat mir natürlich sehr leid. Ich nickte nur und beruhigte mich langsam. Fast fühlte ich ein seltsames Jauchzen in meiner Brust. Sollte ich so von meinen Ängsten befreit werden können. Fast konnte ich es nicht glauben. Keine Berührungen mehr von ihm im Traum. Erlösung. Ich setzte mich und die Nachbarin kam mit einer Tasse Tee, die ich dankbar entgegennahm. Dann, nach dem ersten Schluck, stellte ich fest, dass sich mein Gedankenkarussell zu drehen aufhörte. Entspannung. Ich saß einfach nur da und schlürfte den Tee. Dann kam ein anderer Mann auf mich zu, er gab sich als leitender Polizist zu erkennen und sprach mich an, ob er mir einige Frage stellen könne. Ich wäre ja eine Nachbarin des Toten gewesen. Ich nickte. Dann wollte er wissen, wo ich gewesen war. Ich entgegnete, dass ich einfach einen Spaziergang gemacht hätte. Er gab sich damit zufrieden. Er versicherte mir noch einmal, dass ich dann zur Polizei zu gehen hätte, um ein Protokoll zu unterschreiben, räusperte sich und ging von mir weg. Es war mir egal. Einfach keine Berührungen mehr, das war das Wichtigste für mich. Mehr interessierte mich zurzeit nicht. Ich verabscheue Berührungen, seit ich denken konnte. Nur war es immer schlimmer geworden. Früher hatte ich mich diesen Berührungen hingegeben, weil ich meinte, dass man dies tun müsse. Dass es einfach zum Leben eines Mädchens, einer Frau, dazugehören würde. Einfach so. So wie man sich die Zähne putzte oder zur Toilette musste, wenn man musste. So in etwa, dachte ich. Aber ich war froh, dass es mir möglich war, zwischen Traum und dieser grausamen Tat, Realität und Traum unterscheiden zu können.

## 59 Jahre alt

Ich habe mir eine Zeitschrift gekauft, bei der auf der Titelseite stand: ‚Ängste überwinden, innere Stärke gewinnen'. War das nicht exakt das, was ich brauche. Da wurde dann berichtet, wie wichtig es wäre, dass man zu seiner eigenen Klarheit, zur tief in einer drin liegenden Kreativität und vor allem, zur Ruhe finden sollte. Leuchtet mir auch alles ein. Das Stichwort hiess da: Resilienz und man kann da lesen, wie wir Menschen unsere innere Stärke gezielt trainieren und wie wir auch unserer eigenen Unsicherheit entkommen können. Dann gibt es noch Hinweise zu Strategien für eine starke Seele. Da fragte ich mich dann schon, was das denn bedeuten soll. Die Lektüre liess mich ratlos zurück. Wie kann ich meine Resilienz stärken, wenn mir alle paar Tage von der Erziehungsdirektion wieder etwas aufgebürdet wird, was ich für sinn- und zwecklos halte. Besteht die Resilienz darin, dass ich es so mache, wie die allermeisten meiner Kolleginnen, dass sie sich sagen: Ach was, ist doch egal, geht auch vorbei, es interessiert letztendlich doch niemanden und entscheidend ist, dass ich pünktlich mein Geld erhalte und die Schulferien. Das kann ich auch alles nachvollziehen, aber kann das Alles sein? Dagegen wehre ich mich, auch wenn ich verlieren werde oder schon lange verloren habe. Die ewig gleichen Gedanken, dass die vorgeschriebenen Lehrpläne in keiner Art und Weise für die Heilpädagogik brauchbar sind, mag ich nicht schon wieder wiederholen. Das gurkt mich einfach an. Es ändert sich nichts, sie produzieren weiter ihre Tabellen, ihre Blätter und erhöhen die Sinnlosigkeit ins Unermessliche. In dem Heft waren auch mehrere Seiten von Tests, zum Beispiel ein sehr ausführlicher zum Thema: ‚Haben sie übermässige Ängste im Berufsleben?' Den habe ich dann auch ausgefüllt. Und ja, welch Überraschung, ich habe gar keine Ängste in Bezug auf Vorgesetzte, auf Kolleginnen, oder Angst, dass die Arbeit mich krank machen könnte. Im Gegenteil, die Arbeit mit behinderten Menschen liebe ich. Auch habe ich keine Angst, dass ich der Arbeit nicht gewachsen bin. Wenn ich sie auf das Wesentliche, auf den Kern der Aufgabenstellung beschränke. Wenn ich die Anforderungen der Schulbürokratie miteinbeziehe, habe ich auch keine Angst, sondern eine tiefgehende Wut und eine Frustration, weil ich dieser Macht hilflos ausgeliefert bin. Dazu enthält der Fragebogen aber keine Fragen. Vielleicht ist es eben doch nicht der richtige Fragebogen oder ich bin nicht die richtige Person. Könnte ja auch sein. Vermutlich wird es sogar so sein. Was ich allerdings festgestellt habe, was mir in den Zeiten, wo wir wieder eine Sitzung zum neuen Lehrplan oder Ähnliches gehabt haben, und die wir dann, so gut es eben geht, über uns ergehen lassen, guttut, ist putzen oder kochen. Ich bin kein Putzteufel, aber ich habe es schon gern, wenn alles sauber und die Küche aufgeräumt ist. Dann wische ich alles ab, ordne die Dinge, jedes Ding da, wo es hingehört, und denke mir gar nichts dabei. Beim Kochen oder Backen spielt sich in meinem Hirn dasselbe ab. Ich kann dann sehr selbstvergessen Eigelb von Eiweiss trennen, wäge das Zuviel ab, oder zerschneide Gemüse für einen Gratin und was dieser köstlichen Dinge noch mehr sind. Dabei kann ich mich wirklich entspannen. Meine Hände arbeiten und ich weiß exakt was ich zu tun habe. Das erfüllt mich nicht mit Stolz oder dergleichen, aber es macht froh und zufrieden. Was will man mehr. Darüber steht in dem Heft übrigens nichts. Haben sie wohl vergessen oder es ist ihnen zu profan. Besser wäre es einen Baum zu umarmen oder sich der Hypnose hinzugeben. Da backe ich lieber einen Zwetschgenkuchen. So einen, die Idee ist mir gerade jetzt gekommen, kann die Abdankungsgesellschaft nach meiner Beerdigung mit Schlagsahne und Kaffee zu sich nehmen. Das werde ich verfügen. Finde ich gut..., beruhigend, lustig und lebensfroh. Es ist eben immer wieder zu sehen, dass so allgemein gehaltene Empfehlungen selten für den Einzelfall taugen und deshalb sind auch die verallgemeinerten Formen der Schülererfassungen letztendlich Unsinn und tragen nie zur Entspannung bei. So ist das.

## 59 Jahre alt

Ich bin erschöpfungskrank. Ich kann nicht mehr. Ich bin kaputt. Man hat mir meinen Beruf, meine Erfüllung genommen. Die Arbeit mit den behinderten Kindern war für mich alles. Mein Ziel, mein Weg und jetzt wird sie von jungen Menschen zertrampelt. Dies mit irgendwelchen Theorien, die mal mehr, aber meistens weniger passen. So als hätten wir früher nur doofes Zeug mit diesen Menschen gemacht und jetzt müssen uns irgendwelche hochgescheiten, jungen Menschen erklären, wie man Geistige Behinderung erfassen muss. Dabei verfügen sie zumeist über keine Praxis. Aber sie haben die Macht und wir müssen uns an ihre Tabellen, an ihre künstlichen Excel-gesteuerten Inhalte anpassen. Ich kann das einfach nicht und muss hier weg. Meine positiven Emotionen, die mich über Jahre getragen haben, sind weg, aufgelöst wie Zucker in abgestandenem Kaffee. Ich habe nur noch Angst vor der Zukunft, trauere um die Vergangenheit und nur die Wut lässt mich jeden Tag aufstehen. Aber ich weiß schon, dass es das Alles nicht sein kann. Man sagt dem heute ja auch Burn-out. Ich bin nicht ausgebrannt, ich fühle mich verbrannt. Das ist nicht ganz das gleiche, sondern schlimmer. Man hat meine Existenz zerstört. Ich weiß nicht mehr, wie ich das alles unter Kontrolle bringen kann und wie es an den vielen, vielen, sinn- und nutzlosen Sitzungen weiter aushalten kann. Ich halte es schon lange nicht mehr aus. Aber ich habe einen Arbeitsvertrag und den gilt es ordentlich zu erfüllen. Das war schon immer meine Lebensdevise. Die Heilpädagogik, so wie ich sie auch in jungen Jahren gelehrt bekommen habe, war für mich sinnstiftend. Sie gab mir ein authentisches Leben, sie war für mich wertvoll. So konnte ich meiner völlig verpatzten Jugend entfliehen. Brauchte keine Drogen zu nehmen oder mich den Hippies anschliessen. Diese Arbeit machte für mich Sinn, war befriedigend. Ich werde mich um eine ambulante Therapie bemühen. Anders sehe ich es nicht mehr. So kann es auf jeden Fall nicht weitergehen. Auch ist der Ausstieg aus dem Berufsleben eine Option. Damit werde ich mich auseinandersetzen. Auch wenn ich dann weniger Geld haben werde. Ich bin in jungen Jahren schon mit sehr wenig ausgekommen. Es wird auch jetzt gehen, gehen müssen. Meine beiden Söhne sind ausgezogen. Sind weg. Wenn mein Selbstwertgefühl noch weiter so im Keller bleibt, hat bald alles keinen Sinn mehr und ich kann mich verabschieden. Ich habe mir gestern ein Buch über Depression gekauft. Irgendwie muss ich mich ja befreien. Wäre ja auch nicht das erste Mal in meinem Leben. Aber wie und wohin ich mich orientieren will, wenn ich die Heilpädagogik nicht mehr habe, weiß ich ganz und gar nicht. Und diese Ungewissheit erhöht noch meine Ängste. Ich falle in ein Loch, so wie man es in Filmen manchmal sehen kann. Die fallen dann aber meistens ins Wasser und stehen wieder auf und gehen ihren weiteren Abenteuern entgegen. Im Grund mag ich Abenteuer aber nicht. Ich dreh mich im Kreis. Ich muss mich nach einer Therapeutin umsehen. Kann nur eine Frau sein. Zu einem Mann würde ich nie gehen. Es ist aussichtslos. Warum nur ist es so, so gekommen, wie es ist. Ich weiß es nicht und weiß nicht weiter. Wenn ich nur schon an die Formulierungen denke, die ich da bei der Beurteilung meiner Schülerinnen anwenden muss, wird mir übel. Wie gesagt, es geht um schwer- und mehrfachbehinderte Kinder, Kinder mit starken autistischen Zügen und so weiter. Ich soll dann beurteilen wie ihre Vorgehensweisen und Strategien sind. Oder: wie sie sich die Welt erschliessen, oder wie es um ihre Konfliktfähigkeit geht, ihre Gestaltungskraft, wie es um ihre Flexibilität steht, wie es um ihre Dialogkompetenz bestellt ist. Ganz schlimm wird es, wenn ich so Formulierungen lese, lesen MUSS, wie es um ihr Selbstempfinden steht. Ja, das wüsste ich auch gerne und es dauert in manchen Fällen Jahre, bis man so etwas auch nur erahnen kann. Oder wenn ich in Bezug auf einen solchen Menschen entscheiden soll, ob er sich als selbstwirksam erlebt und ob er nun (endlich) daran ist, für sich ein positives Selbstkonzept zu entwickeln und ob er eigene Bedürfnisse und Wünsche mitteilen kann. Wie lange braucht es, um dies herauszufinden? Ich verstehe das einfach alles nicht. Es bedeutet für mich, dass diese Menschen, die solche Formulierungen basteln und sie uns dann per Zwang überstülpen, politisch legitimiert, von nichts keine Ahnung haben. Diese Menschen, mit denen ich mich seit Jahrzehnten beschäftige und die für mein Leben so wichtig sind, werden mit diesen Formulierungen beleidigt, indem man die Behinderung banalisiert und damit trivialisiert. Sie werden nicht ernst genommen und damit fühle auch ich mich nicht ernst genommen. So sehe ich das. Wenn dann noch so Formulierungen kommen, nach denen ich diese Menschen beurteilen muss, wie z. B. ob sie die eigene Unversehrtheit schützen und bewahren können, dann kann ich nicht mehr. Dann kann ich nur noch kapitulieren. Wer kann das denn überhaupt schon, egal ob behindert oder nicht. Das ist doch Schaumschlägerei pur und leitet sich wohl von der Richtung der Positiven Psychologie ab und hat mit einem normalen Alltagsleben überhaupt nichts zu tun. Ich bin noch nicht ganz fertig. Eine Forderung lautet auch, inwieweit der Schüler einen Respekt gegenüber dem Sein empfindet. Diese Formulierung gefällt mir besonders, weil sie mich auf den Gedanken bringt, dass diejenigen, die solches Zeug geschrieben haben, diesen Menschen eben gerade keinen Respekt entgegenbringen. Und mir letztendlich auch nicht. Aber sie haben die Macht und ich fühle mich machtlos. Entnervt, und habe wieder das Gefühl, wie in meiner Kindheit, geschlagen zu werden. Ich muss da weg. Wenn ich nur wüsste, wohin. Einen Weg gäbe es natürlich schon. Meine Selbstauslöschung, wie ich es manchmal für mich selber so nenne. Vor meiner Zeit gab es mich nicht und dann wurde ich angeknipst, so stelle ich mir das vor. Also kann man das, was einmal angeknipst worden ist, auch wieder auslöschen. Und warum? Nüchterne Analyse, meine seelische Widerstandskraft ist gebrochen oder erlahmt oder verschwunden oder hat sich in Nichts aufgelöst oder ist nach Hause gegangen und hat mich aber zurückgelassen, vergessen. Ich kann nicht mehr über mich selber bestimmen. Die jungen Menschen und die Verwaltungsbürokratie hat dies übernommen. Also gibt es nur noch eine Möglichkeit, dass ich über mich selber bestimmen kann, indem ich eben über mich selber bestimme, ob ich weiter existiere oder nicht. Das hat man mir noch nicht genommen. Das stimmt mich heiter und meine das nicht einmal ironisch. Es beruhigt mich sogar. Wenn gute Entscheidungen fallen, ist das immer ein erfreulicher Augenblick.

## 60 Jahre alt

Bin gestresst. Ich brauche Ruhe. Sehne mich nach Struktur. Benötige Unterstützung. Wo fühle ich mich zugehörig. Ich weiß das alles nicht. Ich bin mutlos, blockiert, erschöpft, genervt und werde immer ungeduldiger. Ich merke, dass ich immer mehr aus meiner Bezugsgruppe der Heilpädagogik herausfalle, oder schon lange herausgefallen bin, wenn ich es mir recht überlege. Meine Teilhabe nimmt rapide ab. Ich verstehe zum Teil die Sprache der jungen Heilpädagoginnen nicht mehr und sie verstehen mich nicht. Das tut weh. Der Inhalt, die Problematik hat sich doch nicht verändert. Das ist doch hier nicht so wie in der Technik, wo sich alles verändert hat. Ein Telefon, das in der Wohnung an der Wand hängt, ist natürlich mit einem Hochleistungshandy von heute nicht mehr vergleichbar. Ein Ford-Modell von 1960 ist auch nicht mehr das gleiche Auto wie ein E-Auto aus den heutigen Tagen. Aber ein Autist oder ein Mensch mit Down-Syndrom ist immer noch der gleiche, wie vor 100 Jahren. Ich verstehe das alles einfach nicht, nicht mehr. So fühle ich mich zunehmend isolierter. Ich fühle mich alters-diskriminiert. Aber ich muss positiv denken. So wird das ja heute überall und immer wieder gesagt. Ich bin überlastet. Ich kann keine Lasten ablegen. Es häuft sich alles in meinem Leben auf und mittlerweile kann ich nicht mehr darüber hinwegsehen. Der Berg türmt sich vor mir auf und ich habe Angst, dass er zusammenbricht und über mich hereinbricht. Es ist ja kein Granit, sondern Sandstein, brüchig, matschig, wie eine Sanddüne immer in Bewegung. Dazu braucht es nur noch einen kleinen Windhauch und ich bin darunter begraben. Eine schöne, gute, zukunftsorientierte Vorstellung. Warum auch nicht. Die Mühsal noch weiter auf mich nehmen. Warum eigentlich. Es wird ja nicht besser. Ich bin mit der Depression bereits auf diese Welt gekommen und jetzt, im Alter, ertrage ich sie je länger je weniger. Es kostet so viel, so unendlich viel Kraft, immer wieder zu funktionieren. Aufzustehen, sich anzuziehen, auf Klo zu gehen, sich parat zu machen, um zur Arbeit zu gehen. Das ist etwas vom Schlimmsten, weil zur Arbeit bin ich jahrelang gerne gegangen und jetzt ist auch das weg. Ich mag diese behinderten Kinder nicht mehr, bin einfach ausgebrannt. Aber leider ist das Licht noch nicht ausgegangen. Es brennt irgendwo noch irgendetwas. Aber es ist nicht das sacre feu, das Feuer der Begeisterung. Es ist ein kaltes Feuer, ein Widerspruch. Es brennt noch mein Leben auf einer Sparflamme und mag einfach noch nicht ausgehen. Aber es weiß auch nicht, warum es eigentlich noch brennt. Es muss keine Flamme mehr an irgendetwas weitergegeben werden. Auch die Begeisterung, das Interessante dieser Menschen mit einer geistigen Behinderung, was ich nahezu 40 Jahre gehabt, gespürt habe, ist weg und ich will eigentlich nur noch weg. Alles, was ich in den letzten paar Jahren getan habe, dass ich zwei Mal die Stelle gewechselt habe, dass ich zwei Mal umgezogen bin, dass meine beiden Söhne ausgezogen sind, als das habe ich nur noch als Last, als Mühsal empfunden und hat sich zu einem riesigen Berg ausgewachsen und weiß nicht, wie diesen abzutransportieren. Meine Psychiaterin, die ich mittlerweile auch regelmässig besuche, weiß es im Übrigen auch nicht. Wir reden über dies und das, ich erzähle so dies und das und sie macht einige Dinge mit mir, auch so dies und das und es bleibt letztlich alles so, wie es sich seit Jahrzehnten, eben entwickelt hat. Es ist immer mehr und mehr dazu gekommen, aber es hat keine Müllbeseitigung stattgefunden. Ja, stimmt, es ist alles Müll und kriege ihn nicht weggeschaufelt. Aber ich muss weiterhin in die Sonderschule, weil ich ja das Geld benötige. Vielleicht lasse ich mich frühpensionieren. Im Grunde habe ich es aber schon entschieden. Ob ich dann zu mehr innerer Ruhe finden werde. Ich glaube nicht. Diese Krankheit steckt tief in mir drin. Vermutlich war sie schon immer da, aber ich konnte sie zumüllen, verdrängen, wegschieben, so tun, als ob nichts wäre. Aber diese Kompetenz, man spricht ja heute nur noch von Kompetenzen, ist mir irgendwann einfach so abhandengekommen. Schade drum, aber nichts zu machen. Ich bin depressiv, so wie es im Buche steht, im Lehrbuch. Aber das gesammelte Wissen darum nützt mir nichts. Im Gegenteil, es zieht mich noch mehr herunter, je mehr ich darüber weiß. Das Recht auf Nicht-Wissen, tönt gut, hilft mir aber nichts. Auch die Beschäftigung mit Literatur, die beschreibt, wie irgendwelche Menschen aus ihrer Depression herausgefunden haben, hilft mir gar nichts. Auch: im Gegenteil. Auch das zieht mich noch mehr herunter, weil ich es ja nicht schaffe, und zu Gott finde ich auch nicht, weil es diesen, zu der Haltung bin ich nun gelangt, auch nicht gibt. Also bin ich von Gott und der Welt verlassen. Finde weder an dem einen noch an dem anderen meine Freude. Und weiß nicht, wie es weitergehen soll, Tag für Tag, Minute für Minute. Irgendwie weiter...

## 60 Jahre alt

Ich bin extrem geräuschempfindlich geworden. Ich höre alles und jeden. Wenn ich im Zug bin, oder einkaufen gehe oder einfach auf der Strasse. Dünnhäutig. Ich könnte nur noch schreien. Es macht mich wahnsinnig. Warum müssen die Menschen immer so laut sein. Ich hasse sie. Es hat sich ein unheimlicher Hass in mir aufgestaut. Ich pflege keine Kontakte mehr und ziehe mich immer mehr zurück. Auch das Erledigen der alltäglichen Dinge, fällt mir schwerer. Ich werde immer passiver. Andererseits spüre ich meinen Körper nicht mehr. Es geht alles an mir vorbei. Wie Wasser perlt es von mir ab und dann wieder dieser Lärm und ich kann meine Ohren nicht so schließen wie meine Augen. In einem Buch habe ich einmal gelesen von einer Frau, der es auch gar nicht gut ging, dass die Welt ihr fremd geworden war. Sie gehörte nicht mehr zur Gemeinschaft der Menschen. Nichts konnte sie mehr berühren, ausser der Lärm der Menschen und der war wiederum viel zu laut, schmerzhaft laut. Wie kann man sich die Ohren verschliessen. Der Hass auf die Menschen erschüttert mich. Kann man Heilpädagogin sein und die Menschen hassen. Das passt doch irgendwie nicht zusammen. Aber was passt in meinem Leben schon zusammen. Ich zweifle an allem. Hatte denn Heilpädagogik noch einen Sinn für mich, frage ich mich immer wieder. Und wenn ich dann an die ständig wechselnden Inhalte denken muss, die an jeder Weiterbildung immer wieder neu aufgetischt werden, dann kann ich nur noch schreien. Man muss es eben heute so oder so machen. Die International classification wurde auch schon wieder aussortiert. Jetzt geht es um Befähigungskompetenzen, weil man einen neuen Lehrplan konstruiert hat. Aber man hat die geistig behinderten Kinder völlig vergessen und musste dann das noch nachholen. Ein Flickwerk ist daraus entstanden. Ich könnte nur noch schreien und davonlaufen. Wenn dann ein junger, studierter, Master-Mensch mir erzählt, wie man es heute machen muss in einer Heilpädagogischen Schule und ich bereits nach dem zweiten Satz schon merke, dass dieser Mensch ausser einem Praktikum noch nie in einer Heilpädagogischen Schule gearbeitet hat, könnte ich kotzen, und zwar direkt. Wenn dann noch durchschimmert, dass man es früher falsch gemacht hat und ich der Meinung bin, dass hier und heute alter Wein in neuen Schläuchen verkauft wird, geht es mir noch schlechter. Haben wir diese Menschen früher nur gequält und mit unsinnigen Inhalten traktiert. Oder haben wir uns auch bereits vor 40 Jahren intensiv darüber Gedanken gemacht, wie man sich ihnen am besten nähert und wie sie lebenspraktische Dinge am besten lernen können. Waren wir früher nur die Deppen und haben blind im Nebel mit einer Stange herumgestochert. Das alles sind doch keine Fortschritte, sondern nur irgendetwas anderes, was oft keinen Sinn macht, weil sich die geistige Behinderung nicht verändert hat. Das mag in der Informationstechnologie anders sein, oder beim Bau von Autos oder Traktoren. Da gab es Fortschritte, Weiterentwicklungen. Das sehe ich ein. Aber in der Heilpädagogik hat sich im Grunde nichts verändert. Und kommt so jemand und versucht einem zu verklickern, dass man es heute so machen muss, indem man den Befähigungsbereichen nachspüren muss. Da wird doch ständig versucht, in einer hoch-dilettantischen Art und Weise das Rad neu zu erfinden. Das ist doch wie des Kaisers neue Kleider und alle sehen, dass er eigentlich nackt ist, aber sie machen das Spiel mit, nur der kleine Junge, sagt, dass der Kaiser ja nackt ist. Genauso spielt es sich heute ab, und da kann man doch nur mit dem Kopf gegen die Wand laufen. Oder vielleicht hilft Johanniskraut. Das soll ja angeblich die Stimmung verbessern und beruhigen. Aber ich kann mich nicht beruhigen. Und wenn ich noch so viel von dem Kraut fresse. Lavendel, Baldrian wäre auch noch ein Rezept. Allein ich hör die Botschaft, aber mir fehlt der Glaube. Alles Unsinn, alles Quatsch, bringt mir alles nichts. Ich weiß nicht, wie weiter.

## 61 Jahre alt

Ich habe die Telefonseelsorge angerufen, weil ich es nicht mehr aushielt. Diesen Gedanken hatte ich schon mehrere Male und nun habe ich mich überwunden. Es war in der Nacht, so um zwei Uhr, oder so, genau weiß ich es nicht mehr, ist ja im Grunde auch egal. Also da war ein Mann am Telefon, hatte wohl Nachtdienst. Ich frage dann als erstes, ob auch eine Frau da wäre. Das war vielleicht schon der erste Fehler von mir. Weil, ich hatte den Eindruck, dass ihn diese Frage irgendwie beleidigte oder ihm irgendwie zu nahekam. Er tönte etwas komisch. Meinte dann aber, dass wir doch auch miteinander sprechen könnten. Ja, warum eigentlich nicht. Ich sage, dass ich depressiv wäre und nicht schlafen könne und dass meine Gedanken sich wie verrückt im Kreise drehten. Er fragte dann, ob ich dies schon lange hätte und bevor ich antworten konnte, fragte er weiter, was denn die Ursache meiner Depression wäre. Als ob ich das wüsste und wenn ich es wüsste, ich es ihm direkt zu Beginn unseres Gespräches und zu Beginn meiner Kontaktaufnahme mit der Telefonseelsorge dies erzählen würde. Ich sagte dann, dass ich es selber nicht so genau wüsste und wollte darüber etwas sagen, was weiß ich selber nicht mehr genau. Auf jeden Fall fiel er mir wieder ins Wort und meinte, da müsse es doch Ursachen geben. Daraufhin sagte ich nichts. Er kreiste dann noch einige Male um diese Ursachen. Ich hörte schon gar nicht mehr zu. Daraufhin meinte er, wenn ich nichts sagen würde, wäre natürlich ein Gespräch schwierig. Ich sagte, möglich, aber man könne ja auch schweigen, zusammen. Das schien ihn wohl völlig zu überfordern und er meinte, das wäre aber schwierig am Telefon. Ich fragte: Warum? Er fragte zurück, ob ich des Öfteren mal nicht so gut schlafen könne. Ich sagte, dass dies schon so lange wäre, wie ich denken könne. Darauf rief er förmlich spontan, dass er sich dies nun wirklich nicht vorstellen könne. Ich fragte wieder: Warum? Ja, weil ich es mir einfach nicht vorstellen kann. Der Mensch muss doch schlafen, so wie essen oder trinken. Ob er sich denn vorstellen könne, dass dies für bestimmte Menschen auch nicht immer so einfach wäre. Zum Beispiel bei Menschen, die an einer Magersucht litten und nichts mehr essen wollten oder bei Menschen, die trinken, Alkohol, und davon immer wieder zu viel. Ja, da haben sie Recht, meinte er. Aber beim Schlafen habe ich mir dies so noch nicht überlegt. Da habe ich viel von ihnen gelernt. Schön, meinte ich. Daraufhin sagte er, dass er nun den Eindruck gewonnen hätte, dass es mir nun besser ginge und ich etwas weniger depressiv auf ihn wirken würde. Ich legte auf. Die Telefonseelsorge scheint wohl nicht mein Fall zu sein. Ich fiel danach in einen unruhigen Dämmerzustand, bis ich um fünf Uhr aufstehen musste, damit ich um sechs Uhr den ersten Zug, einer meiner drei Züge, erreichen kann. Dies in meinem letzten Arbeitsjahr an der Schule. Ich weiß nicht, ob ich bei der Telefonseelsorge noch einmal anrufen werde. Eher nicht.

## 61 JAHRE ALT

Es ist zum Schreien oder: es ist zum Davonlaufen. Nun haben wir eine neue Weisung erhalten, dass auch die Stundenpläne für das neue Schuljahr nach einheitlichen Formulierungsregelungen ausgefüllt sein müssen. Dabei werden dann Begriffe wie zum Beispiel ‚Einkaufen gehen‘, oder: ‚Kochen‘ ersetzt und dürfen so nicht mehr verwendet werden. Es heisst dann nur noch: ‚Natur – Mensch – Umwelt‘. Fertigschluss. Dass vor allem die Eltern dann nicht wissen, was wir in den betreffenden Stunden mit den Schülern machen, stört die Menschen vom Amt nicht. Dass wir es dann aber immer erklären müssen oder von Hand in die Stundenpläne hineinschreiben, kann doch nur als ein Treppenwitz in der heilpädagogischen Geschichte verstanden werden. Es muss a) einheitlich sein (warum eigentlich?) und b) müssen die Formulierungen dem Lehrplan 21 angeglichen oder kongruent sein. Rechnen dürfen wir auch nicht mehr sagen, sondern müssen es Mathematik nennen. Dass es sich hierbei aber oft um den Zahlenraum von 1–10, oder um den pränumerischen

Bereich, handelt, haben diese Menschen vom Amt vielleicht gar noch nicht mitbekommen. Schreiben und lesen, darf man auch nicht mehr in die Stundenpläne schreiben. Es heisst ‚Deutsch'. Es stellt also wieder einmal für die Lehrkräfte an den Sonderschulen eine unnötige und unsinnige Mehrbelastung dar. Als das bekannt wurde, war man im Kollegium einig wie noch nie. So ein Unsinn, tönte es allenthalben. Man wird es zähneknirschend schlucken und fühlt sich wieder einmal von der Obrigkeit nicht verstanden einerseits und zu Formulierungen vergewaltigt, andererseits. Ich mache das auf jeden Fall nicht mehr mit und werde auf Ende dieses Schuljahres, schweren Herzens, kündigen und mich frühpensionieren lassen. Was ich dann machen werde, keine Ahnung. Man nimmt mir das Liebste, was ich tue und habe, Sein und Haben, weg. Die Idee mit der Frühpensionierung kam mir ja schon letztes Jahr. Ich bin erledigt, jetzt endgültig. Diese ständigen Umbenennungen von Dingen, die sich im Grunde überhaupt nicht geändert haben, machen mich fertig. Ich kann das einfach nicht so wegstecken, wie einige Kolleginnen. Aber ob die immer einfach nur so tun, als wenn es ihnen links am Allerwertesten vorbei ginge oder ob es auch bei denen tiefer geht, vermag ich nicht zu sagen. Spielt aber im Grunde auch keine Rolle. Mir geht das alles viel zu stark an die Nieren. Warum darf man in die Stundenpläne nicht mehr ‚Kochen' schreiben, wenn wir kochen. Dann können die geistig behinderten Schüler und Schülerinnen nämlich selber sehen, wohin wir gehen, nämlich in die Schulküche und die Eltern wissen, dass wir eben heute Vormittag eingekauft und dann gekocht haben. Mit Natur-Mensch-Umwelt kann doch niemand etwas anfangen und wir müssen es dann für alle Beteiligten ausdeutschen. Das macht doch alles keinen Sinn. Ich verstehe das nicht und vor allem verstehe ich auch nicht, warum es für alle, das heisst sämtliche Volksschulen gleich sein muss. Wer hat da etwas davon, ausser einigen Sesselfurzern. Na ja, das hat nun wirklich das Fass zum Überlaufen gebracht bzw. dieser Tropfen war einfach nicht mehr nötig. Aber meine Kolleginnen werden es schlucken und werden es mitmachen, wie so vieles andere auch, was in der letzten Zeit da von oben vor irgendwelchen Menschen, die von Behinderung nicht die leiseste Ahnung haben, verfügt worden ist. Ich hoffe einfach, dass es Widerstand von Seiten der Eltern geben wird. Aber das werde ich vor Ort nicht mehr miterleben, sondern nur noch aus der Zeitung erfahren. Aber ich kann wirklich nicht verstehen, wieso das Phänomen der geistigen Behinderung dermaßen banalisiert und trivialisiert, heruntergespielt werden kann. Geistige Behinderung ist so, wie sie eben ist. Die kann man auch mit verallgemeinernden Begriffen nicht wegmachen oder ersetzen. Warum kann man geistige Behinderung nicht einfach so nehmen, wie sie ist und sich dann, als mehr oder weniger Mensch sich dieser Behinderung anpassen, so gut man es eben versteht und so gut man dann dazu in der Lage ist, sich diesen Menschen nähern zu können, dass es für beide Seiten stimmt. So sehe ich das und, was mich keineswegs fröhlicher stimmt, und die allermeisten meiner Kolleginnen auch. Aber sie sind auf ihren Lohn angewiesen und so macht man dann eben die Faust im Sack und fertig ist das Mondgesicht. Einfach nur widerlich finde ich das alles. Aber mein Entschluss steht. Die Schulleiterin wird morgen meine schriftliche Kündigung erhalten. Ich bin noch gut in der Kündigungsfrist. Tja,

Glück muss der Mensch haben. Finanziell wird es schon gehen. Sonst gehe ich eben im Sommer Kirschen pflücken oder putzen. Oder mache die Aushilfe in irgendeiner Restaurantküche. Schade drum, aber wohl nicht zu ändern. Und dann gibt es ja noch die letzte aller Auswege. Aber darüber habe ich jetzt keine Lust mehr, mich darüber auch noch auszulassen. Meine Natur als Mensch findet sich in der heutigen Umwelt eben einfach nicht mehr zurecht. Das Ende naht. Ich freue mich. Dabei bin ich ja eher als Spaßbremse, denn als Clownin bekannt. Der Sarkasmus feiert Triumphe. Mehr bleibt einem ja nicht mehr. Wenn vom Leben nicht mehr viel übrig ist, braucht es nicht mehr viel, um auch noch den letzten Rest auszulöschen. Genauso fühle ich mich im Moment. Nicht mehr, aber auch nicht weniger. So nach dem Motto: Was hängen soll, ertrinkt nicht. [2]

## 63 Jahre alt

Nun fühle ich mich alt. Frühmorgens wenn ich aufstehe, fühlt sich alles an meinem Körper eingerostet an. Es braucht seine Zeit, bis ich in die Gänge komme. Als ich jung war, war es quasi eine Spezialität von mir, dass ich, wenn ich aufwachte, circa 7 Sekunden später bereits neben dem Bett stand. Tempi passati, wie der Engländer zu sagen pflegt. Oder so. Mühsam schleppe ich mich in

---

[2] Nesbo, Jo: blutmond. Harry Hole ermittelt. Verlag Ullstein, Berlin 2022, S. 272

die Küche, um die Kaffeemaschine anzuwerfen. Dann muss ich mich wieder setzen. Die Arthrose hat mich fest im Griff. Soll sie damit glücklich werden. Mir doch egal. Dann schlürfe ich den Kaffee in mich hinein und komme mir vor wie ein Junkie, der sich einen Schuss setzt. Wo ist der Unterschied. Ja, das jahrelange Herumheben und Hilfestellung geben von behinderten Menschen, die sehr oft auch körperbehindert waren, hat eben seinen Preis. Heute, mit der Elektronik, geht da manches einfacher. Aber auch nicht immer. Und oft konnte man es eben auch nicht zu zweit machen, weil die Kollegin gerade an der Verrichtung auch wichtiger Dinge bei einem anderen schwer behinderten Kind zugange war. Also musste ich den Salvi eben allein aus dem Rollstuhl auf die Toilette bugsieren, weil er es eben nicht konnte und die Eltern dies mit ihm nicht trainierten, sondern ihm auch noch mit 16 Jahren eine Windel anlegten. Obwohl wir dies circa 188-mal an Elterngesprächen besprochen hatten und sie 189 mal erklärten, dass sie es von nun auch tun würden, das Toilettentraining. Für uns war klar, dass Salvi dies mit der Zeit erlernen konnte, dass er, bei uns in der Einrichtung, auch schon Ansätze gezeigt hatte, dass er den Transfer vom Rollstuhl auf die Brille alleine würde schaffen können. Von der Brille in den Rollstuhl ist dann schon wieder eine andere Sache, weil dieser Transfer der schwierigere ist. Auch bei ihnen zu Hause wurde, von der öffentlichen Hand finanziert, große Griffe in die Wand gedübelt, an denen er sich hätte mit den Armen hochziehen können, so wie es in jeder heilpädagogischen Einrichtung Standard ist. Aber wenn er zu Hause eben nie auf die Toilette geht oder rollt, wird er dies auch nicht lernen. Zumal wir jeweils nach den

Ferien immer wieder bei Null anfangen mussten. So ist das Heilpädagoginnenleben eben. Und meine Gelenke sind dahin und tun weh. Aber nach der zweiten Tasse Kaffee forte geht es schon etwas besser. Mein Tag ist ausgefüllt mir Erinnerungen und diese haben fast immer mit meiner früheren Arbeit als Heilpädagogin zu tun. An meine Kindheit denke ich nur selten zurück. Da bin ich auch sehr froh drum. An die göttliche Trias von meinem Vater habe ich nur noch verschwommene Erinnerungen. Die Trias bestand entweder a) im an die Wand drücken und mir die Luft abklemmen, b) an eine genau bestimmte Anzahl Schläge auf den nackten Po und c) an Schläge auf den Kopf mit der breiten Seite eines Messers beim Essen. Natürlich kann ich das aus dem Gedächtnis herausholen, aber das will ich nicht und denke lieber an die vielen Erlebnisse aus der Zeit meiner Arbeit mit behinderten Menschen zurück. Es gab viele schöne Erlebnisse, vor allem in den ersten Jahren, bis es sich dann, für mich, dramatisch änderte. Aber auch daran will ich im Grunde nicht denken. Woran will ich denn heute überhaupt noch denken? Ich habe angefangen Gedichte zu lesen. Nun habe ich schon ein ganzes Regalbrett voll mit Gedichtbüchern. Hier eines, das ich gestern gelesen habe. Es ist von Rainer Maria Rilke und heisst:

**‚Was mich bewegt'**

«Man muss den Dingen
Die eigene, stille ungestörte Entwicklung lassen,
die tief on innen kommt
und durch nichts gedrängt oder beschleunigt
werden kann, alles ist ausgetragen –

und dann gebären...
Reifen wie der Raum,
der seine Säfte nicht drängt
und getrost in den Stürmen des Frühlings steht,
ohne Angst
dass dahinter keine Sommer kommen könnte.
Er kommt...!
Aber er kommt nur den Geduldigen,
die da sind,
also ob die Ewigkeit von ihnen läge,
so sorglos, still und weit.
Man muss Geduld haben
Gegen das Ungelöste im Herzen
Und versuchen, die Fragen selbst lieb zu haben,
wie verschlossene Stuben
und wie Bücher, die in einer sehr fremden Sprache
geschrieben sind.
Es handelt sich darum, alles zu leben.
Wenn man die Fragen lebt,
lebt man vielleicht allmählich,
ohne es zu merken,
eines fremden Tages
in die Antworten hinein.»

Es gibt dann auch noch das Gedicht von Rilke: ‚Du musst das Leben nicht verstehen'. Wie oft habe ich das so empfunden. In meiner Kindheit und dann wieder am Ende meines Berufslebens, wo ich wirklich nicht verstanden habe, warum die Dinge jetzt so sind, wie sie sind und ich ihnen hilf- und hoffnungslos ausgeliefert bin. Da passte dann jeweils das Panther-Gedicht von Rilke schon wesentlich besser zu mir.

**«DER PANTHER**
IM JARDIN DES PLANTES, PARIS

Sein Blick ist vom Vorübergehn der Stäbe
so müd geworden, daß er nichts mehr hält.
Ihm ist, als ob es tausend Stäbe gäbe
und hinter tausend Stäben keine Welt.

Der weiche Gang geschmeidig starker Schritte,
der sich im allerkleinsten Kreise dreht,
ist wie ein Tanz von Kraft um eine Mitte,
in der betäubt ein großer Wille steht.

Nur manchmal schiebt der Vorhang der Pupille
sich lautlos auf –. Dann geht ein Bild hinein,
geht durch der Glieder angespannte Stille –
und hört im Herzen auf zu sein.»

Das ist eines meiner Lieblingsgedichte. Es ist wirklich schön. Bin ich ein solcher eingesperrter Panther. Ich weiß es nicht, manchmal doch etwas Ja, aber dann auch wieder Nein. Meine Kindheit war ein eingesperrtes Dasein und das Ende meines Berufslebens, ach, ich habe es bereits gesagt. Lassen wir es doch einfach so und ich überlege mir jetzt, was ich mit dem heutigen Tag, der ja gerade erst begonnen hat, noch anfange.

## 64 Jahre alt

Ich habe eine Erinnerung. Er war nicht besonders groß, dunkelhaarig, leicht gewellt. Er hatte ziemlich breite Schultern und für seine Grösse ziemlich große, fast klobig zu nennende Hände. Sie erinnerte sich immer wieder an ihn, an das Bild, das sie von ihm hatte. Mit dem Alter hatte er auch an Gewicht zugelegt. Er konnte arbeiten, auf dem Feld und da machte er seine Sache gut. Sie lieferten vor allem Möhren an einen Großverteiler. Er sprach nicht viel, er gab Befehle, wer, was, wann zu tun oder auch zu lassen hatte. Das war seine Stärke. Im Erklären war er schon weniger gut. Und in einem runtermachen war er spitze. Aber damit hielt er es nicht bei Allen gleich. Bei mir war es wohl am schlimmsten. Bei der jüngsten Schwester meckerte er kaum. Natürlich hätte er sich bei seinen drei Töchtern gewünscht, wenn eine wenigstens das gleiche Geschlecht wie er selber gehabt hätte. Aber manchmal hat man eben auch Pech im Leben. Aber die jüngste Schwester mochte er am meisten. Die war wohl auch dazu bestimmt, den Betrieb einmal zu übernehmen und so, wie es schien, war sie damit auch einverstanden. Sie war schon etwas anders als die mittlere Tochter, geschweige denn ich. Mehr möchte ich dazu eigentlich auch nicht sagen. Wir waren eben alle drei schon recht unterschiedlich und gingen jeweils unseren eigenen Interessen nach. Aber das soll ja bei Geschwister gar nicht so selten sein. Fakt ist auf jeden Fall, dass wir nie zusammenspannten und uns gegen ihn gemeinsam auflehnten. Die mittlere Schwester meinte dann auch mal, als wir, schon etwas älter, über unsere Eltern unterhielten, dass sie dieses Runtermachen, dieses ewige

Beleidigen gar nie so richtig mitbekommen hätte. Ich war ganz schön erstaunt. Wir haben nie wieder darüber gesprochen, dass ich gerade dies als besonders schlimm empfunden hätte, und zwar jahrelang. Tja, die Dinge sind eben nie so, wie sie sind, sondern immer so, wie wir sie wahrnehmen. Er war auch schiesswütig, so möchte ich es mal hier bezeichnen. Er schoss gerne und war im ortsansässigen Schützenverein. Da ging er regelmässig hin und wenn man bei uns das Haus betrat, sah man schon im Flur, direkt neben der Garderobe die 5 Flinten hängen. Wäre vermutlich heute so nicht mehr möglich, aber für mich war dass das Bild unseres Wohnungseinganges. Gewehre, Ausdruck der Männlichkeit. Ich fand das abartig. Kann so Nähe, Wohnlichkeit oder Gemütlichkeit aufkommen, wenn man direkt mit Waffen konfrontiert wurde. Diese hegte und pflegte er auch regelmässig. Wäre ja gelacht gewesen, wenn nicht. Da wurde genau der Lauf geprüft und wenn da noch ein Stäubchen war, wurde wieder das Rohr geputzt, der Verschluss geölt und was der Dinge noch so mehr sind. Man kriegte dies alles zwangsweise mit, ob man wollte oder nicht. Im Wohnzimmer hingen dann ca. 50 Geweihe von Rehböcken. Widerlich. Zu jedem Abschuss konnte er eine Geschichte erzählen. Ich weiß sie nicht mehr und wollte sie auch nie wissen. Oft hing er mit seinem Freund, dem Pietro, zusammen. Pietro war auch so ein Typ. Er war Tessiner und wanderte als junger Mann in die Deutschschweiz aus, weil er sich beruflich verändern wollte. Da ist er dann hängen geblieben. Ihn kenne ich nur in diesen brauen Pfadfinderhemden. Etwas anderes hatte er nie an. Und was mir noch geblieben ist, dass er eine Tätowierung auf seinem einen dicken Unterarm hatte. Es waren die

Umrisse einer nackten Frau. Zur damaligen Zeit kannte ich niemanden, der ein Tattoo hatte. Ich musste immer, wie gebannt, da drauf schauen, wenn er zu Besuch war und er war oft bei uns. Es gab dann immer Bier und nach einiger Zeit schrie dann Pietro, dass jetzt Grappa-Zeit wäre. Er babbelte dann etwas auf Italienisch und sie kriegten sich kaum noch ein vor Lachen. Dabei glotzte er mir immer völlig offen und hemmungslos auf meine Brüste. Dabei zwinkerte er mir zu und sie lachten noch mehr. Ich konnte nichts dagegen tun und wenn Mami meinte, dass es jetzt genug sei und morgen müssten sie wieder früh raus, dann lachten sie noch mehr. Pietro ging im Grunde immer erst um Mitternacht. Aber mein Vater verschlief sich anderentags nie. Das muss ich ihm zugestehen. Er verrichtete seine Arbeit auf dem Feld immer mustergültig. Aber sonst verachtete ich ihn. Seine Werte, seine Haltung war mir ein Gräuel und ich verabscheute ihn. Dann wieder träumte ich den einen Traum mit der Weinflasche. Davon hatte ich dann jeweils beim Frühstück ein schlechtes Gewissen und redete mir ein, dass ich dies doch nicht zu haben bräuchte. Träumen darf man ja, so wie die Gedanken ja auch frei sind. Aber wenn sie einen dann plagen und nicht mehr loslassen und man in ihren Fängen gefangen ist, sein Leben lang, ist das doch wohl auch nicht schön. Es ist hässlich.

In der Nacht träumte ich wieder den gleichen Traum.

## 66 Jahre alt

Ich habe schon viel gefragt damals, als Kind, aber selten eine Antwort oder eine vernünftige erhalten. Das hat mich dann oft zur Weißglut gebracht. Die Fragen richtete ich an meinen Vater und der reagierte meistens in der hier beschriebenen Art und Weise. Sehr oft kamen auch ironische, von ihm wohl witzig gemeinte Antworten, mit denen ich aber überhaupt nicht umgehen konnte. Dabei hatte ich dann immer den Eindruck, dass er sich dann noch mehr über meine Wut und mein Unverständnis freuen konnte. War nicht gut. Ich bin dann jeweils anschliessend zu meiner Mutter gegangen und habe sie dann gefragt. Aber oft wusste sie darüber nichts zu sagen oder sie war nur im Besitz von Fragmenten und das liess mich dann oft auch unbefriedigt zurück. Es hat auf jeden Fall das Verhältnis zu meinem Vater von Jahr zu Jahr verschlechtert. Als ich dann so ca. 13, 14 Jahre alt war, habe ich mich innerlich von ihm verabschiedet und ich mich geweigert, die regelmässig stattfindenden Wanderungen mit der Familie mitzumachen. Auch seine Liebe zur Natur, zu den Bergen, zum Skifahren etc. verweigerte ich total. Aus meiner Sicht hat er versucht, mir diese Liebe, die er zweifellos hatte, einzuimpfen. Keine Chance. Es interessierte mich nicht die Bohne. Auch seine Faszination von der Natur, er war ja, wie sein Vater, auch Gemüsebauer geworden, konnte mich geradezu überhaupt nicht begeistern. So fanden wir nie und nie mehr zueinander und das ist bis zu seinem tragischen Tod so geblieben. Es wurde dann später noch viel schlimmer und ein völliger, jahrelang anhaltender Kontaktabbruch war die Folge. Dass er mich so oft geschlagen oder an die Wand gedrückt hat, bis ich kaum noch atmen konnte, darüber will ich nicht sprechen und auch nicht nachdenken. Es ist ausgelöscht oder schlummert in unübersehbaren, unüberwindbaren Tiefen. Ich weiß es nicht so genau. Will ich es denn überhaupt so genau wissen. Reicht es nicht, dass es mich zu dem gemacht hat, was und wer ich heute bin. Dann wiederum frage ich mich, ob ich da nicht ungerecht urteile. Jeder macht doch aus seinem Leben das, was er für richtig hält. Man hat doch einen eigenen Willen. Ist es nicht etwas zu bequem, alles aufs Genetische oder auch auf die Sozialisation zu schieben. In der Ausbildung in der Heimerzieherschule stand die Sozialisation stark im Vordergrund. Mein Lieblings-Dozent war ein glühender Verfechter dieser Sozialisationstheorie. Ohne den Hurrelmann gelesen zu haben, hatte man bei ihm im Unterricht keine Chance. Aber erst vor ein paar Tagen habe ich in einem Geo-Wissen-Heft einen Bericht gelesen, dass man der Genetik doch mehr Aufmerksamkeit schenken müsse. Es ging da um die Epi-Genetik. Aber so genau verstanden habe ich das nicht. Es ist vielleicht auch gar nicht mehr so wichtig für mich.

## 67 Jahre alt

Ich gehe jetzt seit einiger Zeit schon zu Frau Rüdisühli, der Psychiaterin. Sie ist nett, aber es nützt wohl nicht allzu viel. Gut, die Tabletten, die sie mir verschrieben hat, nützen schon, ich kann jetzt endlich schlafen. Was ich jahrelang nicht konnte, immer nur ein bisschen. Sie meint, dass ich eine schwere Depression habe. Gut, das wusste ich auch schon vorher und dass diese wohl nicht mehr weggehen werde, ist mir auch klar. Heutzutage sind ja viele Menschen depressiv. Wenn ich so zurückblicke, denke ich, dass ich schon so auf die Welt gekommen bin. Ich bin wohl schon depressiv auf die Welt gekommen. Und wenn es nicht so ist, hat es auf jeden Fall schon sehr früh begonnen. Ob angeboren oder anerzogen, aber wer oder wie was beeinflusst hat, interessiert mich nicht. Das ist auch egal. Lebensfreude habe ich nie empfunden. Ich muss liefern, anständig sein, meine Pflicht tun und das habe ich wohl auch mein Leben lang getan. Eine gute Kindheit hatte ich nicht. Meine Kindheit war von Angst geprägt. Mein Vater hat mich nie akzeptiert und meine Mutter war zu schwach. So reime ich mir das heute zusammen. Ich bin im Grunde immer, das heisst Tag für Tag verstimmt, habe nie gute Laune, mich interessiert kaum etwas und ich hatte über Jahre, Jahrzehnte massive Schlafstörungen. Dazu habe ich mich als Versagerin gefühlt. Die einzige Befriedigung hatte ich über viele Jahre in meinem Beruf. Das war eine gute, eine richtige Entscheidung gewesen. Aber auch dieses gute Gefühl ist mir am Ende meiner Berufszeit abhandengekommen. Das hat mich wirklich sehr wütend gemacht. Warum musste das auch noch sein. Welche Schuld habe ich auf mich geladen, dass mir dies auch noch genommen wurde. Das habe ich nie verstanden. Es gab dann für mich, vor sechs Jahren, keinen anderen Ausweg mehr, als mich frühpensionieren zu lassen. Das habe ich eigentlich nie gewollte, aber es ging nicht mehr anders. Hätte ich nicht gehen können und hätte ich keine Zwischen-Rente erhalten, ich weiß nicht, was ich dann getan hätte... Ja, ja, ich weiß es natürlich schon, aber es kam ja dann, zum guten Glück, nicht so weit. Aber es tut mir heute noch leid. Warum nur, war es so? Übermorgen bin ich wieder bei Frau Rüdisühli und sie versetzt mich dann in eine leichte Hypnose, das soll mich entspannen. Das tut es ja dann für den Moment auch. Aber es hält leider nicht vor. Frau Rüdisühli hat mich direkt gefragt, ob ich mich selber umbringen will. Das habe ich natürlich verneint. Die Schuld, die ich auf mich geladen habe, werde ich ihr nie erzählen. Ich bereue es im Grunde nicht, aber richtig war es auch nicht. Man darf so etwas nicht tun. Aber es geschah einfach. Nicht gut, gar nicht. Ob ich es doch erzählen soll, dass ich meinen Vater... Nein, ich werde es nicht tun, noch nicht. Aber es war ja nur ein Traum, was denke ich da. Ich habe Angst, dass ich die Grenzen zwischen Traum und Realität nicht mehr klar erkennen kann. Dieser Traum, sooft geträumt, wird fast zur Realität. Kein Wunder, wenn man in eine leichte Hypnose versetzt wird. Ich habe ja nichts getan und bin mir auch keiner Schuld bewusst, wieso ich mich dann aber doch ab und an mal schuldig fühle, verstehe ich nicht so ganz. Natürlich bin ich böse auf meinen Vater und natürlich hasse ich ihn, auch heute noch, aus tiefster Seele. Möglich, dass ich mich deswegen auch immer wieder schuldig fühle. Seine Eltern soll man ja lieben, heisst es. Aber wenn man von Mami im Stich gelassen wird und von seinem Vater täglich misshandelt wird, wie soll man da lieben können. Frau Rüdisühli erfährt davon nichts. Ich kann es ihr nicht erzählen, es geht einfach nicht. Ich bringe es nicht über die Lippen. Irgendwie ahnt sie, dass da noch einiges im Busch ist. Manchmal schaut sie mich so fragend an, aber vielleicht bilde ich mir das auch ein. Aber die Schmerzen sind so tief drinnen, dass sie nicht herauskönnen. Auch wenn wirklich Vertrauen zu Frau Rüdisühli habe. Das wäre es nicht, aber es geht einfach nicht und dann fühle mich sofort wieder schuldig ihr gegenüber, mache es nicht gut, sollte doch darüber reden. Warum bin ich denn überhaupt hier. Hier wäre doch der passende Ort, die passende Zeit, wenn nicht jetzt, wann dann? Verd... nochmal. Ich versage, bin eine Versagerin. Und deshalb ist auch ein Suizid, ich verwende dieses ungeheuerliche Wort hier mit voller Absicht. Ich sollte es tun und nicht mehr Frau Rüdisühli die Zeit stehlen. Gut, es ist ihr Beruf und sie erhält Geld dafür. Aber sie könnte ja jemandem anderen helfen, der es vielleicht nötiger hat als ich, will sagen, bei dem noch Hoffnung besteht. Diese besteht nämlich bei mir nicht, nicht mehr. Ist schon lange passé, aus und vorbei, game over, wie wir jungen Leute heute sagen. So ist es kein Leben mehr für mich. Da muss man oder die Frau, ungeschminkt den Tatsachen ins Auge sehen und eine knallharte Bilanz ziehen und die sieht dann eindeutig aus. So ist es ja kein Leben mehr, und die Heilpädagogik ist auch vorbei, da bin ich lieber tot. Letzthin stand ich vor dem Spiegel und schaut mich lange an und plötzlich ertappte ich mich dabei, dass ich einen Kehlkopfschnitt andeutete, so wie ich es in Filmen, dann allerdings als Andeutung für eine Drohung einem anderen Menschen gegenüber, gesehen habe. Ich drohte es mir selber an. Dann erschrak ich aber doch über mich selber und verliess sofort mein Badezimmer. Aber dann und das erstaunte mich dann doch, musste ich über mich selber lächeln. So weit bin ich jetzt schon gekommen. Irgendwie hat mich dieses von mir selbst inszenierte Schauspiel amüsiert und entspannt. So könnte es gehen, wenn nur das viele Blut dann nicht wäre. Aber das könnte mir ja dann wirklich egal sein. Ich griff zu einem Kreuzworträtsel. Ich weiß schon, dass es Sinn manchen würde, wenn ich Frau Rüdisühli von meinen Sui-Gedanken erzählen würde, aber ich schäme mich zu sehr. Auch habe ich panische Angst davor, dass sie mir dann noch einen stationären Aufenthalt in einer Psychiatrischen Klinik vorschlagen würde. Das ginge nun gar nicht. Aber wer weiß schon, was die Zukunft bringt.

## 68 Jahre alt

Und dann frage ich mich ab und zu, ob ich ein gutes Leben gehabt habe. Schwierige Frage, die in letzter Zeit immer mal wieder hochkommt, so ab der dritten Tasse Kaffee. Ob es da einen Zusammenhang gibt. Wohl eher nicht, aber wer weiß? So gelange ich dann immer wieder zur Frage, was denn ein gutes Leben ist, was das heisst? Allgemein, so meine ich, könnte man die Frage mit dem Glück, dass man gehabt hat, in einen engen Zusammenhang bringen. Jeder Mensch strebt ja nach einem glücklichen Leben. Nur unter Glück versteht eben jedermann, jede Frau, etwas anderes. So kam bei mir auch schon die Frage auf, ob mein Vater glücklich war. Das kann ich mir eigentlich nicht vorstellen, weil einen glücklichen Eindruck hat er nie gemacht. Eher getobt, geschlagen und gesoffen. Aber möglicherweise war das ja sein Glück. Ich weiß es nicht und werde es wohl auch nie erfahren. Vielleicht findet ja auch jemand, der den Entscheid gefasst hat, sich zu erhängen oder in den Fluss zu gehen, wie dies ein entfernter Verwandter von mir vor vielen

Jahren getan hat, sein Glück. Er findet ja dann mit seinem Entscheid und seiner Handlung das Ende seines Leides und diese Vorstellung muss ihn ja irgendwie auch glücklich gemacht haben. Ansonsten er es nicht getan hätte. Aber unweigerlich führt mich die Frage nach dem guten Leben zu der Frage, was denn nun das Glück ist. Man sagt ja auch, dass alle nach dem Glück rennen, es zu fangen versuchen, aber das Glück rennt hinterher. Ich finde das eine sehr interessante Überlegung. Das hiesse ja, dass das Glück den Menschen ständig eine lange Nase dreht und sich über die Menschen lustig macht. Das finde ich sehr amüsant. Dieses Bild gefällt mir. Das Glück ist eine Schimäre, sinnlos und deshalb ist wohl auch meine Frage sinnlos. Trotzdem beschäftigt sie mich immer mal wieder. Vor allem jetzt, wo ich doch schon etwas älter geworden bin. Als junge Frau hat mich das weit weniger interessiert. Da wollte ich einfach weg und habe doch mein Glück bei den Menschen mit geistiger Behinderung auch gefunden. Wenn es mir dann auch wieder genommen wurde. Aber unter dem Strich bei einer Milch-Mädchen-Rechnung, so bilde ich mir jedenfalls ein, hatte ich kein ungutes Leben. Um es mal negativ zu formulieren. Ich bin auch der Meinung, dass ich sagen kann, dass ich ein gutes Leben hatte, weil ich mir nichts habe zuschulden kommen lassen. Ich habe mein Bestes gegeben und ich glaube auch, dass es einige, nicht viele, aber doch einige Menschen gibt, die im Guten an mich zurückdenken. So zum Beispiel Mara. Aber ich denke, dass es auch einige geistig behinderte Menschen gibt, die im Guten an mich zurückdenken, wenn sie es denn können würden. Was man ja so genau auch nicht weiß. Aber sie haben mich mit vertrauensvollem Blick angeschaut und das war gut und auch schön. Deshalb habe ich diese Arbeit all die Jahre über gemacht und davon bereue ich gar nichts, rein gar nix. Da gibt es auch nichts nachzuholen oder zu korrigieren. Diese Tätigkeit war für mich mehr als nur ein Gelderwerb, ein Beruf. Es war für mich eine erfüllende Lebensgestaltung oder es hat mich, vor allem, als ich mein Elternhaus verliess, es endlich hinter mir lassen konnte, am Leben erhalten. In meinem Beruf waren Freundlichkeit, Einfühlungsvermögen und Unterstützung gefragt und diese Verhaltensweisen habe ich immer als Grundpfeiler der Heilpädagogik verstanden und mich daran orientiert. Dass dies heute alles in Vergessenheit zu geraten scheint, dafür kann ich nichts. Ausser, dass ich darunter leide. Aber auch das konnte ich hinter mich bringen. Also eben wieder einmal: Tempi passati. Hörte ich ja ab und zu mal während meines Vorpraktikums. Auch lange her, mein Gott, was bin ich alt geworden. Aber zurück zum guten Leben. Vielleicht sollte ich mir noch eine Tasse gönnen. Ja, warum denn nicht, verdammt noch mal? Von dieser Seite her betrachtet, muss ich all diesen behinderten Menschen dankbar sein. Tönt etwas komisch, aber ich fühle es so. In ihrer Art und Weise haben sie mich wertgeschätzt und das habe ich wirklich, vor allem als junge Frau, so gebraucht. Von ihnen habe ich es erhalten, sogar im Überfluss. Ich bin ihnen unendlich dankbar. Weil es gab so viele schöne, positive Begegnungen und auch so vieles, von dem sie und vor allem auch ihre Eltern gedacht haben, dass sie es nicht können, es dann doch noch gelernt haben. Das war jedes Mal ein Fest, eine Glückseligkeit. Aber ich will hier auch nicht allzu sehr abheben. Ich bin ja doch auch immer Realistin geblieben. Aber das waren alles keine

Selbstverständlichkeiten, weil man diesen Menschen ja nichts zutraut. Aber das ist eben falsch, man muss nur sehen und vor allem spüren können, zu was sie befähigt sind. Die Befähigungskompetenzen werden ja heute so hoch gehalten. Ob man es allerdings mit diesen Tabellen und Schemata erreicht, wage ich doch stark zu bezweifeln. Die Sensibilität der Heilpädagogin findet man nicht in einem vorgefertigten Tabellenschema, mit vorgegebenen Begriffen, die dann per Losentscheid, das heisst zufällig passen oder eben oft auch überhaupt nicht. Darüber möchte ich jetzt aber hier nicht weiter jammern. Diese Zeiten sind vorbei. Ich habe meinen Beitrag geleistet und bin moralisch sauber geblieben. Das nehme ich für mich in Anspruch. Denn wenn ich tot bin, kann ich ja nichts mitnehmen, aber vielleicht habe ich bei einigen Menschen etwas Gutes zurückgelassen und damit habe ich dann auch ein gutes Leben gehabt. So genug Kaffee eingeflösst, nun muss ich doch noch etwas meine Wohnung putzen. Muss eben auch sein, damit man ein gutes, ordentliches Leben hat.

## 69 Jahre alt

Ich habe vor drei Monaten einen netten, älteren Herrn kennengelernt. Er sass oben beim Städtchen, wo es einen kleinen Hügel hat, auf einer Parkbank. Er war mir auf Anhieb sympathisch und ich kann nicht sagen warum. Kann eben einfach so passieren. Ist ja auch egal, warum. Ich habe mich einfach dazu gesetzt. Natürlich habe ich vorher gefragt, ob hier noch frei wäre. Er lächelte

verschmitzt und meinte, dass ich heute die Erste sei, die
danach fragte. Eine gewisse Zeit lang, ich vermag nicht zu
sagen, wie lange, sagten wir beide nichts und begannen
beide auf die gleiche Sekunde hin, an zu sprechen. Wir
mussten beide lachen. Er sagte: wie in einem Kitschfilm
von Rosamunde Pilcher. Ich meinte, dass ich diese Dame
nicht kennen würde. Da haben sie nichts versäumt. Und
so plauderten wir noch eine ganze Weile so hin und her
und ich stellte fest, dass ich seit Langem nicht mehr so
entspannt gewesen war. Die folgenden Tage, jeweils zur
gleichen Zeit, ergab sich jeweils das gleiche Szenario. Ich
freute mich jeweils auf diese Begegnungen und dann wagte ich, also selber, den ersten Schritt und lud ihn zu einer
Tasse Kaffee zu mir nach Hause ein. Ich verstand mich
selber nicht mehr. Er war bereits 82 und erzählte dann,
dass er vor drei Jahren eine Prostata-Operation hinter
sich gebracht hätte. Eine P, wie er weiter ausführte und
man hätte nun Metastasen festgestellt. Mir kamen die
Tränen. Er tröstete mich und sagte, würden wir nicht so
alt, hätten wir diese Beschwerden nicht. Dafür hätten wir
wohl ein besseres Leben gehabt, als die Menschen, vor
1000 Jahren, die gar nicht so alt werden konnten. Wir
erzählten uns dann einiges von früher, also nicht von
vor 1000 Jahren, sondern ein bisschen aus unserem Leben, zaghaft, schüchtern und immer auf die Reaktion des
anderen bedacht. Er war, welch freudige Überraschung
für mich, Regelklassenlehrer an der Oberstufe gewesen
und hätte sich frühzeitig pensionieren lassen. Er hatte Sprachen, Deutsch und Geschichte unterrichtet. Vor
allem Französisch. Ich fragte ihn neugierig, warum er
frühzeitig aus dem Schuldienst ausgeschieden wäre. Das
hing damit zusammen, fuhr er fort, weil die Regelschulen

plötzlich, so quasi über Nacht, fest installierte Leitungen aufoktroyiert bekommen hätten. Das hätte ihm gar nicht gepasst. Warum nicht? Tja, so er weiter: Es hat ja über Jahrzehnte die Schulhausvorsteher gegeben, die hätten alles geregelt, was es für so ein Schulhaus brauchen würde. Aber dass er nun einen unmittelbaren, direkten Vorgesetzten bekommen hätte, damit kam er nicht klar. Es waren dann meistens die Lehrkräfte, die sich für so eine Chef-Rolle, wie er sich ausdrückte, meldeten, bei denen man wusste, alle wussten es, dass diese als Lehrer Nieten waren und weder gut unterrichten konnten noch einen guten Draht zu den Jugendlichen gehabt hätten. Und von so einem sollte ich mir dann in den Unterricht hineinreden lassen MÜSSEN. Er hatte sich echt in Rage geredet und atmete schwer. Ich sagte ihm dann, dass er sich beruhigen solle, es wäre ja vorbei. Stimmt, meinte er, es ist wirklich bald vorbei. So habe ich es nicht gemeint, sagte ich und du weißt das. Ja, ja, kam es als Antwort. Es war mir zuwider, dass so ein neu installierter Schulleiter mir in meinen Unterricht, für den ich jahrelang von den Schülerinnen und deren Eltern gelobt worden wäre, reinreden durfte. Dieser neue Jungleiter meinte nämlich, es kämen in meinem Geschichtsunterricht zu wenig Jahreszahlen drin vor und so könnten die Schüler sich nicht genug orientieren. So ein Blödsinn. Bei mir mussten sie nicht Jahreszahlen bimsen, sondern Zusammenhänge erkennen. Hinter den vielen Schlachten und Kriegen stehen ja immer Interessen, Interessengruppen und das versuchte ich zu vermitteln. Jahreszahlen sind da nur das Skelett und natürlich habe ich auch mit Jahreszahlen gearbeitet. Der Dreissigjährige Krieg war nun einmal im 17. Jahrhundert und nicht im ersten und auch nicht im

zwanzigsten. Ich guckte ihn an. Ja, ja, meinte er, bin ja
schon ruhig. Ach, was war mir dieser Mann sympathisch.
Ich begann ihn zu streicheln und ich merkte, dass er sehr
sensibel, auch sehr zurückhaltend war. Das gefiel mir. Das
gibt es also auch. Er meinte nur leise, dass ich mir nicht
zu viele Hoffnungen machen dürfe, weil sich ja bei ihm
nichts mehr regen würde. Ich musste lachen und meinte, dass das bei mir noch nie eine Rolle gespielt hätte. Er
reagierte erstaunt und meinte, dass ihn das ungemein
entlasten würde. Aber er hätte ja noch Finger und eine
Zunge. Ho, ho, erwiderte ich darauf, da geht einer aber
forsch ran und so alberten wir noch eine Weile herum.
Ich war glücklich, wie seit Jahren nicht mehr. Aber die
Betonung liegt auf dem ‚war'. Denn mittlerweile geht es
ihm rapide schlechter und er lehnt eine weitere Chemo
ab. Ich werde bei ihm bleiben bis zum letzten Tag, bis
zum letzten Atemzug. Das habe ich ihm und auch dem
Pflegepersonal gesagt. Er hat mir mit großem Vertrauen
in die Augen geschaut und nichts gesagt. Es wäre auch
nichts zu sagen gewesen. Was auch? Zwischen uns war
alles klar, geklärt. So werde ich auf meine eigenen alten
Tage hin noch Sterbebegleiterin. Das Leben bringt einem
immer wieder etwas Neues. Gutes oder Schlechtes, wer
vermag da schon die Unterschiede klarsehen, oder das
eine von dem anderen unterscheiden. Ich dachte einmal,
dass ich das könne. Mittlerweile bin ich mir da überhaupt
nicht mehr sicher. Mein Handy klingelt. Es ist das Krankenhaus, wo er liegt. Ich gehe schnell zu ihm. Er stirbt.
Er ist tot. Was für ein Verlust. Ich bin froh für ihn, aber
auch traurig. Ich werde sein Grab besuchen, dann, wenn
sonst niemand dort sein wird. Seine Familie kenne ich
ja nicht. Muss auch nicht sein. Wir hatten uns, auf seine

letzten Tage hin. Im Krankenhaus hat man mich dann in der Alters- und Pflegeabteilung eine dafür zuständige, sehr nette Sozialarbeiterin gefragt, ob ich den eintägigen Kurs zur Sterbebegleiterin absolvieren wolle. Ich überlegte es mir eine Nacht lang. Am anderen Morgen rief ich die Sozialarbeiterin an und sagte zu.

# Der Autor

Riccardo Bonfranchi, Jahrgang 1950, aufgewachsen in Zürich, hat dort auch die Schulen besucht. Er geht im Alter von 20 Jahren nach Köln an die Sporthochschule und entschließt sich, anschließend in Köln zu bleiben und an die Universität zu gehen. Er macht zwei Abschlüsse: Staatsexamen für das Lehramt an Sonderschulen und Diplom-Pädagogik (Schwerpunkt: Heilpädagogik). Danach promoviert er an der Heilpädagogisch-Erziehungswissenschaftlichen Fakultät an der Uni in Köln. 2009 schließt er mit einem Master in Philosophie und angewandter Ethik (ASAE) an der Universität in Zürich ab. Er hatte bis zu seiner Pensionierung vier Arbeitsstellen im heilpädagogischen Bereich inne, jeweils immer in leitender Funktion. Er hat mehrere Fachbücher veröffentlicht sowie zwei Romane.
www.bonfranchi.info

# Der Verlag

**novum** VERLAG FÜR NEUAUTOREN

> *Wer aufhört
> besser zu werden,
> hat aufgehört
> gut zu sein!*

Basierend auf diesem Motto ist es dem novum Verlag ein Anliegen, neue Manuskripte aufzuspüren, zu veröffentlichen und deren Autoren langfristig zu fördern. Mittlerweile gilt der 1997 gegründete und mehrfach prämierte Verlag als Spezialist für Neuautoren in Deutschland, Österreich und der Schweiz.

**Für jedes neue Manuskript wird innerhalb weniger Wochen eine kostenfreie, unverbindliche Lektorats-Prüfung erstellt.**

Weitere Informationen zum Verlag und seinen Büchern finden Sie im Internet unter:

www.novumverlag.com